Chantal Schreiber

Nachhaltig VERLIEBT

Bisher bei Schneiderbuch erschienen:

Friends & Horses – Schritt, Trab, Kuss (Band 1)
Friends & Horses – Sommerwind und Herzgeflüster (Band 2)
Friends & Horses – Pferdemädchen küssen besser (Band 3)
Perfekt für dich

Nachhaltig verliebt

1. Auflage 2020
Originalausgabe
© 2020 Schneiderbuch
in der HarperCollins Germany GmbH, Hamburg
Alle Rechte vorbehalten

Umschlaggestaltung: Designomicon | Anke Koopmann, München
Umschlagmotiv: © Anke Koopmann unter
Verwendung von Motiven von shutterstock
Satz: PPP Pre Print Partner GmbH & Co. KG, Köln, www.PPP.eu
Printed in Germany
ISBN 978-3-505-14373-1
www.schneiderbuch.de

Inhalt

1. Family Business — 7
2. Punschtörtchen und Idioten — 19
3. Neuanfänge — 35
4. Stockholm-Syndrom — 48
5. Neue Freunde — 59
6. Avocados und das Schicksal — 73
7. Das Zoe'sche Weltbild — 83
8. Hidden Treasures — 98
9. Barfuß im Park — 110
10. Montague und Capulet — 126
11. Väter — 139
12. Schmetterlinge und andere Tiere — 149
13. Am Ende ist alles gut ... — 158
14. Und wenn es nicht gut ist ... — 168
15. ... dann ist es noch nicht das Ende — 178
16. Väter 2.0 — 192
17. Expect the unexpected — 205
18. We are family — 220
19. Rosen und Avocados — 236

This Book is for Hannah – Daughter, Teacher, Inspiration
♥
(*guess what I have in common with Reggie ;-))

 Family Business

»Der CO2-Ausgleich macht ungefähr sechzig Euro aus.« Jack hämmert auf die Tastatur seines Laptops ein und ich frage mich wieder einmal, wie man mit zwei Fingern so schnell tippen kann. »Willst du lieber ein Permakulturprojekt in Tansania oder einen Tiefbrunnenbau in Uganda unterstützen?«

Mom hebt abwehrend die Hände. »Immer langsam. Noch hab ich den Flug nicht mal gebucht.«

»Aber Mom, du musst doch fliegen!«

Ihre Finger klopfen nervös auf der Tischkante und ich merke, dass sie wieder begonnen hat, die Nagelhaut an ihren Daumen blutig zu beißen. Ich weiß nicht, warum sie alle anderen Finger in Ruhe lässt, aber ihre Daumen sind jedenfalls ein sehr genauer Mom-Stress-Indikator.

»Oder nicht? Wenn du die einzige Verwandte bist?«

Bowie, unser Mischlingshund, kommt in die Wohnküche getrottet und legt sich so unter den Tisch, dass seine Vorderpfoten auf Jacks Füßen liegen, seine Hinterpfoten auf Moms und sein Kopf auf meinen Zehen. Er ist ein Familienhund im wahrsten Sinne des Wortes.

»Gibt es wirklich keine anderen Verwandten?«, fragt mein Bruder und Mom seufzt.

»Wirklich nicht«, sagt sie. »Sie war die Cousine eures verstorbenen Großvaters. Unverheiratet oder verwitwet, jedenfalls keine Kinder. Ist mit zwanzig in die USA ausgewandert, um Karriere als Sängerin zu machen, und hat sich damals mit der gesamten Familie zerstritten. Ich hatte keine Ahnung, was aus ihr geworden ist, bis der Brief kam.« Sie überlegt kurz. »Eigentlich hab ich immer noch keine Ahnung.

Aber da sie offenbar die letzten vier Jahrzehnte in einer Stadt zugebracht hat, die keiner kennt...«

Jack tippt schon wieder. »Norman, Oklahoma«, liest er aus Wikipedia vor. »Universitätsstadt. 122.000 Einwohner. Davon 25.000 Studenten. Nicht gerade eine Metropole.«

»Also wohl auch keine Karriere«, ergänze ich.

»Nein, wohl nicht«, meint Mom. »Zumindest dürfte sie lange vorbei gewesen sein. Ich muss vielleicht sogar das Geld fürs Begräbnis vorschießen, bis das Häuschen verkauft ist. Und das kann dauern, so wie der Immobilienmarkt in den USA momentan aussieht.«

»Die *reichen* Tanten aus Amerika gibt es wohl nur im Film«, sage ich und seufze auch. Erst hat es aufregend geklungen, als diese amerikanische Tante plötzlich aus dem Nichts aufgetaucht ist – wenn auch nur in Form eines Anwaltsbriefes aus Oklahoma City, der Mom über ihren Tod informierte. Da unsere Mutter ja »Ms Gertrud Vannemaker« gar nicht gekannt hat, hielt sich ihre Trauer in Grenzen und der Trip in die USA hätte so was wie ein längst überfälliger Urlaub für sie werden können – finanziert durch den Verkauf von Großtante Gertruds Besitz. Aber jetzt sieht es so aus, als könnte sich die Sache stattdessen zu einer finanziellen Belastung auswachsen. Die Flüge, die Anwaltskosten, die Beisetzung...

»Ich habe keine Ahnung, wie lange das Ganze dauert«, sagt Mom mit einem Seufzer. »Wenn ich das *Fill up* einfach auf unbegrenzte Zeit schließe, verlieren wir den Kundenstamm, den wir in den letzten Monaten so mühsam aufgebaut haben.« Bowie beginnt tröstend ihre Füße zu lecken, sie krault ihn mit den Zehen und er rollt sich auf den Rücken, die verschiedenfarbigen Augen genießerisch geschlossen.

Vor einem Jahr hat Mom ihren Job als Lektorin bei einem Verlag gekündigt und sich mit dem *Fill up* einen Traum erfüllt. Der Name war meine Idee und ich muss sagen, ich bin ziemlich stolz drauf, vor allem, weil er gleich doppelt Sinn macht: Das *Fill up* ist ein Laden, in dem man von türkischen Bio-Pistazien bis zu hundertprozentig biologisch abbaubarem Waschmittel alles ohne Verpackung kaufen kann. Man kommt also mit eigenen Behältern und lässt sie auffüllen. Natürlich gibt es auch ein paar verpackte Produkte, wie Pflanzenmilch oder Schokolade. Aber wir achten in jedem Fall auf besondere Nachhaltigkeit des Produkts. Unsere kleine, aber feine Auswahl an Obst und Gemüse beziehen wir zu über achtzig Prozent aus der näheren Umgebung. Die paar Sachen, die aus Italien kommen, werden CO_2-neutral transportiert. »Man kann nicht hundertprozentig nachhaltig sein«, sagt Mom immer. »Irgendwo stößt man an Grenzen, auch mit den besten Absichten. Aber man kann einfach immer die umweltfreundlichere Variante wählen, wenn man schon den Luxus der freien Wahl hat.«

Nails it, oder? Ich könnte jedenfalls nicht mehr zustimmen. Ich bin, zugegeben, auch einer von Moms größten Fans und wahnsinnig stolz auf sie.

An den Shop angeschlossen haben wir unser *Fill-up*-Bistro, das Tee, Kaffee, hausgemachte Limonaden, selbst gebackene Kuchen, Sandwiches und kleine Speisen anbietet. Alles bio, vegan und vieles auch glutenfrei. Man kann sich also auch selbst »auffüllen«. Wie gesagt, ich bin ziemlich stolz auf den Namen!

Begonnen hat alles mit Kuchenverkauf an unserer Schule, aus dem mit der Zeit so was wie ein Mini-Partyservice wurde. Dass meine Mutter spezielle Diätwünsche erfüllen kann, hat die Nachfrage enorm angehoben. Leckere Mini-Quiches, die sich nicht nur optisch gut auf dem Büfett machen, sondern auch superlecker schmecken, sind an und für sich schon nicht so leicht zu bekommen. Aber dann auch noch vegan und glutenfrei? Vegane Burger, die so »echt« schmecken, dass man als Vegetarier oder Veganer beinahe ein schlechtes Gewissen kriegt, wenn man reinbeißt? Das kann kaum jemand. Gebackener Cheesecake, der geschmacklich nicht von »normalem« Cheesecake zu unterscheiden ist, in dem aber kein Ei und kein bisschen »Cheese« zu finden ist? *Und* kein Weizen? Ebenfalls eine Rarität.

Das Catering hat Spaß gemacht, war aber auch ziemlich stressig, und Mom hat ständig Ideen gewälzt, was sie tun könnte, um ALLES, was ihr wichtig ist, irgendwie in ein Paket zu packen und umzusetzen. Vegan und gesund backen und kochen. Den fairen Handel unterstützen. Ein Zeichen für die Umwelt setzen, das einen Schneeballeffekt hat und so vielleicht ein bisschen mehr bewirkt. Also haben Mom, Jack und ich über Monate hinweg das Konzept des *Fill up* entwickelt. Aber es blieb immer noch ein sehr theoretischer Plan. Schließlich braucht man die perfekte Location für so etwas. Und dann erfuhren wir, dass die alte Dame, die den Nähzubehörladen im Erdgeschoss unseres Wohnhauses führte, in Rente ging. Das war der kleine Schubs, das Zeichen des Universums, dass der Moment gekommen war. Wir wohnen in der richtigen Gegend für so ein Projekt: bisschen alternativ angehaucht, aber auch hip, viele Künstler, viele Jungfamilien in Birkenstocks, viele nette kleine Läden. Moms ganzes Erspartes ist in das Geschäft geflossen, und ein ziemlich hoher Kredit. Wir waren also sehr erleichtert, als das *Fill up* so gut angenommen wurde, *trotz* des Biosupermarkts zwei Straßen weiter! Jack, Clara und ich waren die ersten Angestellten. Clara ist Jacks Freundin und der zuverlässigste Mensch, den ich kenne. Sie ist so erwachsen, dass es fast schon beängstigend ist. Und sie liebt Zahlen! Also macht sie auch die Buchhaltung für das *Fill up* und hat immer im Blick, was nachbestellt werden muss.

Ich beteilige mich beim Backen und Kochen und helfe nach der Schule im Geschäft. Clara macht meistens zwei Tage in der Woche, je nachdem, wie viel an der Uni los ist. Jack steht an den Tagen, an denen er keine Uni hat, ebenfalls hinter dem Tresen. Mein Bruder ist auch derjenige, der das Brot bäckt! Er ist ein geradezu fanatischer Brotbäcker und erfindet ständig neue Sorten. Er bäckt das beste vegane Dinkelbrot, das ich je gegessen hab. Man möchte ja nicht glauben, wie viele tierische Produkte oft in Brot zu finden sind. Ei! Joghurt! Milch! Jacks Brote sind alle vegan.

Mom und ich sind die Scouts, ständig auf der Suche nach neuen ökologischen Produkten: Trinkflaschen und Kaffeebecher aus nachhaltigen Materialien. Bambuszahnbürsten, wiederverwendbares, unzerbrechliches Geschirr für Take-away-Essen, Zahnpasta-Kau-Tabs in wiederbefüllbaren Blechdosen statt der üblichen Plastiktube, die dann alle paar Wochen im Müll landet. Wir haben beinahe so was wie einen Wettbewerb laufen, wer die Produkte mit dem größten Nachhaltigkeitsfaktor entdeckt. Mom hat sich von Anfang an geweigert, Kaffee in Einwegbechern zu verkaufen. Nein, auch die aus Recyclingpapier kamen nicht infrage. Entweder bleiben und ihn im Bistro trinken oder einen mitgebrachten Trinkbecher füllen lassen. Das zu verwenden, was man hat, anstatt was Neues zu kaufen, ist schließlich immer der nachhaltigste Weg. Aber für jeden, der noch keinen *Travel Mug* hat, findet sich in unserem Sortiment was. Anfangs haben wir mit dieser strikten Anti-Wegwerf-Politik sicher auch Kunden vergrault. Aber die meisten wissen zu schätzen, dass es uns *wirklich* um die Umwelt geht und wir nicht nur Geld machen wollen. Ich meine, echt jetzt, ein nachhaltiger Laden, der den Kaffee in Wegwerfbechern verkauft? Das geht gar nicht! Mom hat völlig recht.

Wir haben ein Bonussystem mit Stempelkarte, jeder zehnte Kaffee ist gratis und einen unserer selbst gemachten Cookies gibt es auch dazu. Nun läuft das *Fill up* seit fast einem Jahr und es läuft *wirklich*. Es trägt sich schon selbst, inklusive Kreditraten, und ich hab mir sagen lassen, das sei großartig für ein neues Geschäft nach so kurzer Zeit. Jedenfalls ist das Ganze ein richtiges Familienprojekt und wir sind alle verdammt stolz drauf. Und natürlich kommt es absolut nicht in die kompostierbare Tüte, den Laden zu schließen!

»Natürlich bleibt das *Fill up* offen!«, rufe ich, und »Wieso schließen?«, ruft Jack genau gleichzeitig. Wir müssen alle drei lachen.

»Was sollen wir denn sonst machen?«, fragt Mom dann etwas hilflos.

»Denkst du etwa, wir kriegen das nicht alleine hin?«, fragt mein Bruder.

»Aber Jack«, meint sie mit einem müden Lächeln. »Du und Clara, ihr wolltet doch den ganzen Juli nach Kroatien! Und Zoe hatte was mit eurem Vater geplant und mit Reggie auch ...«

»Clara und ich können auch im September fahren«, unterbricht Jack. »Und ich fresse einen bio-zertifizierten Besen aus rasch nachwachsenden heimischen Hölzern, wenn unser Vater schon was für Zoe und sich gebucht hat.«

Ich verziehe das Gesicht. Mein Vater ist der berühmte Last-Minute-Man aka No-Show-Man. Vorsichtig ausgedrückt: Er ist nicht der Zuverlässigste. Ich muss das nicht bestätigen, es ist total offensichtlich, dass Jack recht hat. »Mein einziger Fixtermin ist das Festival«, füge ich also nur hinzu. Der A-cappella-Chor, in dem ich singe, tritt beim Happy-Days-Festival auf, einem richtig coolen Musikfestival, das jedes Jahr knapp außerhalb der Stadt am Fuß einer Burgruine stattfindet. »Und mit Reggie ist auch noch nichts fix.« Mit ihr fahre ich vielleicht ein paar Tage nach Italien, da ist es überall schön und man kommt gut mit dem Zug hin. »Ich glaube übrigens, Reggie ist für Juli noch auf Jobsuche«, füge ich hinzu. »Sie hat doch auch schon ausgeholfen! Dann wären wir komplett!«

»Ich weiß nicht ...«, sagt Mom zögernd. »Ich habe kein gutes Gefühl dabei, eure Sommerpläne komplett durcheinanderzubringen ... Vielleicht wenn wir nur zwei Wochen Betriebsurlaub machen wie andere kleine Geschäfte auch ...?«

»Kommt nicht infrage!«, erkläre ich. »*Bernds Biosupermarkt* macht bestimmt auch keinen Betriebsurlaub!«

Damit habe ich einen wunden Punkt getroffen. *Bernds* ist unsere unmittelbare Konkurrenz – zumindest sieht der Besitzer das so. Wir sehen uns eigentlich mehr als kreative Ergänzung. Aber offensichtlich nehmen wir ihm Geschäft weg. Die Kunden, die gerne bei uns frühstücken, kaufen dann eben auch gleich ihr Gemüse und Obst bei uns. Und die meisten finden die Nachfüll-Idee so toll, dass sie ihre bei *Bernds* gekauften leeren Öko-Waschmittelplastikflaschen nun bei uns auffüllen lassen. Ist billiger und man rettet den Planeten eben noch ein bisschen mehr.

Aber natürlich ist das Bernd'sche Angebot viel umfassender – die haben dreißig verschiedene Sorten Pflanzenmilch, wir haben nur die fünf, die uns am besten schmecken. Und dort gibt es Bio-Fleischprodukte, Bio-Milchprodukte und Bio-Eier, während bei uns das Angebot schon allein deshalb kleiner ist, weil wir vegan sind. Mal abgesehen davon, dass wir sechzig Quadratmeter haben und nicht sechshundert.

»Natürlich wäre es eine Notlösung«, meint Mom seufzend.

»Was passiert denn, wenn du nicht fliegst?«, fragt Jack und ich werfe ihm einen schnellen Blick zu. Er will, dass sie fliegt. Er will aber *auch*, dass sie selbst draufkommt, dass das für sie am besten ist.

»Der Anwalt – oder ist es ein Notar? – bekommt von mir eine Vollmacht und veräußert alles ...«

»... wodurch sein Honorar natürlich beträchtlich steigt«, fällt Jack ihr wieder ins Wort. Irgendwie hat unsere Familie nicht die beste Gesprächskultur.

Mom überlegt. »Wahrscheinlich«, gibt sie zu. »Was nach Abzug aller Spesen übrig bleibt, überweist er.«

»Und wenn nach Abzug aller Spesen noch *Spesen* übrig bleiben? Was ist dann?«

»Ich habe keine Ahnung«, sagt Mom und massiert mit den Fingerspitzen ihre Schläfen. »Ich hatte noch nie eine verstorbene amerikanische Tante.«

Ich greife nach dem Anwaltsbrief und lese ihn noch einmal ganz genau. »*Ms Vannemaker's worldly possessions, including her two properties, her car, all household items, art, pets and jewellery shall pass into Mrs Becker's ownership, as well as* ...«

»Wahrscheinlich sollte ich mich vorher noch hier von einem Anwalt beraten lassen«, sagt Mom gerade. »Ob ich die Erbschaft überhaupt annehmen muss und ...«

»Mom!« Ich muss schon wieder unterbrechen und zeige mit dem Finger auf die eine Stelle in dem Brief. »Da, sieh dir das an! *Pets!* Du erbst ihre Haustiere!«

»Haustiere?« (Jack)

»Was?« (Mom)

»Was passiert mit denen?« (Jack)

»Und wer kümmert sich derzeit wohl um die?« (Ich)

»Steht da nichts Näheres?« (Mom)

»Die kommen sicher in eines dieser schrecklichen amerikanischen Tierheime, die aussehen wie Gefängnisse!« (Ich)

»Und wenn sie keiner abholt, werden sie eingeschläfert!« (Jack)

»Als ob es nicht schon schlimm genug wäre, dass ihre Besitzerin tot ist...« (Ich)

»Okay.« Diesmal ist es Mom, die mir das Wort abschneidet. »Damit ist das entschieden. Ich fliege. Egal, ob sie zwei Riesenschlangen oder zweiundfünfzig Katzen hat. Um die Tiere muss sich jemand kümmern.«

So einfach geht das. Geld ist ein Argument, Zeit ist ein Argument, beruflicher Erfolg ist ein Argument. Aber das Trumpf-Ass, das alle Argumente jederzeit schlägt, ist in unserer Familie ein Tier. *Jedem Tier, dem irgendwie geholfen werden kann, muss geholfen werden.* Es ist schwer zu sagen, wer von uns der größte Tierliebhaber und Tierschützer ist, aber wahrscheinlich Mom. Von ihr ist schließlich immer alles ausgegangen. Jack und ich sind damit aufgewachsen, dass jedes Leben Respekt verdient.

Jack geht, um Clara anzurufen, und ich rufe Reggie an. Sie ist sofort Feuer und Flamme für die Idee, im Juli im *Fill up* zu jobben. Wir können nicht so viel zahlen, wie sie vielleicht woanders verdienen würde, aber dafür ist es nicht stressig und wir sind zusammen und haben sicher jede Menge Spaß. Taraaa! Das Team steht und der Sommer kann kommen! Plötzlich bin ich richtig aufgeregt. Es ist noch mal ganz was anderes, die volle Verantwortung zu tragen, als nur ein bisschen mitzuhelfen – auch wenn das Bisschen ziemlich viel ist.

Und außerdem komme ich dann gar nicht dazu, über Milo nachzudenken. Ich würde so ziemlich alles tun, um nicht an ihn denken zu müssen. Wenn nur endlich Ferien wären, damit ich ihm nicht mehr ständig über den Weg laufe. Ich weiß dann nie, wo ich hinschauen soll.

Mom holt mich aus meinen unerwünschten Milo-Gedanken, bevor sie sich vervielfachen, was sie immer tun. »Ist dir nicht heiß in dem dicken Sweater, Zoe?« Ihre Augen schauen mich mit diesem besorgten Mama-Blick an. »Du wirst doch nicht krank werden?«

»Nein, nein, mir geht's blendend.«

»Es hat fünfundzwanzig Grad und du bist angezogen wie im tiefsten Winter.«

Nein, ich bin angezogen wie ein Mädchen, das C-Cups hat, manchmal sogar D. Wie ein Mädchen, das nicht die Blicke von unreifen Idioten auf seine Oberweite ziehen will.

»Wollen wir morgen mal shoppen gehen? Ich hab in der Stadt so süße Tops gesehen...«

»In meiner Größe sind die nicht süß«, schnappe ich zurück, und es kommt viel schärfer raus als beabsichtigt. Ich schicke ein gemurmeltes »Sorry«, hinterher.

Zum Glück weiß meine Mutter, dass das nicht persönlich zu nehmen ist.

»Die meisten von uns hätten gern deine Oberweite«, sagt sie mit einem Seufzer. Ihr passen klein geschnittene B-Cups und diese indischen Hippie-Kleider trägt sie einfach ohne BH. »Ich weiß sowieso nicht, woher du deinen Busen hast.«

»Und meine Hüften. Und meine Pausbacken.«

»Du hast doch keine Pausbacken! Und du hast genau die Figur, die ich mir immer gewünscht habe! Ich war bloß dünn! Die Jungs haben durch mich hindurchgesehen!«

Es ist nicht gerade so, dass wegen meiner BH-Größe und meiner Marilyn-Monroe-Hüften die Jungs Schlange stehen würden. Und ich bin tatsächlich nicht dick oder so. Aber so mädchenhafte Tops, wie meine Mutter sie problemlos tragen kann, oder auch nur ganz normale Tanktops sehen an mir gleich aus wie Reizwäsche.

»Du musst lernen, deinen Körper anzunehmen, Schatz, wirklich, es ist...«

»Mooohooom!« Ich hatte eben den Vorsatz gefasst, sie nicht mehr zu unterbrechen, aber sie macht es mir echt schwer. »Das hatten wir doch schon!« Und wenn sie tausendmal recht hat – und wahrscheinlich hat sie recht –, ich kann das jetzt echt nicht hören.

Sie seufzt. »Schon gut.« Ein paar Sekunden denkt sie nach, dann kann sie es doch nicht lassen: »Aber du bist so ein wunderhübsches Mädchen und ich möchte einfach nur, dass du dich so siehst, wie ich dich sehe...«

»Mom, ich bin in der Pubertät und du bist meine Mutter.« Das mit den guten Vorsätzen vergesse ich wohl besser. »Ich *kann* mich nicht so sehen, wie du mich siehst.«

Sie muss lachen und ich muss mitlachen. Ich liebe meine Mutter. Sie versteht viel, aber eben auch nicht alles.

Reggie versteht das mit den Sweatern.

»*Warum sollst du denen was zu glotzen geben, den Idioten*«, meint Reggie. »*Und bald sind Ferien, dann siehst du Milo und Co. ohnehin nicht mehr.*«

»Nur blöderweise hat es jetzt schon dreißig Grad in den Klassenräumen.« Wir kommen gerade aus dem Kunstunterricht und der Lehrsaal ist im obersten Stockwerk und wird im Sommer verdammt heiß.

»*Wer keusch sein will, muss leiden*«, meint sie grinsend und zeigt milde lächelnd einem Jungen, dessen Augen sich nur mit sichtlicher Mühe vom Ausschnitt ihres Tops lösen, den Mittelfinger.

»Witzig.« Reggie provoziert gern und sie flirtet gern. Wenn sie es irgendwie einrichten kann, verbindet sie beides und flirtet provokant. Sie liebt Aufmerksamkeit mindestens ebenso sehr, wie ich sie hasse. Wir ergänzen einander also hervorragend.
»Milo ist ein Arsch. Vergiss ihn einfach.«
»Ich dachte, er ist absolut heiß und es ist geradezu unglaublich, dass er sich für mich interessiert.«
»Wer hat das gesagt?«
»Du natürlich.«
»Es ist verdammt taktlos, so was zu seiner Freundin zu sagen.«
»*Du* bist verdammt taktlos.«
Sie runzelt die Stirn. »Auch wieder wahr. Dann habe ich das wohl wirklich gesagt. Aber jetzt ist er bloß noch ein Arsch mit Ohren.«

»Zooooz000 ...!« Moms gedehnte Betonung meines Kosenamens reißt mich erneut aus meinem Tagtraum.
»Sorry. Außerirdische haben sich vorübergehend meines Gehirns bemächtigt und damit experimentiert.«
Mom sieht mich mit diesem Blick an. Sie ist Sekundenbruchteile davor, mir zu sagen, dass ich meine verbale Spontan-Kreativität von meinem Vater habe und sie sich wundert, wie ich ihm gleichzeitig so ähnlich und so unähnlich sein kann. Dann entscheidet sie sich dagegen, wahrscheinlich weil sie nicht noch ein »Mohoooom« von mir hören will. Das genetische Familienlotto haben wir schließlich schon oft genug besprochen.
»Ich hab dich so lieb, mein Schatz«, sagt sie stattdessen und nimmt lächelnd meine Hand.
Mein Widerstand schmilzt augenblicklich dahin. »Ich dich doch auch, meine süße Supermom.«

Ich habe wirklich Riesenglück mit meiner Mutter. Reggie beschwert sich ständig über ihre. An guten Tagen ist sie nur genervt von ihr, an schlechten will sie sich selbst zur Adoption freigeben. Ich habe immer gefunden, dass meine Mutter großartig ist. Eine Welle von Dankbarkeit schwappt über mich und ich umarme Mom spontan.

»Du genieß Amerika und vergiss nicht, Spaß zu haben!«, sage ich und drücke sie fest. »Jack und ich verdoppeln inzwischen unsere Umsätze, du wirst schon sehen!«

»Da halte ich bestimmt nicht dagegen«, meint Mom und ich kann das Lächeln in ihrer Stimme hören. »Es gibt nichts, was meine Kinder nicht hinkriegen.«

2. Punschtörtchen und Idioten

»Wir haben kein Basilikum mehr! Und keine reifen Avocados!«, rufe ich aufgeregt ins Telefon. »Wie lange brauchst du noch? In einer halben Stunde kommen die ersten Büromenschen zum Mittagessen!«

Mom ist seit einer Woche weg und die am häufigsten gestellte Frage lautet: *Wie macht sie das?*

Jack flucht. »Ich weiß nicht, wie Mom das macht, dass immer reife Avocados da sind. Wenn ich welche kaufe, die schon weich sind, sind sie innen schwarz und eklig. Wenn ich sie unreif kaufe, liegen sie noch drei Wochen bei uns rum, bis man sie verwenden kann – dann sind aber dafür alle gleichzeitig reif und die Hälfte wird schlecht!«

»Ja, ja, die Avocadoforschung steckt noch in den Kinderschuhen«, erkläre ich ihm und unterdrücke ein Lachen. Seit wir das *Fill up* allein führen, gibt es jeden Tag irgendein neues Rätsel.

»Kauf sie bei Aldi«, füge ich hinzu. »Die sind bio und von sehr guter Qualität. Und kaum teurer als auf dem Großmarkt. Und es sind immer welche dabei, die schon reif, aber noch nicht kaputt sind.«

»Noch ein Umweg«, murrt er. »Und außerdem braucht Avocado-Anbau Unmengen an Wasser. Und dann noch der Transport! Und ich wette, letztendlich landet mehr als die Hälfte im Müll, weil die Dinger zu früh geerntet oder nicht vorsichtig gelagert werden. Stellt sich echt die Frage, ob wir sie nicht konsequenterweise von der Karte streichen ...«

»Komm ja nicht ohne Avocados nach Hause!«, unterbreche ich Jack. »Wir wissen beide, dass es nicht möglich ist, alles richtig zu machen. Wir machen so viel richtig, da ist es in Ordnung, dass wir Avocados gegenüber tolerant sind. Ich sag nur: grüne Smoothies! Avocado-Toast! Avocado-Mango-Salat! Guacamole-Bagel! Avo...«

»Wenn du noch einmal Avocado sagst, schreie ich!«, unterbricht mein Bruder nun zur Abwechslung mich. »Ich kenne dich. Du denkst nicht an die Speisekarte, sondern bloß an dein eigenes Mittagessen. Bis später, Schwesterchen.«

Jack legt auf und mein Blick wandert zu der Obstschale auf dem Tresen, in der neben Bananen und Orangen derzeit nur eine einsame Avocado wartet. Mein Bruder hat natürlich recht. Ich liebe Avocados. Ich könnte sie für den Rest meines Lebens morgens, mittags und abends essen und es würde mir nicht langweilig werden. In letzter Zeit muss ich mir immer wieder anhören, wie viel Wasser Avocadopflanzen benötigen, wie sehr dadurch also die Umwelt belastet wird. Tausend Liter Wasser für ein Kilo Avocado! Ich weiß, das ist sehr viel. Die Produktion von einem Kilo Rindfleisch ist mit einem Wasserverbrauch von *sechzehn*tausend Litern verbunden, erkläre ich dann dem Omnivoren, der sich über meinen Avocado-Toast aufregt. Als

Veganer lernt man, seine Recherchen zu machen und sich relevante Zahlen zu merken.

Der größte Nachteil der Avocado ist ihr Fettanteil. Es sind »gute«, gesunde Fette, aber trotzdem. Manchmal habe ich das Gefühl, jede Avocado, die ich esse, wandert direkt in meinen BH.

»Die sind der Wahnsinn. Noch besser, als sie aussehen. Da hat man alle Hände voll zu tun.« Milo lacht und spreizt die Finger beider Hände, um das Ganze anschaulicher zu machen. Es gibt leider nicht den geringsten Zweifel, dass er von meinen Brüsten redet.

»Hat sich also ausgezahlt, mal den Typ zu wechseln«, meint einer seiner Freunde. Es ist Chris, der Bassist der Band.

»Aber so was von.«

»Nur weil man das Mädchen wechselt, wechselt man nicht den Typ«, sagt Lasso, der lange, dünne Gitarrist. Wie wahr. Wenn der Reiz der großen Brüste abgeklungen ist, geht's zurück zu den dünnen Model-Typen.

»Sie soll eine gute Stimme haben«, sagt Chris.

Wie verblüffend. Ich bestehe also nicht nur aus Busen, sondern aus Busen und Stimme.

»Wir wollten doch mal ein paar Duette reinnehmen.«

»Ich glaube, ich werde Berufliches und Privates lieber nicht vermischen«, erklärt Milo nachdenklich. »Sängerinnen gibt es ohne Ende, aber solche Kaliber nur einmal.« Wieder großes Gelächter.

Ich hätte ihm eine Nachricht schicken sollen, dass ich ihn von der Probe abhole. Aber ich wollte gerne ein bisschen zuhören. Die Band heißt The4Monkeys. Die Jungs sind verdammt gut und spielen schon oft richtige Gigs, gegen Bezahlung. Milo hat eine tolle Stimme, in die hab ich mich als Erstes verliebt. Und er spielt auch noch super Gitarre.

Und dann die dunklen Haare, die mandelförmigen Augen, die schmalen Hüften. Sportlich ist er auch noch. Der Kombination kann kaum ein Mädchen widerstehen. Die ersten paar Wochen nach dem Konzert schien es völlig verrückt, dass er sich überhaupt für mich interessiert. Ich war vorsichtig, habe gezögert. Aber er war so süß und so cool und, hallo: Sänger und Gitarrist! Und dann hatte er mich so weit, ich war richtig, richtig verliebt.

Der Absturz ist entsprechend tief und die Landung entsprechend hart. Ich wollte einfach mal den Sound der Band ohne tausend Nebengeräusche abchecken. Und Milo überraschen. Das hab ich jetzt davon. Ich stehe mit verheultem Gesicht auf dem Flur vor dem Proberaum und habe irgendwann vor viel zu langer Zeit zu atmen aufgehört. Nun brauchen meine Lungen doch wieder Luft, und das Luftholen wird gleichzeitig ein lautes Schluchzen. Als die Unterhaltung drinnen verstummt, wird mir klar, dass sie mich gehört haben. Ich drehe mich um und renne den Gang hinunter, den ich gekommen bin. Renne weiter auf die Straße und bis nach Hause, wo Gott sei Dank niemand ist. Ich hole Bowie aus der Wohnung und wir fahren mit der Straßenbahn an den Stadtrand. Eine halbe Stunde später fühle ich mich gut genug, um Milo eine »Das war's dann«-Whatsapp zu schicken.

Ich trenne mich von der schwarz-grünen Perfektion der Avocado, die den Flashback ausgelöst hat, und beschließe, dass es Zeit für den ersten Latte des Tages ist. Ein Blick in den Kühlschrank ergibt akuten Mangel an Reis-Mandel-Milch. Wir haben eine Kamera über der Tür und tagsüber ist die Gasse recht belebt. Obwohl ich allein im Geschäft bin, ist es also kein Problem, mal eben nach hinten ins Lager zu gehen und Nachschub zu holen.

Ich kann mich nicht erinnern, dass Mom jemals irgendetwas schon vormittags, vor dem ersten Rush, aufstocken musste, seit es unser Geschäft gibt. Sie hätte gestern Abend noch Nachschub geholt. Na ja, ich lerne jeden Tag dazu, denke ich, als ich die Tür öffne. Ich mag das Lager. Manchmal sitze ich an heißen Tagen nach der Arbeit noch hier hinten und lese oder höre Musik. Es ist schön kühl hier, und von jeder Menge biologischer, veganer Lebensmittel umgeben zu sein, wirkt offenbar beruhigend auf mich. Obwohl ich die Tür zum Geschäft einen Spalt offen lasse, fühle ich mich, als wäre ich völlig allein auf einem anderen Planeten, sobald ich das Lager betrete. Ich beginne vor mich hin zu summen und das Lied, das sich als Erstes in mein Bewusstsein drängt, hat eindeutig mit Milo zu tun und nicht mit Avocados. Ich kann den Chorus auswendig und singe drauflos, mit jeder Zeile lauter werdend:

»All the people on the street, I hate you all
And the people that I meet, I hate you all
And the people that I know, I hate you all
And the people that I don't, I hate you all
Oh, I hate you all
I bet you think I'm kidding
But I promise you it's true ...«

Ich singe immer noch, als ich die Tür zum Lager wieder hinter mir zuziehe, drei Kartons Reis-Mandel-Milch unter den Arm geklemmt.

»I hate most everybody
But most of all I hate
Oh, I hate you!«

Ich bin eine von denen, die die Augen schließen, wenn sie mit voller Hingabe singen, und die letzte Zeile singe ich mit sehr viel Hingabe. Entsprechend lasse ich vor Schreck beinahe die drei Milchkartons fallen, als ich die Augen öffne und den sichtlich amüsierten Typen auf der anderen Seite des Tresens entdecke.

»Hey«, sagt er. »Wem auch immer die Nummer gewidmet war, ich möchte nicht in seiner Haut stecken.« Er lacht. »Das muss dir wirklich nicht peinlich sein. Wenn *mich* jemand beim Singen ertappte, das wäre peinlich. Aber du hast eine fantastische Stimme. Wow.«

»Ehm, danke«, murmle ich.

»Gern geschehen«, sagt er freundlich. »Die reine Wahrheit.«

Es fühlt sich an, als würde die Röte in meinem Gesicht wieder nachlassen, also blicke ich vorsichtig auf. Er ist älter als ich und etwas jünger als Jack, vielleicht siebzehn oder achtzehn, hat längere, hellbraune Haare, die Spitzen sind blond von der Sonne. Und seine Augen sind sehr hell, blau oder graublau. Und sie lachen immer noch, obwohl er sich sichtlich bemüht, ernst zu bleiben.

»Einen Latte bitte«, fügt er hinzu. »Wenn du dann so weit bist.«

»Du weißt, dass wir keine Kuhmilch haben?«, frage ich vorsichtshalber. Ich habe schon viele fassungslose Gesichter gesehen, wenn ich etwa bei einer Cappuccino-Bestellung runtergerasselt habe: »Hafermilch, Mandelmilch, Sojamilch, Reismilch, Reis-Mandel-Milch oder Kokosmilch?«

»Das hab ich mir schon gedacht, als ich euer Schild gelesen habe.«

Auf unserem Schild steht groß: »Fill up«, und darunter kleiner: »Laden und Bistro. Zero waste. 100% vegan.«

»Das liest leider nicht jeder.«

»Ich schon.«

»Dann hat das Schild sich ja endlich mal bezahlt gemacht. Hafermilch, Mandelmilch, Sojamilch, Reismilch, Reis-Mandel-Milch oder Kokosmilch?«

»Das kommt drauf an.« Er runzelt die Stirn, deutet auf den Hafermilch-Karton, der neben der Espressomaschine steht, und fragt: »Habt ihr von der da auch die Barista-Edition?«

Aha, ein Kenner. Ich schüttle den Kopf. »Wir haben nur die. Da ist nur Hafer, Salz und Wasser drin, keine Zusatzstoffe. Deswegen.«

»Okay, dann nehme ich die Reis-Mandel-Milch.« Er verzieht das Gesicht ein bisschen verlegen. »Die schäumt besser.«

»Nicht besser als die reine Mandelmilch.«

»Stimmt, aber Reis-Mandel schmeckt besser.«

Ich nicke. »Gute Wahl. Reis-Mandel-Latte kommt sofort.« Ich weiß, warum er verlegen geguckt hat, und grinse ein bisschen vor mich hin, während ich die Milch schäume. Das mit dem Schaum ist mehr so ein Frauen-Ding. Männer legen da meistens nicht so viel Wert drauf. Beim Bier ja. Aber nicht beim Kaffee. Und überhaupt trinken Männer selten Latte. Jedenfalls nicht am Nachmittag.

»Ich weiß, es ist ein Mädchengetränk«, sagt er und ich wische erschrocken das Grinsen von meinem Gesicht. Kann der Typ Gedanken lesen?

»Meine Exfreundin hat das jedenfalls immer gesagt, und seither werde ich jedes Mal verlegen, wenn ich einen Latte bestelle.«

»Das ist schlimm«, sage ich und bemühe mich, ernst zu bleiben. »Vermutlich ein echtes Trauma. Du wirst wohl nie wieder einer Frau vertrauen können.«

Er lacht laut heraus. »Durchaus möglich.« Er streckt seine Hand über den Tresen. »Ich bin übrigens Leon.«

»Zoe.«

Er betrachtet mich einen Augenblick und nickt dann zufrieden. »Das passt zu dir. Sehr schöner Name.«

Während ich nachdenke, ob das nur ein Kompliment für meinen Namen oder auch eins für mich war, fügt er hinzu: »Also, Zoe. Zum Trost brauche ich dringend was Süßes.«

»Was richtig Männliches wie einen Apfelkuchen oder lieber ein Punschtörtchen? Zum Getränk passend?«

»Shit«, sagt er. »Ich liebe Punschtörtchen.« Er schaut dabei so zerknirscht, dass ich laut herauslache. Dann beschließe ich, es ihm leichter zu machen. »Unsere hausgemachten Punschtörtchen haben beim Blindverkostungstest eines Gourmetmagazins den ersten Platz belegt«, erkläre ich ihm stolz und deute auf die Plakette an der Vitrine. »Unser Produkt war das einzige vegane.«

Das war letztes Jahr im Frühling – kurz nachdem wir eröffnet hatten. Einer unserer allerersten Kunden hatte uns bei einer Zeitschrift für den Wettbewerb nominiert.

Er seufzt und sieht mich vorwurfsvoll an. »Du machst es mir echt schwer, eine einigermaßen männliche Fassade aufrechtzuerhalten«, erklärt er.

»Ich habe ein Instagram-Foto gesehen, auf dem Chris Hemsworth ein Punschtörtchen isst.«

Er legt den Kopf schief. »Das hast du gerade erfunden.«

»Stimmt.« Wir lachen beide.

»Ich wähle das Punschtörtchen«, sagt er dann entschlossen. »Und ich werde es so mannhaft verdrücken wie nur möglich.«

Während ich seinen Kaffee fertig mache und das Törtchen auf einen Teller lege, beäugt er mit Kennerblick unsere Espressomaschine. »Wow«, sagt er. »Das ist ja eine echte Antiquität, die ihr da habt! Eine FAEMA, oder?«

»Ja, genau«, erwidere ich stolz. »Eine FAEMA Presidente aus dem Jahr 1964. Du bist der Erste, der das erkennt!«

»Ein Hobby meines Vaters«, erklärt Leon. »Er sammelt alte Kaffeemaschinen und bastelt an ihnen rum.«

»Ein teures Hobby«, meine ich.

»Na ja«, sagt er. »Andere sammeln Autos.«

Ich lache laut auf. »Niemand, den *ich* kenne«, erkläre ich. Mein Vater verdient genug mit seiner PR-Agentur und er besitzt zwei Autos, einen kleinen Stadtflitzer und einen großen Geländewagen. Auch wenn Jack und ich seit Ewigkeiten versuchen, ihm zu erklären, dass niemand zwei Autos »braucht« und dass ein Auto nach fünf Jahren nicht »alt« ist – es ist nicht gerade eine Sammlung.

»Und Autos machen auch keinen Kaffee«, füge ich hinzu.

Leon nimmt einen Schluck von seinem Latte. »Schon gar nicht so guten«, sagt er. »Auch wenn mein Vater jetzt sagen würde, dass man bei so viel Milch und Schaum den Kaffee sowieso nicht mehr schmeckt.«

»Dein Vater würde sich gut mit meinem Bruder verstehen«, antworte ich grinsend.

Jack verachtet alles, was kein Espresso ist. Er hat die Maschine im Internet gefunden und Mom war sofort Feuer und Flamme. Okay, eine moderne Espressomaschine wäre um einiges bequemer. Aber diese hier ist ein Sammlerstück und für mein Gefühl macht sie allein fast fünfzig Prozent des Vintage-Flairs in unserem Laden aus. Wir haben überhaupt nur »echte« alte Sachen. Also nichts, was auf alt getrimmt ist und man als »retro« zu kaufen kriegt. Unsere Sachen sind von meiner Oma, von Flohmärkten, Trödelläden und Sozialkaufhäusern.

Leon schlendert durchs Geschäft und sieht sich alles an.

»Sehr coolen Laden habt ihr hier«, sagt er, als er von seinem Rundgang zurückkommt. »Und den Namen finde ich auch richtig gut.«

»Danke!« Ich kann nicht anders, als über das ganze Gesicht zu strahlen. »Das freut mich!«

»Ich denke, ich werde öfter hierherkommen.« Er nickt vor sich hin. »Wenn Gesang und Stand-up-Comedy nicht extra kosten?«

»Alles inklusive«, erkläre ich würdevoll. Er ist so nett, dass ich mich schon ziemlich entspannt habe. »Dann gebe ich dir eine Sammelkarte? Der zehnte Kaffee ist gratis und einen Cookie gibt es auch dazu.«

Er bezahlt, wirft zwei Euro in unser Trinkgeldglas und trägt Kuchen und Kaffee an einen unserer drei Stehtische.

Während der nächsten zwanzig Minuten kommen keine anderen Kunden und wir plaudern über den Laden. Ich erzähle ihm, dass er meiner Mutter gehört und wie gut das Konzept ankommt. Er stellt sehr interessierte und intelligente Fragen, vor allem nach unserem Zero-Waste-Konzept. Wie wir in kleinen Mengen regelmäßig bestellen, ohne zu hohe Kosten zu haben, interessiert ihn, und bei welchen Produkten wir Kompromisse schließen müssen, was die Nachhaltigkeit angeht.

Ungläubig sieht er mich an, als ich ihm sage, dass es Take-away-Kaffee nur in mitgebrachten Bechern gibt.

»Ehrlich jetzt?«

Ich nicke. »So was wirkt bewusstseinsbildend bei den Kunden.«

»Oder es vergrault sie. Ich hab so einen Becher zum Beispiel gar nicht.«

»Zweiter Gang, gleich neben den Trinkflaschen und den Glasstrohhalmen«, erkläre ich mit einem Lächeln. Hätte ich eine Emoji-Identität, wäre ich gerade das mit dem Heiligenschein.

Kurz darauf, die ersten Mittagsgäste sind schon eingetrudelt, verlässt er den Laden mit einem Einhorn-Kaffeebecher (»Wenn schon, denn schon!«), einem weiteren Punschtörtchen in einer Lunchbox aus Recycling-Kunststoff und einem Kaffee-Sammelpass. Und ich kriege den ganzen Nachmittag das Grinsen nicht aus meinem Gesicht, obwohl Jack viel zu spät kommt, zwei Kunden sichtlich ungehalten sind, weil es keine Avocados mehr gibt, und dann auch noch die Kasse abstürzt.

Leon ist auch ein schöner Name, finde ich. Und er passt zu ihm.

»Drei Hunde, vier Katzen *und* vier Hühner?«

»Drei Hühner und ein Hahn«, korrigiert meine Mutter. »Und ich fürchte, der Hahn ist unvermittelbar. Er scheint unter Dauer-Jetlag zu leiden und kräht zu den unmöglichsten Zeiten.« Mom seufzt. »Jedenfalls brauchen wir keinen Gentest, um sicher zu sein, dass Tante Gertrud mit uns verwandt war. Die Tierliebe zieht sich durch die Generationen.« Mein Handy ist an die Kaffeemaschine gelehnt und ich habe Mom auf Lautsprecher, damit ich den Tresen putzen, Kuchen in der Vitrine arrangieren und das Bistro für die Nachmittags-Welle vorbereiten kann, während wir telefonieren.

»Aber das kann natürlich dauern«, sagt sie gerade.

»Was kann dauern?«

»Gute Plätze für alle zu suchen. Vorher kann ich hier nicht weg. Tante Gertruds Nachbarin hat sich bis jetzt um die ganze Arche Noah gekümmert. Die ist zwar rüstig für 82, aber das war dann doch ein bisschen viel. Und einen Makler hab ich auch noch nicht gefunden.«

Apropos bisschen viel. Durch die Glastür sehe ich eine Gruppe junger Leute auf das *Fill up* zukommen. Ich hab den Mixer noch nicht geputzt und noch kein Stück Obst geschnitten. Eigentlich sollte Reggie seit einer halben Stunde hier sein, aber sie ist – wieder mal – unpünktlich.

»Zoe?«

»Jaja«, sage ich schnell. »Das kann ich mir vorstellen, dass die alte Dame überfordert ist.«

»Du klingst gestresst«, sagt Mom augenblicklich besorgt. »Bist du auch ganz sicher, dass ihr das alles hinkriegt?«

»Es kommen Gäste, Mom, wir hören uns, tschüüüüüss...«

Es wäre wesentlich stressfreier, wenn Reggie pünktlich käme und sich nicht, so wie gerade eben wieder, keuchend und aufgelöst mit dem ersten Gästeschub des Nachmittags ins Lokal quetschen würde.

»Umziehen, Hände waschen, Obst schneiden, Mixer putzen«, sage ich halblaut statt einer Begrüßung und schenke ihr ein »Du-lernst-es-nie«-Augenrollen.

»Ja, Mutter«, sagt Reggie mit unschuldigem Blick, deutet einen Knicks an und zeichnet über ihrem Kopf einen Heiligenschein in die Luft.

Ich rolle mit den Augen, aber grinsen muss ich trotzdem. Länger als drei Sekunden sauer auf meine beste Freundin zu sein kriege ich einfach nicht hin.

Als ich die Bestellungen der Gruppe aufgenommen habe, steckt Reggie in ihrem schwarzen *Fill-up*-T-Shirt, hat die Schürze umgebunden und ist immerhin schon beim Obstschneiden. Ich hoffe mal, dass sie das Händewaschen nicht vergessen hat, greife nach dem Gefäß des Mixers und spüle es gründlich mit kaltem, dann mit kochend heißem Wasser aus. Zum ersten Mal gelingt es mir, genau die richtige Menge Mango, Banane und Ananas für drei Kauai-Smoothies einzufüllen, aber ich habe nicht wirklich Zeit, stolz drauf zu sein. Von der Obst-Expertin wechsle ich nahtlos in die Barista-Rolle und schicke

Minuten später Reggie mit zwei Hafer-Latte, einem Soja-Chai-Latte und den Smoothies zu den Gästen. Während sie ein bisschen Small Talk macht – darin ist sie von uns allen am besten und es hat den Vorteil, dass den Leuten die Wartezeit aufs Essen nicht so lang vorkommt –, bereite ich hastig zwei Avocado-Bagels, einmal Tofu-Scramble und zwei unserer Cookies vor. Als Reggie wiederkommt, bin ich gerade dabei, die fertig gefüllten Bagels einmal durchzuschneiden.

»Wow«, sagt Reggie. »Das muss ein neuer Rekord sein. Hast du vor, Angestellte des Monats zu werden?«

Ich schenke ihr ein gutmütiges Grinsen. »Meine Chancen stehen besser als deine.«

»Gib's zu, mein Charme macht meine Unpünktlichkeit wieder wett.«

Ich mache ein zweifelndes Gesicht.

Sie macht ein Trauriges-Hündchen-Gesicht.

Ich rolle wieder mit den Augen.

Sie hebt die Hände vor die Brust wie Pfötchen, reißt die Augen auf und beginnt zu hecheln.

Ich kann nicht anders, ich muss lachen. »Jaja, nimm deinen Charme und dieses Tablett und trag alles an den Tisch.«

Sie nickt, immer noch hechelnd, und verschwindet mit dem Tablett.

Während ich den Mixer erneut reinige, folge ich ihr mit den Augen. Reggie hat glatte dunkelblonde Haare, die ihr bis zu den Schultern reichen, tolle grüne Augen und genau die Figur, die ich gerne hätte. B-Cups. Schmale Hüften. Eine Minitaille. Alles an ihr ist zart und beweglich und fröhlich. Wenn Reggie ein Tier wäre, wäre sie ein Vögelchen in einem Disney-Film. Ständig beschwert sie sich, sie sei zu klein (sie ist eins achtundsechzig, genau gleich groß wie ich), ihre

Nase sei hässlich (was sie stört, ist der kleine Haken, den der Nasenrücken macht und der perfekt in ihr Gesicht passt) und ihre Füße seien zu groß (sie hat Schuhgröße neununddreißigeinhalb, ich achtunddreißig). Ich würde ohne nachzudenken meine Füße gegen ihren Busen tauschen.

Sie trägt unser Crew-T-Shirt in XS, sodass es um die Oberweite knapp sitzt, und hat es am Saum so verknotet, dass man ihren flachen Bauch und das Tattoo sehen kann, das ihre Taille nachzeichnet. Es ist eine Gänseblümchenkette und ich finde es superhübsch, aber das Beeindruckendste daran ist doch die Tatsache, dass Reggie ihre Mom dazu gekriegt hat, ihr Einverständnis dazu zu geben. Nicht, dass ich selbst eins möchte. Jedenfalls noch nicht. Das ist mehr so ein Reggie-Ding. Sie ist einfach frecher als ich und mutiger.

Mein erstes *Fill-up*-Shirt war Größe M. Dann passierte die Sache mit Milo. Jetzt trage ich XL, also ein kleines Zelt. Aber keiner kann auch nur ahnen, was für »Kaliber« sich darunter verstecken.

Reggie kommt zurück an den Tresen geschlendert, ein Lächeln, das sie wohl einem der Jungs geschenkt hat, immer noch um ihre Mundwinkel spielend.

»Ich finde es super, dass ich hier fürs Flirten bezahlt werde«, meint sie. »Best job ever.«

»Eigentlich wirst du nicht ausschließlich fürs Flirten bezahlt«, setze ich an, doch sie unterbricht mich, bevor ich darauf hinweisen kann, dass Tresen putzen, Essen vorbereiten, Geschirr waschen und Fußboden fegen auch zur Jobbeschreibung gehören, obwohl aus unerfindlichen Gründen ich 80% all dieser Tätigkeiten übernehme, wenn wir gemeinsam Dienst haben.

»Wir wissen beide, dass meine patentierte *Smiles-sell*-Methode den Umsatz hebt. Gestern zum Beispiel war dieser süße Typ da, der eigentlich nur was fragen wollte. Letztendlich hat er dann zwei Latte und ein Punschtörtchen konsumiert. Und noch ein Törtchen mitgenommen.«

Süßer Typ mit Punschtörtchen und Latte? Ich atme ein und vergesse, wieder auszuatmen.

»Und beinahe auch mich«, fügt Reggie mit einem kleinen Lächeln hinzu, und mein Herz zieht sich ein bisschen zusammen. Ich richte den Blick auf das Mixgefäß, das ich eben auf den Sockel setze, und versuche, so gleichgültig wie möglich zu klingen.

»Sah er aus wie frisch vom Surfbrett? Ziemlich braun gebrannt mit hellen Augen? So, siebzehn, achtzehn?«

»Genau«, erklärt Reggie. »Mit anderen Worten, *Reggies next boyfriend*.«

»Dann hat er mit dir geflirtet?« Ich dachte, er hätte mit *mir* geflirtet. Zum ersten Mal seit Milo hab ich mich entspannt mit einem Jungen unterhalten, einem richtig netten Jungen, der richtig witzig war und auch noch gut aussah, und ich dachte wirklich ...

Reggie sieht mich an mit ihrem Was-denkst-du?-Blick.

Und ich kann ihm nicht mal richtig böse sein, mir gefällt Reggie auch besser als ich selbst. *Natürlich* interessiert er sich für sie. Jeder Junge interessiert sich für Reggie.

»Kennst du ihn?«, fragt meine Freundin mich interessiert.

»Ich glaube, er war schon mal hier.« Ich behalte mit Mühe meinen desinteressierten Tonfall bei und beginne, Hafermilch für Cappuccino zu schäumen, denn die drei älteren Damen, die ich eben durch die Glasfront aufs *Fill up* zukommen sehe, trinken immer Cappuccino und essen je ein Croissant dazu.

»Ich bin nicht ganz sicher, was vegan eigentlich bedeutet«, hat eine der Ladys, ich darf sie Roswitha nennen, neulich im Vertrauen zu mir gesagt. »Aber eure Croissants sind besser als im Café Altstadt.

Und Kuhmilch vertrag ich nicht.« Sie wohnt direkt gegenüber und ist jeden Tag dankbar, dass es uns gibt. Was bin ich froh, dass wir Mom überreden konnten, uns das Lokal weiterführen zu lassen, während sie weg ist!

Ich nicke lächelnd, als Roswitha beim Eintreten beide Hände in die Luft hält und je drei Finger abspreizt. Dreimal Cappuccino, drei Croissants. Stammgäste wie sie und ihre Freundinnen sind Gewohnheitstiere. Wenn man als Winzling in der Gastronomie erfolgreich sein will, muss man ein klares Konzept haben, sich von der Konkurrenz abheben, mit persönlichem Service punkten und man muss Kontinuität zeigen. Offen zu halten war eine gute Entscheidung, auch wenn das schon jetzt nach dem anstrengendsten Sommer meines knapp fünfzehnjährigen Lebens aussieht.

Ich habe es tatsächlich geschafft, mich so weit von Leon abzulenken, dass ich beinahe lächle. Kaum bemerke ich es, könnte ich heulen.

Habe ich vorhin gemeint, ich kann ihm nicht böse sein? Ich kann aber doch. Geht sogar ganz leicht. Reggie und ich sind so völlig verschieden – wenn er mit uns beiden flirtet, bedeutet das, er flirtet mit jeder. Und redet dann mit seinen Freunden über *Kaliber*. Was für ein Idiot.

Jetzt bin ich richtig wütend auf ihn und seine Surferhaare und sein Lächeln und seine hellen Augen mit den dunklen Wimpern. Und seine niedlich-witzige Art. Wenn er jetzt reinkäme, wüsste ich, was ich mit dem Punschtörtchen mache, wenn er eins bestellt.

Auch wenn er keins bestellt.

Während Reggie die drei Cappuccino-Tassen auf ein Tablett stellt, nehme ich mit der Gebäckzange die Croissants aus der Vitrine und lege sie auf kleine Teller.

Ich fühle mich, als würde Dampf aus meinen Ohren rauskommen.

♫ All the people on the street, I hate you all ♪
♪ And the people that I meet, I hate you all ♪

Zeit, dass ich Pause mache.

Ich nehme meine Schürze ab, widerstehe dem Impuls, sie in die Ecke zu feuern, und lege sie stattdessen auf der leeren Limokiste ab, die uns als Tritthocker und Sitzgelegenheit dient.

»Ich geh dann mal mit Bowie.«

3. Neuanfänge

Bowie ist ein Australian-Shepherd-Mischling. Er wurde als Welpe an einer Autobahnraststätte gefunden, kam über eine Tierschutzorganisation in eine Pflegefamilie und von dort direkt zu uns, in dem Sommer, als mein Vater ausgezogen ist. Bowie hat uns damals mindestens ebenso gerettet wie wir ihn. Er sieht eigentlich fast genauso aus wie ein »echter« Aussie, nur Kopf und Nase sind etwas bulliger (Labrador?), am Rücken ist sein Fell schwarz und lockig (Pudel?) und seine Ohren haben mehr »Schlapp-Anteil« (Spaniel?) als die eines Aussies.

Bowies Gesicht ist hell mit grauen und braunen Sprenkeln, weiß über Nase und Stirn und die verschiedenfarbigen Augen – braun und blau – sind hellbraun umrandet. Er ist jetzt sieben und der beste Hund der Welt. Jack nimmt ihn mehrmals pro Woche zum Joggen und Mountainbiken mit, ich mache im Hof Agility mit ihm und übernehme mit Mom gemeinsam die Alltagsspaziergänge.

Bowie ist pflegeleicht, er versteht sich eigentlich mit den meisten Hunden. Ausnahme: große schwarze Hunde jeder Rasse. Vor denen hat er Angst, was dazu führt, dass er jeden schwarzen Hund anknurrt und den bösen Wolf markiert, worauf der andere verständlicherweise zurückknurrt, bis beide mit gefletschten Zähnen in der Leine hängen. Wenn nach so einem Austausch wieder Ruhe eingekehrt ist und wir den gefährlichen Gegner hinter uns gelassen haben, bleibt Bowie immer stehen und sieht mich an, als wollte er sagen: »Siehst du? Immer dasselbe mit diesen schwarzen Kötern.«

Er jagt nicht, also läuft er im Wald oder auf Feldwegen meistens frei. Hier im Park ist er an einer langen Schleppleine, die ihm viel Freiheit und mir genügend Kontrolle gibt. Seit ich neun bin, gehe ich mit Bowie allein Gassi, und ich bin die Einzige in der Familie, die noch keinen Zusammenstoß mit einem schwarzen Hund und dessen Besitzern hatte. Ich bin einfach von Natur aus vorsichtig. Und Streit mag ich in keiner Form, also halte ich mich und meinen Hund davon fern.

Sieht aus, als hätten wir den Park heute für uns. Ich lasse Bowies Schleppleine los und er trabt gemütlich voraus, immer mal links und rechts am Wegrand schnuppernd, die lange Leine hinter sich herziehend. In der Natur zu sein hilft immer, wenn es mir nicht so toll geht. Gerade atme ich zum ersten Mal so richtig tief durch, als mein Handy klingelt.

»Hey, Reggie.«

»Wie viel Ingwer kommt in den Green Machine Smoothie?«

»Nicht viel. Circa ein Drittel von deinem kleinen Finger.«

»Okay, aber wie viel Ingwer?«

Ich muss lachen. »Scherzkeks. Kommst du zurecht?«

»Ja, Jack ist gerade gekommen, aber er räumt noch die Kisten aus.«

»Super, ich komme ... Scheiße!«

Bowie ist von mir unbemerkt ziemlich weit vorausgelaufen und eben kommt von der Wiese ein Hund auf ihn zu. Und natürlich ist es ein großer schwarzer Hund. Deutlich größer als Bowie. Shit, Shit, Shit. Ich renne los und brülle: »Bowie, kehrt! Zu mir! Zu mir!« Bowie folgt fast immer, er ist wirklich gut erzogen. Ausnahme: große schwarze Hunde. Er schafft das Kunststück, seine Schlappohren fast komplett aufzustellen, und starrt unverwandt dem anderen Hund entgegen, der ebenfalls stocksteif dasteht und zurückstarrt. Bowies lockiges Rückenfell ist aufgestellt, was zum Lachen wäre, wenn ich nicht Angst haben müsste, dass er gleich von diesem schwarzen Riesen in seine Bestandteile zerlegt wird.

»Bowie! Zu mir!« Bowies rechtes Ohr dreht sich leicht in meine Richtung, das ist aber auch schon alles. Seine Lefzen schieben sich hoch und ich kann seine schneeweißen Eckzähne sehen.

»Bowie! Nein! Aus! Bleib!« Ich brülle einfach alles raus, was mir einfällt. Ein paar Meter vor mir ist das Ende der Schleppleine, ich werfe mich hin wie eine Beachvolleyballerin, ignoriere den Schmerz in meinen Knien und greife nach dem knallgelben Kunststoffriemen. In dem Augenblick, als meine Finger sich darum schließen, knurrt Bowie, macht einen Satz auf den anderen Hund zu und nimmt die Leine mit.

Ich bin auf allen vieren und bereit zu beten, weil ich nichts anderes tun kann.

»Poppy!«, ruft eine Stimme von jenseits der Büsche, die die Wiese vom Weg trennen. »Hier!«

Poppy reagiert nicht auf den Zuruf, sie tut etwas viel Besseres. Sie legt sich hin und macht sich ganz klein. Und wedelt dabei. Mit anderen Worten, sie sendet Signale, die sagen: »Bitte tu mir nichts, großer, starker Hund!« So hat noch nie ein Hund auf Bowies Macho-Gehabe reagiert und er ist sichtlich verwirrt. Seine Rute steht unentschlossen auf halbmast und die Zähne verschwinden wieder hinter seinen Lefzen. Dann geht er ein paar Schritte zum nächsten Baum und hebt, ohne Poppy aus den Augen zu lassen, das Bein, um Zeit zu gewinnen. Poppy hebt ihr Hinterteil in die Höhe, zeigt einen »nach unten schauenden Hund«, der jedem Yogi Ehre machen würde – und wedelt. Sie fordert ihn zum Spielen auf!

Bowie ist mindestens so verblüfft wie ich. Zwei, drei Sekunden lang beobachtet er sie, dann beginnt auch seine Rute sich langsam hin und her zu bewegen und im nächsten Moment spielen die beiden, als würden sie sich ewig kennen. Als Poppys Besitzerin uns endlich erreicht, bin ich gerade dabei, mich aufzurappeln und den Schaden an meinen Knien zu inspizieren. Der dünne Stoff meiner Schlabberhose hat was abgekriegt und darunter ist die Haut abgeschürft.

»Alles okay?«

Aber ich bin noch nicht so weit, über mein Befinden zu sprechen.

Poppy hat sich auf den Rücken geworfen und Bowie steht über ihr und knabbert an ihrem Ohr.

»Sorry, dass sie ohne Leine ist«, setzt das Mädchen an, »aber sie ist so brav …«

»Hast du das gesehen?«, unterbreche ich sie fassungslos, unfähig, mich auf etwas anderes zu konzentrieren. »Das ist noch nie passiert. Ich war auf Armageddon gefasst und nun spielen sie wie zwei Welpen.«

»Ist deiner angstaggressiv?«, fragt das Mädchen.

Oh, sie hat Ahnung! Das ist ja mal eine willkommene Abwechslung.

Ich nicke und schaffe es endlich, den Blick von den Hunden zu lösen und ihr zuzuwenden.

»Ich will ja nicht angeben«, meint sie und lächelt, mehr in Richtung des Hundes als in meine. »Aber Poppy ist verdammt schlau.

Und sie hat einen Abschluss in Hundepsychologie.« Das Mädchen ist etwas kleiner als ich, superschlank, ganz in Schwarz, hat jede Menge Piercings in Nase, Ohren und einer Augenbraue. Am Hals lugt der Kopf einer tätowierten Schlange aus dem Ausschnitt ihres engen schwarzen Tops. Ihre fast schwarzen Haare sind asymmetrisch geschnitten, links ab dem Ohr raspelkurzer Crewcut, rechts hängen längere Fransen über ihre intensiv blauen Augen, die mit schwarzem Kajal eingerahmt sind. Sie hat eines der schönsten Gesichter, die ich je gesehen habe. Wie die Grunge-Version eines Topmodels. Ich schätze sie so auf sechzehn, siebzehn. »Wenn Poppy an meiner Stelle zur Schule gegangen wäre, hätte ich bestimmt einen Abschluss.«

Jetzt, wo unsere Hunde sich in schönster Eintracht in der Wiese wälzen und ich mich auf das Mädchen konzentrieren kann, wird mir klar, dass ich sie schon gesehen habe. Schon öfter, aber immer nur von Weitem, weil ich immer einen Bogen um sie – oder vielmehr um ihren großen schwarzen Hund – gemacht habe. Und um ihre Freunde. Sie hängt meistens mit einer Gruppe junger Typen drüben beim Generationenspielplatz ab, wo es nicht nur Rutschen, Schaukeln und Klettergerüste gibt, sondern auch Trainingsgeräte für Erwachsene. Sonst besteht die Clique nur aus Jungs und einige sehen ziemlich wild aus. Denen von ihnen, die am häufigsten hier sind, hab ich Namen gegeben: *der Schrank, der Riese, der Drahtige, der Blonde, der mit der Mütze.* Manchmal sind sie nur zu zweit oder dritt, manchmal sind es sieben oder acht, die jede Menge Müll hinterlassen: Bier- und Red-Bull-Dosen, Zigarettenkippen und neulich lag da ein ganzer Haufen Verpackungen von so Energienahrung für Sportler. Ich verstehe ja nicht, wie das zusammenpasst: Bier, Zigaretten und Proteinriegel. Wahrscheinlich ist es ganz gut, dass die jüngeren Kinder sich nicht in den Ballspielkäfig trauen, wenn diese Jungs drin sind. Meine

Stirn hat angefangen, kritische Falten zu schlagen, und ich senke rasch den Blick, als es mir bewusst wird. Schließlich weiß ich nicht, ob das Mädchen wirklich mit all diesen Jungs befreundet ist, und ich weiß auch rein gar nichts über ihren Bier-, Zigaretten- und Proteinriegelkonsum.

»Also, wir gehen dann am besten wieder«, sagt sie. Das Lächeln ist verschwunden. »Sorry, dass Poppy ohne Leine war.«

Gott, ich muss echt meine Mimik unter Kontrolle kriegen. Ich bin das klassische offene Buch. Reggie sagt immer, mehr so was wie ein Comic. Mit großen Bildern und noch größeren Sprechblasen. Bestimmt hat das Mädchen mir angesehen, was ich denke.

»Nein, nein, bleib doch noch«, sage ich hastig. »Sie spielen gerade so schön.« Das Mädchen war schon dabei, den Karabiner der Leine an Poppys Brustgeschirr einzuhaken, zögert jetzt und blickt zu mir auf.

»Ich bin Zoe«, füge ich hinzu und strecke ihr meine Hand entgegen. Mit der anderen deute ich auf meinen Hund, der sich hingebungsvoll mit Poppy balgt, als wäre er plötzlich farbenblind geworden. »Und der Verrückte hier ist Bowie.«

»Poppy kennst du ja schon«, sagt sie und da ist das Lächeln wieder, in abgeschwächter Form, aber immerhin. »Und ich bin Nico.« Sie richtet sich auf und nimmt meine Hand. Auf der Innenseite ihres Oberarms sind unübersehbar ein Schwein, eine Kuh und ein Huhn eintätowiert, von einem Herz umrahmt. Darüber steht in geschwungenen Buchstaben: »Friends, not Food!« Sie ist vegan!

»Hey, Nico.« Ich lächle zurück, wahrscheinlich etwas breiter als sonst bei neuen Bekanntschaften. »Habt ihr vielleicht noch Zeit? Bowie würde sich bestimmt freuen.«

Sie wirkt ein bisschen unentschlossen und antwortet nicht gleich. Ihr Blick wandert in Richtung Wiese, auf deren anderer Seite

Sportplatz und Spielplatz liegen, wo vermutlich ihre Freunde abhängen.

»Und ich natürlich auch«, füge ich hastig hinzu.

Nico lacht, diesmal richtig, und meint: »Na dann. Sicher hab ich noch Zeit.«

»Heißt sie Poppy wie die Blume?«

Nico sieht mich verständnislos an. »Blume?«

»Mohnblume auf Englisch.« Ich spüre, wie ich rot werde. »Sorry, ich wollte nicht klugscheißen.«

Mein Englisch ist ziemlich gut – ich mag die Sprache und Englisch und Musik sind meine Lieblingsfächer in der Schule. Wahrscheinlich kommt es von den vielen englischen Songtexten, mit denen ich mich befasse, und davon, dass ich meine Netflix-Serien im Original ansehe.

Nico lacht. »Wenn du dich jedes Mal entschuldigen willst, wenn du was weißt, was ich nicht weiß, wirst du sehr beschäftigt sein.«

Reggie hasst meine Englisch-Überlegenheit und sie hat ein paarmal extrem empfindlich reagiert, als ich sie verbessert habe – deshalb hab ich es mir abgewöhnt.

»Also nein«, fügt Nico hinzu, »nicht die Mohnblume. Obwohl ich es cool finde, dass ihr Name das bedeutet.« Sie lacht. »Ich wollte meinen Hund immer *Mary Poppins* nennen. Hat sich aber zum Rufen als etwas unpraktisch rausgestellt. Also ist Poppy draus geworden.«

Hätte mir heute beim Aufstehen jemand vorausgesagt, dass ich mit dem tätowierten, gepiercten Mädchen, das immer mit den bedrohlich wirkenden Jungs abhängt, im Duett »Superkalifragilistischexpialigetisch« singen würde, ich hätte ihn ausgelacht.

Ich glaube, wir sind beide positiv überrascht und auch beide ziemlich gut drauf, als wir uns schließlich trennen.

Meine Laune haben Nico und Poppy jedenfalls um hundert Prozent gebessert, und das ändert sich auch nicht, als mein Rückweg mich an *Bernds Biosupermarkt* vorbeiführt. Auf der großen, schwarzen Aufstelltafel steht: »Monatsangebot: Pflanzenmilch! Alle Sorten minus 50%«.

Minus fünfzig Prozent! Da können wir nicht mithalten, bei den Mengen, die wir einkaufen, wir halten mit Mühe Bernds »normalen« Preis. Dass er aus seiner riesigen Produktpalette ausgerechnet Artikel aus der kleinen Schnittmenge reduziert, die wir auch anbieten, ist natürlich kein Zufall. Das *Fill up* war Herrn Ackermann, wie *Bernd* mit Nachnamen heißt, seit dem ersten Tag ein Dorn im Auge. Obwohl er nie persönlich bei uns im Geschäft war, wissen wir von Kunden, dass er sich anfangs über uns »alter-naive« Veganer lustig gemacht hat. Angeblich hat er gewettet, dass wir spätestens nach sechs Monaten aufgeben würden. Als das nicht passiert ist, hat er dem Hausbesitzer ein Kaufangebot gemacht. Der ist zum Glück ein guter Bekannter, hat Ackermann abblitzen lassen und Mom alles brühwarm erzählt. Daraufhin hat *Bio-Bernd* sich darauf verlegt, uns Spione zu schicken, die nach abgelaufenen Produkten suchen sollten, um uns was am Zeug flicken zu können.

Aber da ist die geringe Größe des *Fill up* natürlich ein Vorteil. Ich habe wöchentlich den Stand kontrolliert, alle Waren aussortiert, deren Ablaufdatum bevorstand, und sie mit »Minus 50%«-Schildchen beklebt. Was wir nicht verkaufen, wird zum Kochen oder Backen verwendet oder kommt in unseren »Fairteiler«, einen Kühlschrank, aus dem sich jeder gratis bedienen kann, der aus braunen Bananen einen Kuchen oder aus schrumpeligen Äpfeln Apfelmus machen will. Jeder weiß doch inzwischen, dass »mindestens haltbar bis« nicht gleichbedeutend ist mit »giftig ab«. Die meisten Lebensmittel halten sich viel länger als angegeben. Ich habe schon Sojajoghurt gegessen, der vier Wochen abgelaufen war, hat genauso geschmeckt wie ganz frisch. Jack hat mir mal Statistiken vorgelesen, wie viele tadellose Lebensmittel täglich weggeworfen werden. So eine mega Verschwendung! Deshalb landet bei uns nichts im Müll, was noch irgendwie verwertbar ist. Aber wir leisten uns auch keinen Fehler, denn den würde Ackermann unweigerlich sofort ausnützen.

Ich habe ihn auch stark im Verdacht, dass er dafür verantwortlich ist, wie lange das mit unserer Genehmigung für den Außenbereich dauert. Der Fußweg vor dem *Fill up* ist extra breit, wenn man eine Reihe Tische rausstellt, kommen Passanten immer noch bequem daran vorbei. Und wir schließen um neunzehn Uhr, also ist von unseren Gästen kein nächtlicher Lärm zu befürchten, der die Anrainer stören könnte. Aber Ackermann stammt hier aus dem Viertel und seinen Biomarkt gibt es seit fünfzehn Jahren, es war der erste der Kette. Er ist so was wie eine Lokalberühmtheit und hat sicher überall seine Freunde, von den Bezirkspolitikern bis zur Polizei.

Ich stehe immer noch vor *Bernds Biosupermarkt* und Bowie scheint meine Gedanken gelesen zu haben, denn er hebt das Bein und pinkelt seelenruhig an die schwarze Tafel mit dem Sonderangebot. »Guter Hund«, flüstere ich und bin völlig machtlos gegen das Grinsen, das sich auf meinem Gesicht breitmacht. Allerdings hat mir jetzt eben eine Kundin beim Verlassen des Marktes einen strafenden Blick zugeworfen. Ich ziehe an Bowies Leine, doch der macht seelenruhig weiter, als würde er einen Fünf-Liter-Tank leeren wollen. Vor lauter Aufregung über seinem Spiel mit Poppy hat er wohl das Pinkeln vergessen und holt jetzt alles nach. Die Sonne spiegelt sich im Glas der Supermarktfenster, aber plötzlich habe ich das unbestimmte Gefühl, dass jemand sich in unsere Richtung bewegt. Im nächsten

Augenblick klopft dieser Jemand von innen ans Glas. Ich nehme mir nicht die Zeit, herauszufinden, wer es ist, sondern tu so, als hätte ich nichts gemerkt, und ziehe meinen immer noch tropfenden Hund weiter. Ein Blick über die Schulter zeigt eine beachtliche Pfütze, die sich nun auf den Weg in Richtung Markteingang macht, dahin, wo die Einkaufswägelchen geparkt sind. Beinahe hab ich ein schlechtes Gewissen. Aber nur beinahe. Wenn man in die Waagschale wirft, was Ackermann schon alles unternommen hat, um uns zu schaden, wiegt ein bisschen Hundepisse wirklich nicht sehr schwer. Aber dass er uns Steine in den Weg legt, zeigt, dass er uns fürchtet, also liegen wir goldrichtig mit unserem Konzept, ha! Wir hatten es nicht darauf angelegt, mit *Bernds Biosupermarkt* zu wetteifern. Wir wollten eigentlich eine kleine, feine Ergänzung sein und hätten uns eine friedliche Koexistenz gewünscht, aber wenn er uns unbedingt zum Feind haben will, dann ist ihm nicht zu helfen. Wir werden uns behaupten, so oder so.

Ich möchte Bowie nicht gleich wieder hinauf in die Wohnung bringen. Er darf ins Lager, wo er ein Hundebett hat, und ich lasse die Tür zum Hof offen, dann kann er sich auch draußen in die Sonne legen. Was er natürlich nicht tut, stattdessen stürmt er ins Lager, wo ein schlankes Mädchen mit blondem Pferdeschwanz dabei ist, Baked-Beans-Konserven ins Regal einzuordnen.

»Hey, Clara!« Wir umarmen uns und sie begrüßt Bowie mit einem Leckerli. Ich weiß nicht, wie sie das hinkriegt, absolut immer Hundekekse dabeizuhaben. Bowie ist mein Hund und ich vergesse mindestens bei jedem dritten Spaziergang seine Kekse. »Du hast doch gar keinen Dienst heute?«

Ich liebe Clara. Jack und sie sind seit zwei Jahren zusammen und sie ist die süßeste Freundin, die man sich für seinen Bruder wünschen kann. Sie ist neunzehn, wirkt aber viel jünger mit ihrer zarten Figur, ihren blonden, feinen Haaren und den großen, runden hellblauen Augen.

»Ich helfe nur ein bisschen«, sagt sie. »Wenn wir fertig sind, fährt Jack mich und meine Kisten in die neue Wohnung.«

»Ach ja, richtig! Das hatte ich ganz vergessen! Haben deine Eltern schon verkraftet, dass du auziehst?«

Sie verzieht das Gesicht. »Meine Mutter hält es immer noch für einen grausamen Scherz, glaube ich. Und mein Vater hat darauf bestanden, meine Mitbewohnerinnen kennenzulernen. Das war vielleicht peinlich, sag ich dir. Er hat sie geradezu verhört. Ich habe bloß drauf gewartet, dass er die Küchenschränke nach Drogen und Alkohol durchsucht. Zum Glück haben die Mädels es mit Humor genommen.«

Claras Eltern sind schon ein bisschen älter und sie ist das einzige Kind. Zu behaupten, Clara sei »behütet« aufgewachsen, wäre die Untertreibung des Jahrhunderts. Es liegt nicht mal daran, dass sie extrem konservativ wären oder besonders religiös, sie sind einfach nur super ängstlich darauf bedacht, ihren blonden Engel vor der bösen Welt zu beschützen. Manchmal hab ich Clara um ihren »Superdad« beneidet, einfach weil er genau das Gegenteil von meinem ist: Seine Tochter steht immer an erster Stelle und hat absoluten Prinzessinnenstatus. Gleichzeitig ist mir klar, dass so ein Vater aus einem weniger ausgeglichenen, geerdeten Menschen als Clara vielleicht eine egozentrische Zicke gemacht hätte. Trotzdem. Ich meine, ich liebe meinen Dad. Aber ich weiß nicht, was ich tun müsste, um von ihm auch nur einen Bruchteil dieser liebevollen Aufmerksamkeit zu bekommen.

»Alles gut bei dir?«, fragt Clara. »Das war gerade ein Megaseufzer.«

Oh! Ich hab nicht mal mitgekriegt, dass ich geseufzt habe!

»Alles gut«, antworte ich schnell. *Mal abgesehen davon, dass ich offenbar eine Vorliebe für Jungs entwickelt habe, die mich genauso wenig wahrnehmen wie mein Vater.* »Ich habe in einer Stunde Chorprobe«, füge ich hinzu und helfe Clara beim Einordnen der Dosen. »Aber falls ihr danach noch Hilfe braucht ...«

»Das ist lieb von dir«, unterbricht sie. »Aber wir kriegen das schon hin. Der Umzug ist das Wenigste ...« Sie bricht ab und wirkt ein bisschen verlegen.

»Die erste Nacht in der WG zu schlafen wird sicher eigenartig«, helfe ich ihr. »Vor allem, weil du dich zu Hause ja eigentlich wohlfühlst.«

Clara lächelt mich dankbar an. »Eben«, sagt sie. »Meine Eltern sind toll, ich habe mein eigenes Bad, die Wäsche wird gewaschen, meine Mutter kocht für mich, versorgt mich mit Snacks, wenn ich lernen muss, fährt mich überallhin ...« Sie holt tief Luft. »Also einerseits ist es das Paradies ...«

»Andererseits nehmen sie dir die Luft zum Atmen«, vervollständige ich ihren Satz.

»Genau«, bestätigt Clara. »Obwohl ich beinahe ein schlechtes Gewissen habe, das auch nur zu denken.«

»Süße, du bist neunzehn«, sagt Jack, der eben nach hinten kommt, um einen Kanister unseres Flüssigwaschmittels zu holen. Mittlerweile kommen schon täglich Kunden mit ihren eigenen Behältern und füllen welches ab. Dadurch wird so viel Plastik gespart! Und so was hat *Bernds Biosupermarkt* nicht! Ha! Und noch mal Ha!

»Es wird Zeit für ein bisschen Selbstbestimmtheit«, fährt Jack fort. »Schneewittchen ist auch nicht ewig bei den sieben Zwergen geblieben, obwohl es da sicher sehr bequem für sie war.«

»Schneewittchen hatte ebenholzschwarzes Haar«, merkt Clara kritisch an. »Und wir reden von meinen Eltern, nicht irgendwelchen untergroßen Mützenträgern!«

Ich muss lachen. Clara ist vielleicht ein klassisches »braves Mädchen«. Aber außer lieb und hübsch ist sie auch noch witzig und klug, mit anderen Worten: ein Volltreffer.

»Sei nicht so kleinlich«, meint Jack. »Dann nimmst du eben Rapunzel, die nicht ewig in ihrem sicheren Turm bleibt. Oder Rotkäppchen, das sich alleine in den finsteren Wald wagt.«

»Rotkäppchen wurde beinahe vom Wolf gefressen«, gebe ich zu bedenken.

»Betonung auf ›beinahe‹«, doziert Jack. »Man muss hinaus in die Welt, um sich zu beweisen.«

»Wann bist du denn zum Märchenexperten mutiert?«, fragt Clara grinsend. Sie greift nach seiner Hand, als er an uns vorbei wieder zurück ins Lokal will. Er schnappt sie, zieht sie an sich heran und legt seine Arme um sie.

»Als Prinz hab ich das im kleinen Finger«, erklärt er und küsst sie auf die Nasenspitze.

Die beiden sind so süß, dass sie eine akute Gefahr für jeden Diabetiker darstellen.

Da haben wir das Gegenbeispiel zu meiner Fallstudie: Claras Vater behandelt sie wie eine Prinzessin und sie findet prompt einen Prinzen, der dasselbe tut. Definitiv kein Zufall.

»Deine Eltern wissen genau, dass sie dir vertrauen können«, erklärt mein Bruder seiner Freundin, während ich die Dosen fertig aufstaple. »Du wirst keinen Millimeter vom rechten Weg abweichen, keine verbotenen Türen öffnen und einen großen Bogen um jedes Pfefferkuchenhaus machen.«

Clara lacht und lehnt sich in Jacks Armen so weit zurück, dass sie ihm in die Augen sehen kann. »Das klingt nach einer verdammt langweiligen Person.«

»Gerade richtig langweilig«, erklärt er ernsthaft, und als Clara lachend protestiert und ihn wegschubsen will, schnappt er sie und hält sie so fest, dass sie sich nicht rühren kann. »Liebenswert langweilig«, fügt er hinzu. »Unwiderstehlich langweilig. Atemberaubend langweilig.«

Die beiden kichern und albern herum und ich beobachte sie neidisch, während ich versuche, einen überlegenen Gesichtsausdruck zu bewahren.

»Kinder«, mache ich mich schließlich bemerkbar. »Wir sind hier fertig. Geht doch in den Hof spielen.«

Die beiden hören mich nicht mal, und dass ich mit den Augen rolle, bemerkt höchstens der Hund, der in der offenen Tür zum Hof liegt und in die Sonne blinzelt.

»Komm, Bowie«, fordere ich ihn auf. »Das hier ist eine Privatveranstaltung. Da können wir genauso gut nach oben gehen.«

Bowie gähnt, schließt die Augen und lässt den Kopf sinken.

Na toll, denke ich ein bisschen melodramatisch. Sogar für den Hund bin ich unsichtbar.

4. Stockholm-Syndrom

Ich beeile mich von der Chorprobe zurück ins *Fill up*. Eigentlich sollte Reggie heute abschließen, aber sie ist zu einer Überraschungs-Geburtstagsparty eingeladen und muss pünktlich mit den anderen Gästen um sieben dort sein.

Ich fühle mich gut, erfüllt und fröhlich und irgendwie größer als sonst, wie immer nach dem Singen. Kerry, die den Chor leitet, hat mir noch einmal ein Solo angeboten, und natürlich habe ich wieder abgelehnt. »Deshalb bin ich in einem Chor«, habe ich ihr erklärt. »Weil ich das Gemeinsame liebe! Ein Teil des Ganzen zu sein!« Es gibt so viele, die gerne ganz vorne allein auf der Bühne stehen möchten, aber ich brauche das wirklich nicht. Ich bin froh, wenn ich *nicht* die Aufmerksamkeit auf mich ziehe. Über das Angebot hab ich mich trotzdem gefreut.

»Du hast mehr Potenzial als alle anderen zusammen«, hat Kerry mit einem Kopfschütteln gemeint, und auf diesen Worten schwebe ich kurz nach sechs durch die Tür des *Fill up*. Das Geschäft ist leer, ebenso wie das Bistro, und Reggie trägt eines ihrer superengen Ausgeh-Nahkampfkleider und ist dabei, ihre Wimpern zu tuschen.

»Man weiß nie, wem man begegnet«, sagt sie, als sie meinen Blick sieht. »Only trying to be my best self.«

Reggie liebt es, Self-Help-Sprüche aus dem Zusammenhang zu nehmen.

»Dein *best self* hätte die Kaffeemaschine geputzt, den Tresen gewischt, den Gläserspüler ausgeräumt und ...« Ich öffne eine der Getränkeschubladen. »... Pflanzenmilch aus dem Lager geholt.«

»Hey! Ich war allein! Und es war einiges los!«

»Jaja, schon gut, zieh Leine.« Wir umarmen uns und in der nächsten Sekunde ist sie zur Tür hinaus. »Viel Spaß bei der Party«, rufe ich ihr noch nach. Ich glaube nicht, dass sie es gehört hat, aber Spaß hat sie garantiert trotzdem. Reggie hat *immer* Spaß.

Das ist ein angeborenes Talent, glaube ich, und deshalb hat sie vom ersten Tag an auf mich wie ein Magnet gewirkt. Also, nicht nur auf mich, Reggie ist eines der beliebtesten Mädchen an unserer

Schule und wird zu absolut jeder Party eingeladen, weil es einfach unmöglich ist, in ihrer Gegenwart schlechte Laune zu haben. Also völlig klar, warum alle von Reggie angezogen werden wie die sprichwörtlichen Motten vom Licht. Warum hingegen Reggie von Tag eins an einen ebenso starken Zug zu mir gespürt hat wie ich zu ihr, das ist mir bis heute unklar.

Es ist Freitag und einer der ersten wirklich warmen Sommerabende. Die Leute sitzen auf den Café-Terrassen am Flussufer und im Stadtzentrum, und wenn nicht ein Unverpackt-Fan aus der Nachbarschaft noch schnell seinen Wochenendeinkauf erledigen will, wird wohl keiner mehr kommen. Hätten wir doch nur endlich die Genehmigung für unsere paar Tische vor dem Lokal! Dann würde das anders aussehen. Die Straße ist ruhig und mit Bäumen bepflanzt, selbst an richtig heißen Tagen bleibt es durch den Baumschatten sowohl oben in der Wohnung als auch unten im *Fill up* schön kühl, ganz ohne Klimaanlage. Ich muss nicht wie mein Bruder Umweltbiologie studieren, um zu wissen, dass Bäume DIE Lösung für mega viele Probleme wären. Man muss sie eben nur pflanzen und nicht fällen.

Als ich mit dem Putzen fertig bin und das Obst und Gemüse ins kühle Lager geräumt habe, ist es 18.32 Uhr und ich überlege ernsthaft, heute früher abzuschließen. Der Hund ist bei Jack und Clara, ich könnte also in Ruhe duschen und mir irgendwas Fröhliches, Anspruchsloses auf Netflix reinziehen. Immerhin ist es ja *eigentlich* mein freier Nachmittag. Mit einem Seufzer entscheide ich mich dann doch dagegen, früher Sperrstunde zu machen. Die Vorstellung, dass drei vor sieben jemand, der sich auf uns verlassen hat, vor verschlossener Tür stehen könnte, ließe mir ja doch keine Ruhe.

Gerade will ich es mir mit meinem Buch (ja, ich bin einer dieser Nerds, die immer ein Buch dabeihaben) an einem der Tische gemütlich machen, als ich durch die Glasscheibe jemanden aufs *Fill up* zukommen sehe. Dieser Jemand ist schlank, etwas älter als ich, hat etwas zu lange, von der Sonne ausgebleichte Haare, und ich will definitiv nicht mit ihm reden. Und schon hat er mich gesehen, kommt mit einem breiten Lächeln durch die Tür und ich wollte wirklich, ich wäre ein bisschen mehr wie Reggie – die hätte nämlich schon vor zehn Minuten abgeschlossen, ohne die Spur eines schlechten Gewissens.

»Einmal Punschtörtchen mit Gesang und Comedy bitte«, sagt er strahlend, als er hereinkommt, und um ein Haar hätte ich zurückgelächelt. Aber dann war meine Kiefermuskulatur doch noch schnell genug. Beinahe ohne jegliche Mimik gelingt es mir, »Punschtörtchen sind ausverkauft« zu schnappen.

»Oh«, meint er, mit nur minimal reduziertem Strahlen. »Das macht nichts. Dann nehme ich einen durch und durch männlichen Apfelkuchen.«

»Auch aus«, antworte ich. Tatsächlich ist noch ein kompletter Kuchen da. In der Kühlung, nur durch eine Edelstahlfront von mir getrennt. Leon sieht mich forschend an und plötzlich ist da die fixe Idee in meinem Kopf, dass er den Kuchen sehen kann. *Apfelkuchenröntgenblick, na klar, Zoe,* mache ich mich über mich selbst lustig. Ich hasse es einfach, zu lügen, ich bin erbärmlich darin und völlig sicher, dass Leon mir kein Wort glaubt.

Na und? Dann weiß er eben, dass du ihm was vormachst. Umso besser! Er hat dir schließlich auch was vorgemacht, oder etwa nicht?

»Und wir schließen auch gleich«, füge ich trotzig hinzu, für den Fall, dass die Botschaft auf die subtile Art nicht angekommen ist.

Er holt tief Luft und schluckt. »Also, ich hab so eine Ahnung, warum du sauer bist«, sagt er dann, diesmal fast ohne Lächeln.

Ach nein! Was für ein Frauenkenner! Wir mögen es nicht, wenn wir austauschbar sind!

»Aber ich versichere dir, dass ich wirklich nicht ...«, will er fortfahren, doch in diesem Moment explodieren drei Kinder zwischen drei und sieben durch die Tür, gefolgt von ihrer Mutter, die schon öfter bei uns eingekauft hat. Ich war noch nie so froh, fünf Minuten vor Ladenschluss Kunden zu begrüßen.

»Ein Glück, dass Sie noch aufhaben«, stöhnt die Frau. »Den Supermarkt hätte ich nicht mehr geschafft ...«

»Gibt's noch Apfelkuchen?«, grölt das erste Kind.

»Mama, eine Limo!«, fordert das zweite.

»Ich muss mal«, jault das dritte.

»Zoe«, setzt Leon noch einmal an. »Das ist jetzt vielleicht ungünstig, aber ...«

»Sehr ungünstig«, schneide ich ihm das Wort ab.

»Ich brauche ganz dringend drei Liter Hafermilch«, erklärt meine Kundin gelassen. »Und Schallschutz-Kopfhörer. Und habt ihr glutenfreie Backmischungen?«

Ich bitte sie, mir in den hinteren Teil des Ladens zu folgen, um ihr zu zeigen, was wir dahaben. Während ich Kind 1 freundlich, aber bestimmt einen Bio-Lolli aus der Hand nehme, Kind 2 erkläre, warum unsere Cola anders aussieht als die Cola auf den Plakaten, inständig hoffe, dass Kind 3 nicht die Toilette überflutet, und der Mutter Backmischungen empfehle, höre ich unsere altmodische Türklingel und sehe im Spiegel, dass Leon den Laden verlässt. Zum Glück. Denn Sekunden später fragt die Mutter mich, ob ich nicht vielleicht noch frischen Kuchen dahabe, und es wäre mir doch verdammt unangenehm gewesen, ihr vor Leons Augen den angeblich aufgegessenen Apfelkuchen über den Tresen zu reichen.

Das Wochenende ist wieder mal viel zu kurz. Am Samstag putzen Jack, Clara und ich das Lokal gründlich und danach besprechen wir bei einem späten Brunch draußen im kleinen Hof Einkauf und Dienstplan für die nächste Woche. Reggie ist nicht zu erreichen – wahrscheinlich noch im Post-Party-Koma. Also bekommt sie die Dienste, die übrig bleiben. Clara schwärmt von ihrer WG. Sie ist in der Vorstadt aufgewachsen und nun wohnt sie mitten im Zentrum und fühlt sich wie Alice im Wunderland. »Und die Mädels sind toll!«, erklärt sie strahlend. »Haben mich aufgenommen, als wäre ich die verlorene Schwester. Und ins *Fill up* sind es nur zehn Minuten mit dem Rad!«

Später ziehen die beiden mit den Mountainbikes los und Bowie und ich machen unsere Parkrunde. Vergeblich halte ich nach Nico und Poppy Ausschau und bin selbst verblüfft, wie groß die Enttäuschung ist, als sie nirgends zu sehen sind. Ich schließe selten spontan Freundschaften, wird mir klar. Und auch wenn Nico auf den ersten Blick nicht gerade perfekt zu mir passt: Sie war mir sympathisch und Bowie ging es mit Poppy genauso.

Der späte Nachmittag vergeht bei einem langen Telefonat mit Reggie, die beschlossen hat, heute überhaupt nicht aufzustehen. Ich gebe ihr ihre Dienste durch, sie erzählt von der Party und irgendwann rutscht ihr raus, dass Milo auch dort war. Natürlich nicht allein, Jungs wie Milo gehen nicht allein auf Partys, und selbst wenn – dann gehen sie bestimmt nicht allein nach Hause.

Ich sage erst mal ganz lange nichts, weil ich fürchte, sonst loszuheulen, während Reggie am anderen Ende sich selbst verflucht, weil sie ihre Klappe nicht halten kann.

»Er war fies zu dir«, sagt sie schließlich. »Soll er doch machen, was er will mit wem er will, der Arsch! Es ist völlig unlogisch, dass du noch an ihm hängst! Als hättest du das Stockholm-Syndrom!«

Immerhin bin ich jetzt dem Lachen näher als dem Weinen. »Milo hat mich nicht entführt«, gebe ich zu bedenken. »Und auch nicht misshandelt.«

»Du bist nicht du selbst seit der Sache«, erklärt sie, »also hat er irgendwas von dir entführt.« Typische Reggie-Argumentation. Einen Augenblick lang wünschte ich, wir würden gerade auf Whatsapp schreiben, dann könnte ich ihr einen Augenroll-Smiley schicken. »Und seelische Misshandlung gilt auch«, fügt sie trotzig hinzu.

»Okay, ein klassischer Fall von Stockholm-Syndrom«, erwidere ich. »Ich sollte mich was schämen.« Nun müssen wir beide lachen.

Wir überlegen etwa sieben Minuten lang, ob wir uns noch aufraffen und ins Kino gehen sollen, entscheiden uns dann aber dagegen.

Meinen Abend widme ich Bowie, dem Sofa und Netflix.

Das Highlight des gesamten Wochenendes ist ein Skype-Date mit Mom am Sonntagmorgen, die uns ihre vierbeinige Erbschaft vorstellt: drei Hunde und vier Katzen. Außerdem den Hahn – Hugh –, der zu den unmöglichsten Zeiten kräht, und drei Hühner – Clothilde, Hedwig und Charity –, die von einer dieser industriellen Hühnerfarmen ausgemustert wurden, weil sie nicht mehr genug Eier gelegt haben. Urgroßtante Gertrud hat die Hühner vor dem Schlachten gerettet. Die Herkunft des Hahns ist ungeklärt. Mom sitzt im Wohnzimmer des Hauses, auf einem Sofa mit buntem Patchworküberwurf. Eine rote Katze liegt auf ihrem Bauch, eine schwarz-weiße auf ihren Beinen. Ein drahthaariger hellbrauner Hund hat sich zu ihren Füßen zusammengerollt. Im Hintergrund sieht man weiß gestrichene Fensterrahmen, dahinter ein paar Bäume. Es wirkt alles sehr idyllisch.

»Stellt sich raus, dass Großtante Gertrud kein schlechtes Einkommen hatte«, erzählt sie. »Sie hat ein Buch über ihre Zeit im Varieté geschrieben, das dreimal neu aufgelegt wurde. Mit jeder Menge pikanter Details aus ihrem Liebesleben.« Sie kichert. Jack und ich kriegen große Augen, und zwar weniger wegen des längst vergangenen Liebeslebens unserer Urgroßtante.

»Sag bloß, es gibt doch eine richtige Erbschaft?«, frage ich, aber Mom lacht. »Bis jetzt ist nichts aufgetaucht, und ich kann mir auch vorstellen, warum.« Sie krault die blonde Labradormix-Dame, deren Kopf auf ihrem Schoß abgelegt ist. »Die Fellnasen haben sie bestimmt im wahrsten Sinn des Wortes arm gefressen. Unglaublich, was die an Futter inhalieren.«

Mom hofft, dass der Verkauf des Hauses wenigstens die Anwalts-, Begräbnis- und Notarkosten abdeckt. Und ihre Reisespesen.

»Aber das Wichtigste ist, dass die Rasselbande hier in gute Hände kommt. Zwei der Katzen sollten unbedingt zusammenbleiben, und Lori hier ...« – sie kratzt liebevoll den Nasenrücken des Labradors – »... und Spencer, der Terrier, sind auch unzertrennlich.« Sie seufzt. »Das macht die Sache natürlich nicht einfacher. Zum Glück sind die Nachbarn sehr hilfsbereit. Einer von ihnen hat schon zugesagt, Pixie zu übernehmen, sein eigener Hund versteht sich blendend mit ihr.«

»Also ›nur‹ noch zehn«, meint Jack seufzend, »mit den Hühnern und dem Hahn.«

Ich weiß, was er denkt. Das Ganze kann noch Wochen dauern. Auch wenn wir das mit dem *Fill up* gut hinkriegen: Es ist eben doch was ganz anderes, das Kind allein zu schaukeln – selbst wenn man schon tausendmal der Babysitter war. Natürlich würden wir uns beide eher die Zunge abbeißen, als das zuzugeben, aber Moms Antennen sind extrem sensibel.

Ihre Stirn kriegt besorgte Falten. »Ich habe kein gutes Gefühl dabei, euch euren ganzen Sommer wegzunehmen«, sagt sie. »Es ist völlig okay, wenn ihr den Laden schließt, falls es euch zu viel wird, das wisst ihr doch, oder?«

»Kommt nicht infrage«, sagen Jack und ich beinahe gleichzeitig und wir müssen alle drei lachen.

»Ist alles halb so wild, Mom. Wir teilen das gut auf, Montag hab ich zum Beispiel den ganzen Tag frei.«

Die reine Wahrheit. Sie muss ja nicht wissen, dass es der erste freie Tag seit einer Woche ist.

»Und dann auch noch Bowie ...«, fährt sie fort, als hätte ich gar nichts gesagt.

»Bowie geht's blendend«, sagt Jack. »Er kommt genauso viel raus wie immer. Nachher gehen wir zusammen joggen.«

»Und im Park hat er eine neue Freundin!«, werfe ich ein.

»Und morgen sind Clara und ich mit den Rädern unterwegs, da kommt er auch mit.«

»Also vielleicht wird es Bowie zu viel, aber uns bestimmt nicht.«

Mom seufzt und ist dann schon beim nächsten Thema. »Und das viele Backen«, sagt sie. »Wir haben nicht drüber geredet, aber ihr müsst nicht alles selber machen! Die Croissant-Frau macht auch richtig gute Kuchen und ...«

»Mom.« Jack unterbricht sie sehr entschieden. »Wir haben alles unter Kontrolle.«

»Wirklich?«, fragt sie, noch immer nicht überzeugt. »Aber selbst wenn, ein altersgerechter Sommerzeitvertreib ist das nicht.«

Jack und ich wechseln einen Blick und dann die Taktik. »Du hast natürlich recht«, sagt mein Bruder. »Was du mit uns machst, ist moderne Sklaverei. Aber du musst dir trotzdem keine Sorgen machen. Wenn die vom sozialen Dienst kommen, verraten wir nichts von den unmenschlichen Arbeitsbedingungen.«

»Ja, genau«, füge ich hinzu. »Und dass wir im Keller schlafen müssen, sagen wir denen auch nicht. Zum Glück haben wir beide nämlich das Stockholm-Syndrom.«

Mom lacht, und erstmals verschwindet der besorgte Ausdruck aus ihrem Gesicht. »Hab ich schon mal erwähnt, dass ihr meine absoluten Lieblingskinder seid?«

»Ein- oder zweimal«, antworte ich. »Wir müssen jetzt Schluss machen. Die Schicht im Bergwerk beginnt gleich und wenn wir nicht pünktlich sind, kriegen wir nichts zu essen.«

»Ist meine Karte angekommen?«, fragt Mom noch, bevor wir uns verabschieden. »Müsste eigentlich schon da sein.«

»Glaub nicht«, antworte ich, »aber ich seh noch mal nach!«

»Puuuh«, macht Jack, als Mom vom Display seines Laptops verschwunden ist. »Hartes Stück Arbeit.«

»Ja«, sage ich grinsend. »Im Vergleich dazu ist es ein Kinderspiel, das *Fill up* am Laufen zu halten.«

Während Jack eine große Waldrunde mit Bowie macht, habe ich wieder Chorprobe. Das kleine Konzert, das im Rahmen des Parkfestes stattfindet, ist die perfekte Generalprobe für unseren Festivalauftritt Ende des Sommers, den mit Abstand größten Gig, den wir je hatten. Aber auch wenn ich es vor Mom und Jack nie zugeben würde: Das Wichtigste ist für mich, dass mein Dad versprochen hat, zu kommen. Als wir noch klein waren, sind wir immer gemeinsam beim Parkfest gewesen. Wir haben Eis gegessen, den lokalen Bands zugehört, den Jongleuren zugesehen und sind jeder mit mindestens einem Luftballontier nach Hause gegangen. Jetzt Teil einer der »Attraktionen« zu sein ist was Besonderes für mich, und ich hoffe auch für meinen Dad.

Er hat eine PR-Firma und ist begeisterter Sportler. Manchmal weiß ich nicht, was von beidem sein Hauptberuf ist. In jeder freien Minute trainiert er für irgendeinen Triathlon oder ist mit dem Mountainbike unterwegs. Jack hat Dads athletischen Körperbau und seine Freude an anstrengenden Sportarten geerbt, aber er hat trotzdem irgendwann aufgehört, sich mit ihm zu treffen.

»Bei Dad geht's immer um irgendwelche Rekorde«, hat er gemeint. »Das macht keinen Spaß.«

Dass ich von seinen sportlichen Ambitionen so gar nichts abbekommen habe, ist vermutlich eine Enttäuschung für unseren Vater. Ich mag Schwimmen, aber nicht um die Wette, und ich liebe Tanzen, aber das zählt für ihn nicht als Sport. Vielleicht, wenn ich mit Ballett weitergemacht hätte. Aber die haben mir mit zehn schon gesagt, dass ich zwar Talent habe, aber nicht den richtigen Körper. Was hab ich damals geheult, als ich nach Hause gekommen bin. Ich habe Ballett geliebt, aber ich wollte da nie wieder hin. Mom war so wütend. Ich weiß, dass sie dort war und die Tanzlehrerin, die ihrer zehnjährigen Tochter gesagt hat, ihr Körper sei nicht gut genug, zum Zweikampf gefordert hat. Sie hat sich nachher besser gefühlt, glaube ich, aber nun war definitiv klar, dass ich da nie wieder hingehen konnte. Später hat Mom das coole kleine Tanzstudio gefunden, in das ich heute noch gehe.

Jedenfalls sähe mein Vater mich bestimmt lieber über einen Tennisplatz wetzen oder irgendwelche Bahnrekorde brechen, als mich singen zu hören. Umso mehr bedeutet es mir, wenn er kommt.

Am Nachmittag montiert Jack in Claras WG-Zimmer Lampen und baut Bücherregale zusammen. Das Backen für Montag bleibt daher an mir hängen. Zwei Obstkuchen, zwölf Punschtörtchen und ein Cheesecake machen sich zu zweit recht schnell, allein fühlt es sich dann doch nach Arbeit an. Als ich fertig bin, ist es nach sieben Uhr abends, ich muss noch mit Bowie raus und danach bin ich bloß froh, dass ich am nächsten Tag keinen Dienst habe. Montag ist traditionell wenig los, Reggie kommt am Morgen und schmeißt ausnahmsweise einen ganzen Tag den Laden. Wir haben vereinbart, dass ich nicht im *Fill up* vorbeikomme, damit ich auch wirklich mal abschalten kann. Dafür unternehmen wir am Abend vielleicht etwas zusammen. Jack erledigt den Einkauf und hilft bei Bedarf mit. Ich muss mich also den ganzen lieben Tag lang ausschließlich um Bowie kümmern – und um mich selbst: Yaaay!

5. Neue Freunde

Als ich am Montag hellwach die Augen aufschlage, ist es 5:58 Uhr. Kein Wunder eigentlich, ich war ja auch um neun im Bett!

Aber einen freien Tag um 05:58 Uhr zu beginnen, kommt nicht infrage. Dazu wurden freie Tage nicht erfunden. Ich drehe mich vom Fenster weg, wild entschlossen auszuschlafen, und mache die Augen wieder zu.

Als ich erneut auf die Uhr schaue, ist es 06:07 Uhr. Die letzten neun Minuten habe ich damit verbracht, wieder und wieder Milos Gespräch mit seinen Freunden durchzukauen, das ich mitgehört habe. Warum beschäftigt sich mein Gehirn, wenn ich es von der Leine lasse, vorzugsweise mit den Dingen, die ich am liebsten vergessen möchte? Warum? Ein paar kurze Tage lang hat es wunderbar funktioniert, statt an Milo an Leon zu denken. Doch damit ist seit der neuesten Demütigung ja nun auch Schluss. Ich steige aus dem Bett, schlurfe ins Bad, und überprüfe im Spiegel, ob ich auch wirklich kein großes »L« für »LOSER« auf der Stirn trage.

Milo bleibt in meinem Kopf, während ich Zähne putze, während ich in der Dusche bin, während ich mich eincreme. Und manchmal wirft mein Gehirn höhnisch ein Bild von Leon dazwischen, so als Dreingabe.

Bowie schläft noch, als ich gut eine Stunde früher als sonst zu unserem Spaziergang aufbrechen will.

»Freie Tage sind blöd, Bowie«, erkläre ich, während ich ihm sein Brustgeschirr anlege. »Man hat viel zu viel Zeit zum Nachdenken. Es lebe das Bergwerk.« Tatsächlich beneide ich Reggie, als ich durch den noch sehr spärlich besuchten Park laufe, um ihren Dienst im *Fill up*. Wenn ich vor der Arbeit meine Runde mit Bowie gehe, drehen sich meine Gedanken nicht um Jungs, sondern immer um den Laden – oder vielmehr um alles, was noch zu tun ist, bevor ich unsere Schilder an der gläsernen Eingangstür umdrehe. Eines hat auf einer Seite den Schriftzug »Yes, we're open«, auf der anderen »Sorry, we're closed«. Es ist stark angerostet, aber dafür eben auch *echt*. Eine Freundin hat es auf einer Amerika-Rundreise zufällig bei einem *Garage Sale* entdeckt und Mom zur Eröffnung geschenkt. Das andere Schild trägt den Schriftzug »Tankstelle geöffnet«, und es ist ebenfalls ein Original. Mom hat nur vor das Wort »Tankstelle« noch das Wort »Kaffee« gemogelt, in genau denselben geschwungenen Buchstaben. Sie kann so was gut, man bemerkt die »Täuschung« nur aus nächster Nähe.

Täuschung. Enttäuschung. Vortäuschen. Austauschbar. Milo. Leon. Grrrrr. Ich bohre die Fäuste in die Kängurutasche meines Hoodies und laufe ein paar Schritte hinter dem munter trabenden Bowie her. Ich muss an was Schönes denken, was mir Freude bereitet. Dad kommt zu meinem Konzert. Sagt er. Es ist gefährlich, sich zu früh zu freuen, denn dann wird man enttäuscht. Enttäuschung, Täuschung …

»Hey! Zoe!«

Überrascht blicke ich auf und das Erste, was ich sehe, sind zwei einander übermütig begrüßende Hunde. Nico kommt eben über den Wiesenhang ihrem Hund nachgekeucht und winkt mir zu.

»Ich bin so froh, dich zu sehen!« Kaum ist sie in Reichweite, umarme ich sie spontan. Für einen Augenblick kommt es mir vor, als würde ihr ganzer Körper erstarren, und ich lasse erschrocken los.

»Entschuldige! Ich bin sonst eigentlich nicht so überschwänglich, aber ich ...« Erfolglos suche ich nach Worten, dann beende ich den Satz ganz einfach mit »... ich freue mich *wirklich,* dich zu sehen. Neulich habe ich vergeblich nach dir Ausschau gehalten und heute hab ich gar nicht mit dir gerechnet und es ist einer dieser Tage, an denen ich nicht von meinem Kopfkarussell runterkomme, und deshalb ...«

Ich merke, dass ich brabble, und breche ein bisschen peinlich berührt ab. Nico steht da, den Kopf leicht schief gelegt, sodass die längeren Haare auf der einen Seite bis zu den Schultern hängen und die Morgensonne sich in einem kleinen Glitzerstein ziemlich hoch oben an ihrem Ohr fängt. Der Ausdruck in ihren Augen ist vielleicht ein bisschen belustigt, aber vor allem forschend. Jetzt lächelt sie mich an und ich bin wieder fassungslos, wie das ihr Gesicht zum Strahlen bringt.

»Kein Problem«, sagt sie. »Ich kenn das. Mit dem Kopfkarussell. Und ich hab auch kein Problem mit Umarmungen, nur manchmal, wenn es überraschend kommt ...« Das Lächeln verschwindet fast völlig und etwas zieht einen Augenblick lang über ihr Gesicht, das ich nicht ganz einordnen kann. Aber ich bin fast sicher, dass es ebenfalls eine unerwünschte Erinnerung ist.

»Ich finde dich sehr sympathisch«, sage ich einfach. »Aber ich schwöre, ich krieg's unter Kontrolle.«

Da ist ihr Lächeln wieder und ich lächle zurück, erleichtert. »Es tut mir leid, dass wir uns nicht schon früher kennengelernt haben«, füge ich hinzu.

Nicos Lächeln wird breiter. »Mir auch«, sagt sie und mir wird klar, dass dieser Moment das bisherige Highlight meines freien Tages ist. Ich kann nicht anders, ich strahle sie an, als wäre ich hauptberuflich der Smiley mit den Sternchenaugen.

Die Hunde balgen selbstvergessen auf der Wiese. An der Wegkreuzung da vorne müssen wir uns entscheiden, ob wir links Richtung Teich hochlaufen wollen oder weiter die große Wiese entlang.

»Bowie«, rufe ich, »zu mir!«, und wie üblich, wenn er von einem anderen Hund abgelenkt ist, ignoriert er mich völlig.

»Bowiiiieeee!«, brülle ich aus Leibeskräften, was bei Bowie überhaupt keine Reaktion hervorruft, bei Nico immerhin ein Lachen. »Hunde hören acht bis zwanzig Mal besser als Menschen«, meint sie. »Er *will* dich bloß nicht hören.«

»Stimmt«, knurre ich. »Er hat nicht genügend Respekt vor mir. *Story of my life.*«

Nico lacht erneut. »Auf drei laufen wir los und da vorne links den Hügel hinauf. Eins ...«

»Was? Wozu das denn?«

Aber Nico grinst nur. »Zwei, drei!«

Bei Drei rennt sie los, und mir bleibt nichts übrig, als hinter ihr herzulaufen. Ein paar Schritte nach der Weggabelung versteckt sie sich hinter einem großen Baum und zieht mich mit.

»Ruf ihn«, flüstert sie und ich rufe noch einmal: »Bowie, zu mir!«

Dann pfeift Nico nach Poppy. Fünf Sekunden später kommt Bowie den Weg hinaufgerannt und schießt an uns vorbei. Im nächsten Moment ist Poppy da, findet schwanzwedelnd auf Anhieb ihr Frauchen und wird mit einem Leckerli belohnt. Inzwischen hat Bowie seinen Irrtum erkannt, wendet und kommt auf uns zu. Mit vorwurfsvollem Blick bleibt er vor mir sitzen und kriegt ebenfalls ein Leckerli.

»Wow«, sage ich. »Das hätte ich schon früher wissen müssen!«

»Poppy und ich spielen das dauernd«, meint Nico und krault ihre Hündin zwischen den Ohren. »Sie können nicht abschätzen, wie weit man entfernt ist, wenn man plötzlich verschwindet, und das ist ihnen nicht geheuer. Voraus, Poppy!«

Poppy läuft vor und Bowie hinter ihr her.

»Ich hoffe, Poppy gibt ihm Nachhilfe«, meine ich seufzend. »Er kann's brauchen.«

Nico zuckt mit den Schultern. »Hunde sind wie Kinder«, sagt sie. »Die lernen auch am liebsten von anderen Kindern.« Sie wendet sich mir zu. »Und?«, fragt sie. »Was war los in deinem Kopfkarussell?«

Ich brauche einen Moment, bis mir wieder einfällt, womit ich meine Spontan-Umarmung gerechtfertigt habe.

»Oh. Das. Nichts Besonderes. Exfreund-Kram. Hat wohl jeder manchmal.«

»Willst du drüber reden?«

Ich bin drauf und dran, Nein zu sagen, als ich plötzlich merke, dass ich genau das möchte: drüber reden, mit jemandem, der nicht mit Hilflosigkeit und den immer gleichen Sätzen reagiert wie Reggie oder mit mir mitleidet wie meine Mom. Mit jemandem, der nicht so wütend wird, dass er nicht mehr zuhört, wie Jack. Mit jemandem, der nichts über mich weiß und völlig neutral ist. Und dann erzähle ich Nico die ganze Geschichte.

Sie unterbricht mich kein einziges Mal, sucht nicht meinen Blick, geht einfach nur im Gleichschritt neben mir her und hört zu. Als ich fertig bin, ist es ein paar Sekunden lang still.

»Wie lang ist das Ganze her?«, fragt Nico schließlich.

»Etwa zwei Monate«, antworte ich. *Zehn Wochen, zwei Tage, und achtzehn Stunden. Ungefähr.* »Ich weiß, soooo furchtbar ist es gar nicht«, füge ich in dem Bedürfnis, mich zu rechtfertigen, hinzu. »Ich war ziemlich verliebt in ihn und deshalb war es so ein Schock, aber ich sollte doch so langsam drüber weg sein und ...«

»Sagt wer?«, unterbricht sie mich und sieht mich zum ersten Mal direkt an. »Wer bestimmt denn, wie lange es dauern darf?«

Ich bin so baff, dass ich nicht gleich antworte.

»Dieser Milo«, fährt sie fort. »Wenn du in ihn verliebt warst, dann ist er ja sicher kein richtig fieser Typ, oder?«

Ich schüttle den Kopf. »Ach was«, gebe ich zurück. »Wenn wir allein waren, war er total süß zu mir. Er wusste ja nicht, dass ich ihn hören kann. Milo ist einfach nur ...« Ich seufze. »... sechzehn. Und will, dass seine Freunde ihn toll finden. Das ist alles.«

Aber aus irgendeinem Grund fühle ich mich jetzt etwas besser. »Danke!«, sage ich zu Nico und lächle sie an. »Jetzt hab ich die ganze Zeit geredet und weiß noch gar nichts über dich. Wohnst du in der Nähe?«

Sie nickt. »Bei meiner Oma.«

»Dann gehst du sicher auch hier irgendwo zur Schule?«

»Berufsschule, bis vor Kurzem. Konditoraubildung.«

»Wow, wie cool! Ich backe auch total gerne! Warte, *bis vor Kurzem*? Dann bist du schon fertig?«

Sie schüttelt den Kopf. Ein paar Sekunden lang ist es still, und ich habe das deutliche Gefühl, die falsche Frage gestellt zu haben.

»Ich hab die Ausbildung geschmissen«, sagt Nico schließlich, »nachdem mein Chef in der Konditorei zudringlich geworden ist. Ich konnte da nicht mehr hin.«

»Oh nein! Nico, es tut mir so leid!«

»Mutter Alkoholikerin, Vater unbekannt.« Sie lacht kurz und trocken auf. »Laut Statistik habe ich keine großen Chancen auf ein erfolgreiches Leben.«

Ich muss erst mal schlucken.

Sie verzieht das Gesicht und sieht mich von der Seite an. »Oh-oh. Jetzt hab ich dir den Tag versaut.«

»Nein«, antworte ich sehr entschieden. »Auf der ganzen Linie nein. Erstens ist mein Tag um hundert Prozent besser, seit ich dich getroffen habe. Und zweitens bist du keine Statistik! Du bist toll! Und du wirst verdammt noch mal auch ein tolles Leben haben!«

Nico sieht mich mit einem eigenartigen Ausdruck in den Augen an und ich merke, wie ich rot anlaufe.

»Ich mein's ernst«, füge ich hinzu.

»Das merke ich«, sagt sie einfach. »Danke. Momentan weiß ich nicht so richtig, wie's weitergehen soll.«

»Du bist toll mit Hunden!«, überlege ich laut. »Vielleicht solltest du Hundetrainerin werden!«

Sie lacht. »Und du Berufsberaterin! Aber fürs Erste muss ich mir einen Job suchen. Schon damit meine Oma mir nicht dauernd Vorträge hält.«

Wir sind fast am Ende unserer großen Runde und nähern uns dem Sportplatz. Ich kann schon von Weitem sehen, dass ein kleines Grüppchen Jugendlicher auf den Lehnen zweier Bänke sitzt, die Füße auf der Sitzfläche. Alles Jungs. Einer bemerkt uns und winkt. Nico winkt zurück.

»Deine Freunde?«, frage ich so neutral wie möglich.

Sie zuckt mit den Schultern. »Wir hängen ab. Hat sich so ergeben, weil wir alle gerade nicht so richtig wissen ...« Sie bricht ab, zuckt mit den Schultern, schweigt wieder ein paar Schritte lang. »Manchmal«, setzt sie erneut an, »ist es besser in einer Gruppe.«

Sicherer, denke ich. Sie fühlt sich sicherer in der Gruppe.

Wir trennen uns am Spielplatz. Ich will die Hand zu einem etwas zaghaften Winken heben, da macht sie einen Schritt auf mich zu und umarmt mich kurz und fest.

»Bis bald«, sagt sie, wendet sich ab und läuft auf ihre Kumpels zu, ohne meine Antwort abzuwarten.

»Bis bald«, antworte ich trotzdem. Damit, dass dieser Morgen noch so schön wird, hab ich nicht gerechnet.

Ich rufe Bowie, der dadurch aus der sentimentalen Starre gerissen wird, mit der er Poppy nachblickt, und wir setzen unseren Weg nach Hause fort, diesmal eine etwas andere Route, die uns nicht an *Bernds Biosupermarkt* und auch nicht an der Glasfront des *Fill up* vorbeiführt. Das macht es leichter, den »Nur-mal-schnell-reinschauen«-Impuls zu unterdrücken. Im Treppenhaus fällt mir ein, dass ich ja noch nachsehen wollte, ob nicht doch Post von Mom gekommen ist. Manchmal klemmen sich dünnere Briefe an der hinteren Wand des Briefkastens in einem Spalt fest oder rutschen in das darunterliegende Fach. Vorsichtig taste ich mit der Hand, und da steckt tatsächlich etwas! Nur noch eine kleine Ecke ist in unserem Fach, der Rest schon runtergerutscht. Es kostet mich einen Fingernagel und ein bisschen Nerven, dann kann ich das Ding endlich leicht ramponiert ans Tageslicht bringen. Zu meiner Enttäuschung ist es definitiv keine Postkarte aus Amerika, sondern sieht eher amtlich aus und ist an Mom adressiert. Shit! Amtlich ist immer schlecht. Steuerprüfung? Lebensmittelamt? Mahnung? Haben Jack und ich eine Rechnung übersehen? Es gibt nur einen Weg, das rauszufinden. Ich atme tief durch und reiße den Brief auf.

»Sehr geehrte Frau Becker, Bezug nehmend auf Ihr Ansuchen vom ...«

Ich überfliege den Text. Kneife die Augen zu. Überfliege ihn nochmals. Dann hole ich erneut tief Luft und lese richtig. Von der ersten Zeile bis zur Unterschrift. Ganz langsam.

Ich muss mir selbst mit der Hand den Mund zuhalten, um nicht loszuschreien. »Bowie!!« Ich hocke mich vor den Hund und drücke ihm einen dicken Kuss auf seine Fellnase. »BowieBowieBowie! Wir haben die Bewilligung gekriegt! Wir dürfen draußen Tische aufstellen! Mom wird ausflippen! Ich kann's nicht erwarten, es ihr zu sagen!«

Ich hole mein Handy hervor und will schon Moms Nummer wählen, als mir einfällt, dass es in Oklahoma etwa drei Uhr morgens ist.

Jack dagegen sollte jeden Augenblick vom Einkaufen zurückkommen und ich muss unbedingt sein Gesicht sehen, wenn ich es ihm sage! Und Reggie freut sich sicher auch mit uns! Ich könnte schwören, Bowie rollt mit den Augen, als ich nun, statt hinauf in die Wohnung zu gehen und ihm endlich Frühstück zu machen, auf den Hof zusteuere. Zur Entschädigung gebe ich ihm schnell eine Handvoll Leckerli aus meiner Hosentasche und laufe zwischen den Vorratsregalen in Richtung Lokal, ein fröhliches Grinsen auf dem Gesicht. Der Tag ist eben *noch* toller geworden!

Gleich darauf bin ich dran mit Augenrollen: Die Tür zwischen Lager und unserem Arbeitsbereich ist geöffnet, obwohl ich Reggie hundert Mal gesagt habe, dass sie geschlossen sein muss, weil Bowie sich nirgends aufhalten darf, wo Lebensmittel verarbeitet werden. Weil der Blick auf Kisten und Regale nicht so besonders anheimelnd ist. *Und* weil Mom und ich uns sehr viel Mühe gegeben haben, die dem Lokal zugewandte Seite der Tür schön zu gestalten.

Aber was soll's, ich bin viel zu gut drauf, um mich zu ärgern.

Schon am Klang von Reggies Lachen erkenne ich, dass sie im Flirtmodus ist. Tut mir ja leid, aber meine Nachrichten können nicht warten. Ich höre eine andere Stimme antworten und erstarre unwillkürlich, direkt hinter der halb geöffneten Tür.

»Nein, danke, heute nicht«, sagt Leon gerade. »Bist du allein?«

Die Frage trifft mich mit voller Wucht in die Magengrube, obwohl ich ja schon wusste, dass er Reggie angebaggert hat.

»Allerdings«, antwortet Reggie und ich höre das Lächeln in ihrer Stimme. »Und was kann ich für dich tun?«

Ich kenne Reggie. Ich weiß, wie sie guckt, wenn sie so was sagt, und ich weiß, wie es gemeint ist.

»Beschwerden?«, fährt sie fort. »Anregungen? *Wünsche?*«

Leon antwortet erstaunlich trocken: »Am ehesten fällt es wohl unter die Rubrik *Beschwerden.*«

»Oh?«, macht Reggie, hörbar überrascht.

»Hast du Zoe denn ausgerichtet, dass ich hier war und nach ihr gefragt habe?«

Ich halte den Atem an. *Er hat nach mir gefragt?*

»Klar hab ich erwähnt, dass du hier warst ...«, antwortet sie vage.

Schon, aber du hast nicht erwähnt, dass ...

»Sie war sehr eigenartig zu mir«, höre ich Leon sagen, »und dafür habe ich zwei mögliche Erklärungen ...«

»Zoe kann manchmal launisch sein«, unterbricht Reggie schnell.

Ich? Launisch?

»Sie ist nicht so belastbar.«

Nicht belastbar?

»Drum hat sie auch heute frei. Sie muss da noch ein paar Dinge auf die Reihe bekommen mit ihrem Exfreund. Also, wie sieht's aus? Willst du nicht doch was trinken?«

»Nein«, sagt Leons Stimme und fügt bemüht freundlich hinzu: »Danke. Ich lasse eine Nachricht hier. Wenn du sie ihr bitte geben würdest?«

»Wie du meinst«, sagt Reggie. »Aber um ganz ehrlich zu sein ...«

Leon antwortet nicht, macht aber wohl ein interessiertes Gesicht, denn Reggie fährt fort: »Du bist einfach nicht Zoes Typ.« Sie sagt es schnippisch, will ihn treffen. Das ist die Strafe, weil er kein Interesse an ihr zeigt, das ist Reggie nicht gewohnt.

Mein Gehirn kann das, was hier eben passiert ist, gerade nicht schnell genug verarbeiten. Das ist meine beste Freundin! Und sie hat nicht nur soeben versucht, einen Jungen anzubaggern, der nach *mir* gefragt hat. Sie hat auch versucht, ihm auszureden, sich überhaupt für mich zu interessieren. Das ist dieselbe Freundin, die erst vor ein paar Tagen zu mir gesagt hat: *Irgendwo da draußen läuft der perfekte Junge für dich rum. Aber du* willst *ihn ja gar nicht sehen, du siehst immer nur Milo ...*

Aber ob Leon nun dieser perfekte Junge sein könnte, ist jetzt nebensächlich, denn Reggie hat eben Hochverrat an unserer Freundschaft begangen. Und ihr Verrat ist tausendmal schlimmer als der von Milo. Und tut noch tausendmal mehr weh.

Ich weiß nicht, ob Leon geantwortet hat, ich habe keine Ahnung, ob seit *Du bist einfach nicht Zoes Typ* Sekunden oder Minuten vergangen sind. Ich trete zwei Schritte aus dem Schatten der Tür und sage »Hallo, Leon.« Meine Stimme klingt seltsam in meinen Ohren. Viel zu ruhig. Mein Gesichtsausdruck passt wohl zu der fremden Stimme, denn Leons Blick ist besorgt, fast erschrocken, als er auf meinen trifft. »Es tut mir leid, dass ich neulich so seltsam zu dir war.«

»Kein Ding ...«, sagt Leon und bricht gleich wieder ab, als er sieht, dass ich mich Reggie zuwende. Meiner süßen, zierlichen, frechen, bildhübschen besten Freundin, die jetzt vor meinen Augen zu schrumpfen scheint. Unwillkürlich richte ich mich kerzengerade auf.

»Zoe«, sagt sie, »Ich weiß nicht, was du gehört hast, aber ...«

»Genug«, unterbreche ich. »Mehr als genug.«

»Aber du weißt doch gar nicht ...«

»Ich weiß, dass es unter Freundinnen ein paar Regeln gibt, die du gerade alle gebrochen hast.«

Reggies Stimme wird höher, wie immer, wenn sie im Unrecht ist und um sich zu schlagen beginnt. »Ich wollte dich bloß beschützen! Du bist noch nicht über Milo hinweg und ich wollte nicht, dass du schon wieder verletzt wirst! Wieder von so einem, der in einer anderen Liga spielt und dich nur ausnutzt!«

»Wow.« Ich starre sie fassungslos an. »Und dann setzt sie noch einen drauf.«

Reggie geht im Kopf durch, was sie eben gesagt hat, ich kann die Worte richtig hinter ihrer Stirn vorbeilaufen sehen.

»Du weißt doch genau, wie ich das meine ...«

»Ja«, unterbreche ich sie, bevor sie es noch schlimmer macht. »Das ist ja das Problem, dass ich genau weiß, wie du das meinst. Und ich finde es wirklich unpassend, dass zwei, die nicht in derselben Liga spielen, zusammenarbeiten.« Ich deute auf die Getränkekiste. »Leg die Schürze einfach da hin, bevor du gehst.« Dann geh ich an ihr vorbei um den Tresen herum und beginne, Kaffeetassen von einem der Stehtische abzuräumen.

Leon hat die ganze Zeit stocksteif dagestanden. Ich hoffe, er bleibt. Wenigstens bis Reggie zur Tür raus ist. Vorher kann ich nicht mit ihm reden.

»Du wirfst mich raus?«, fragt Reggie heiser. »Bist du völlig verrückt geworden?«

Darauf antworte ich nicht, erst als ich ihre Schritte auf dem Dielenboden hinter mir höre, wende ich mich zu ihr um.

»Du willst mich rauswerfen wegen *dem da*? Wegen einem *Typen*? Davon, dass du hinter der Tür gelauscht hast, will ich gar nicht anfangen! Aber du lässt einen Typen zwischen uns kommen? Und *du* willst mir was von Regeln unter Freunden erzählen?«

Diesmal muss ich wirklich und wahrhaftig lachen. Das Lachen hat keinen guten Klang, aber es ist besser als Weinen. Reggie war immer schon gut darin, Tatsachen zu verdrehen und so lange zu diskutieren, bis ich irgendwann nicht mal mehr wusste, worum es eigentlich ging, und ihr recht gab. Aber nicht heute.

»Geh nach Hause, Reggie«, sage ich. »Oder wohin auch immer. Dein Geld kannst du dir jederzeit bei Jack holen.«

Sie wird knallrot im Gesicht, als sie jetzt ihre Schürze herunterreißt und mir vor die Füße fetzt. »Wie du willst. Aber komm nicht heulend zu mir gelaufen, wenn *der hier* ...« – sie deutet mit dem Zeigefinger auf Leon – »... dir dein armes, naives Herz gebrochen hat!« Wütend kommt sie auf mich zu. »Was denkst du dir eigentlich?«, faucht sie mich aus nächster Nähe an. »Ich hab auf einen tollen Urlaub verzichtet, um hier mit dir Dienst zu schieben! Ich könnte Spaß haben, jede Menge Spaß sogar! Und genau davon könntest du auch mal eine Dosis gebrauchen. Aber du hast ja keine Zeit für Spaß! Du bist ja vollauf damit beschäftigt, in Selbstmitleid zu schwimmen, du armes, armes Kind!«

Und als sie bei *armes, armes Kind* wirklich und wahrhaftig ihren Zeigefinger mit Schwung in meine Schulter bohrt, reicht es mir und ich schubse mit beiden Händen zurück. Reggie stolpert rückwärts, fängt sich, brüllt: »Du spinnst ja!«, und stürzt auf mich zu, vermutlich um mich ebenfalls zu stoßen, aber dazu kommt es nicht, weil Leon sie von hinten am Arm schnappt und festhält.

»Hey, hey«, sagt er. »Jetzt beruhigen wir uns mal alle.«

»Du misch dich nicht ein«, faucht Reggie und versucht sich aus Leons Griff zu winden, der nun gezwungen ist, auch ihren zweiten Arm festzuhalten. Genau in diesem Moment kommt Jack, mit zwei Kisten Obst beladen, durch die Tür. Er wirft einen Blick auf uns, lässt alles fallen, schießt auf Leon zu, der sofort Reggie loslässt und die Hände in die Luft hebt, als wollte er beweisen, dass er unbewaffnet ist.

»Ich weiß nicht, was hier los ist«, sagt Jack mit sichtlich erzwungener Ruhe zu Leon, »aber du verschwindest jetzt und hast Lokalverbot bis an dein Lebensende!«

»Du hast meinen Bruder gehört«, sage ich, eindeutig und direkt an Reggie gerichtet. »Verschwinden und Lokalverbot. Oder willst du bleiben, bis ich ihm alles erklärt habe?«

Jack starrt mich mit offenem Mund an, zu perplex, um irgendwas zu sagen.

Reggie wirft mir noch einen wutentbrannten Blick zu, macht kehrt, verschwindet hinter dem Tresen durch die offene Lagertüre, kommt eine halbe Minute später in ihrem eigenen Shirt mit ihrer Handtasche wieder, tritt wütend nach einer Orange, die aus einer von Jacks Obstkisten gekollert ist, feuert uns auch noch das *Fill-up*-Shirt vor die Füße und stampft aus dem Lokal.

Ich starre ihr nach. Was hier eben abgelaufen ist, fühlt sich so unwirklich an wie eine Szene aus einem schrägen Film. Ich kann nicht glauben, dass es tatsächlich passiert ist, und meinem Bruder scheint es ähnlich zu gehen. »Was zum Geier«, sagt er schließlich, »ist hier eigentlich los?«

6. Avocados und das Schicksal

Leon bleibt. Er bleibt, obwohl Jack sich keine Mühe gibt, seinen Argwohn ihm gegenüber zu verbergen, auch nachdem ich ihm alles erklärt habe. Er bleibt und hilft mir, eine Mutter-Kind-Gruppe mit Limo und Kuchen zu versorgen, während Jack im Lager zu tun hat. Er serviert Espresso, während ich mit einem Gast über Kuhmilch diskutiere und spielt im Hof mit Bowie, als der plötzlich mitten im Laden steht, weil ich ihn in all der Aufregung vergessen habe.

»Mein Onkel hat einen Australian Shepherd«, sagt er und krault den Hund, als er auftaucht. »Der sieht eurem richtig ähnlich. So ein schöner Junge.«

Leon bleibt auch und bewacht den Laden, als ich mit Bowie raufgehe, um ihn endlich zu füttern.

»Bist du okay?«, fragt Jack mich später halblaut hinter dem Tresen. Als ich Leon zuletzt gesehen habe, war er dabei, sich durch unsere Zero-Waste-Zahnpasta-Lollies zu schnuppern. Er ist echt fasziniert von unserem Sortiment.

»Clara möchte gern, dass ich ihre Fairy Lights an der Decke montiere«, fährt Jack fort, »wozu auch immer die gut sein sollen.« Er rollt mit den Augen, aber er lächelt dabei, wie man über ein albernes und zugleich unwiderstehlich niedliches Kind lächelt.

»Clara ist eine Fee«, antworte ich. »Also braucht sie Feenlichter.«

»Ich vergesse immer, dass du ihr zweitgrößter Fan bist.« Er sieht mich mit seinem liebevollen Großer-Bruder-Blick an. »Aber kann ich dich allein lassen? Kasse machen, abschließen? Das war doch ein ziemlicher Schock mit Reggie, und die Lichter können auch bis morgen...«

»Kein Problem«, unterbreche ich ihn. »Wirklich. Und ich bin ja auch nicht allein.«

Jack wirft einen Blick zu Leon und brummt: »Bist du sicher, was den da angeht?«

Ich muss lachen und gebe meinem Bruder einen kleinen Schubs. »Jack! Er kann ü-ber-haupt nichts für das, was passiert ist! Es ist ein Wunder, dass er überhaupt wiedergekommen ist, so wie ich ihn letztes Mal behandelt habe. Leon ist okay, wirklich!«

Diesmal ist Jacks Reaktion nur noch so was wie ein Alibibrummen. »Ich glaube, er erinnert mich an jemanden, den ich nicht leiden kann«, murmelt er.

»Vielleicht hast du auch nur einen verschärften Fall von *Big-Brotheritis*«, schlage ich mit einem kleinen Grinsen vor. Seit Dad weg ist, hat mein Bruder bei uns zu Hause die Beschützerrolle übernommen, und manchmal schießt er ein bisschen übers Ziel hinaus.

»Vielleicht«, brummt er und wirft einen misstrauischen Blick in Richtung Leon. Dann ist er zur Tür raus. Endlich. So lieb ich ihn habe, ich muss erst mal tief ein- und dann erleichtert ausatmen. Eben ist Leon aus dem Gang mit den Kosmetikprodukten wieder aufgetaucht und schnauft auch erleichtert durch. Wir sehen einander an und müssen beide lachen. Ich schüttle den Kopf, schlage die Hände vors Gesicht und lache und lache. Und dann rinnen plötzlich Tränen über meine Wangen und mein Lachen geht in heftiges Schluchzen über, ohne dass ich auch nur irgendeinen Einfluss darauf habe. Ich bin immer noch hinter dem Tresen, lasse mich einfach auf den Boden sacken, damit Leon mir nicht beim Heulen zusehen kann, und hoffe so sehr, dass jetzt kein Kunde auf die blöde Idee kommt, den Laden anzusteuern.

Das mit dem Verstecken funktioniert ungefähr eineinhalb Sekunden lang, dann hockt Leon neben mir auf dem Fußboden, legt seinen Arm um mich und sagt gar nichts, wartet nur, bis mein Schluchzen langsam abebbt.

Nachdem ich wieder und wieder mit der Schürze über mein Gesicht gewischt habe, steht er auf und holt mir einen Stapel Recycling-Papierservietten. Ich bin nicht in der Verfassung, ihm zu erklären, dass die viel zu schade sind, um sie für Rotz und Tränen zu verschwenden. Immerhin kommt tatsächlich keiner rein, bis ich mich halbwegs beruhigt habe. Und als doch jemand kommt, schafft Leon es völlig ohne Hilfe, einen Espresso zu machen und zu kassieren.

Als der Gast gegangen ist, setzt er sich wieder neben mich.

»Du bist immer noch da«, stelle ich fest.

Er zuckt mit den Achseln und lächelt. »Die Punschtörtchen hier sind einfach zu gut.«

Ich muss lachen, dann beendet ein ganz, ganz tiefer Seufzer endlich meine Heulorgie. »Sie ist meine beste Freundin«, mache ich den Versuch einer Erklärung. »Gewesen.« Dann heule ich beinahe wieder los, weil ich weiß, dass ich Reggie schrecklich vermissen werde. Mom gegenüber darf ich die ganze Sache nicht mal erwähnen. Reggie ist in den letzten sechs Jahren bei uns ein und aus gegangen, als würde sie zur Familie gehören. Seit sie mit ihrer Mutter in unsere Gegend gezogen und in meine Klasse gekommen ist.

Aber Mom würde sich nicht nur deshalb Sorgen um mich machen, sondern auch wegen des *Fill up*. Reggie war zwar bestimmt nicht die bestmögliche Kraft für den Job, aber ohne sie müssen Clara, Jack und ich noch mehr Dienste schieben und dazu backen, einkaufen und putzen. Oh Mann. Ich schlage erneut die Hände vors Gesicht.

»Hey.« Leon legt wieder seinen Arm um mich. Diesmal drückt er mich nur sanft und lässt dann wieder los. »Alles wird gut«, sagt er.

Und irgendwas an der Art, wie er es sagt, lässt mich glauben, dass er recht hat.

Ich putze ein letztes Mal meine Nase, drehe den Kopf und sehe ihn von unten herauf an. »Ich bin so froh, dass ich gerade keine Ahnung habe, wie ich aussehe.«

»Makellos«, antwortet er, ohne eine Miene zu verziehen, und als ich laut herauslache, sieht er mich so verständnislos an, dass ich gleich wieder lachen muss.

»Du hast also bei Reggie nach mir gefragt«, sage ich endlich das, was ich schon seit Stunden sagen will.

Er nickt. »Da wusste ich noch nicht, dass du den schwarzen Schubs-Gürtel besitzt. Nun bin ich etwas eingeschüchtert, das gebe ich zu.«

Ich muss schon wieder lachen. »Ja, ich bin ziemlich gefährlich. Du solltest dich mir nur langsam und vorsichtig nähern. Und immer eine Avocado dabeihaben. Die stimmen mich friedlich.«

Er nickt bedächtig. »Das sind wichtige Informationen. Ich denke, telefonieren sollte eigentlich auch einigermaßen sicher sein, oder? Und whatsappen?«

Ich gebe mir Mühe, ebenfalls ernst zu bleiben. »Es kommt auf den Versuch an.« Ich hole mein Handy hervor. »L-e-o-n«, tippe ich. »Hast du auch einen Nachnamen?«

»Nein«, antwortet er mit großem Ernst. »Ich wurde als Neugeborenes auf einer Parkbank gefunden, in einem Weidenkörbchen. Der einzige Hinweis auf meine Herkunft ist mein Vorname, der in goldenen Lettern auf das Laken gestickt war.«

Es ist wirklich schwierig, sich mit Leon zu unterhalten und dabei ernst zu bleiben. »Dann bist du bestimmt von königlichem Geblüt?«

»Die Vermutung liegt nahe. Aber denk nicht, dass ich Eindruck auf dich machen will.«

»Glaub mir, ich bin schon hinreichend beeindruckt, weil du immer noch hier bist. Jeder andere wäre vermutlich bei meinem Zickenkrieg mit Reggie schon eine Staubwolke gewesen.«

»*Eine* Zicke macht noch keinen Krieg«, antwortet er.

Ich muss lächeln. »Oder bei den bösen Blicken meines Bruders.«

Leon neigt den Kopf. »Dein Bruder ist ein Ehrenmann. Ich respektiere, dass man sich sein Vertrauen erst verdienen muss.«

»Sehr nobel«, gebe ich zurück. »Spätestens aber bei meinem Heulanfall vorhin hätte so ziemlich jeder die Kurve gekratzt.«

»Tja«, meint er. »Entweder bin ich verdammt edelmütig oder ich habe deine Tränenblindheit genutzt, um einen Zahnpasta-Lolli zu klauen.«

Er schaut mir dabei über die Schulter, wie ich in Großbuchstaben das Wort »PRINZ« vor seinen Vornamen tippe, und grinst.

»Du glaubst also nicht an meine dunkle Seite?«

Ich schüttle den Kopf. »Jemand, der mit so viel Leidenschaft Punschtörtchen isst, muss eine edle Natur haben.«

Dann frage ich ebenfalls so ernst ich kann: »Ich nehme an, du trägst einen bürgerlichen Namen, um dich vor der lästigen Sensationspresse zu schützen?«

Er nickt. »Mayer. Mit A und Ypsilon.«

»Da war aber jemand mächtig kreativ.«

Er tippt sich an die Stirn. »Niemand ruft alle Mayers im Telefonbuch an«, erklärt er. »Oder besucht jeden Mayer zu Hause.«

»Guter Gedankengang.« Ich tippe seine Nummer an und Sekunden später läutet sein Handy.

»Zoe«, tippt er nun ein und sieht mich fragend an. »Und *dein* Pseudonym?«

Ich muss schon wieder lachen. »Ich brauche auch eines?«

»Früher oder später ja«, antwortet er. »Mit *der* Stimme.«

Es macht Spaß, sich mit ihm zu unterhalten. Richtig, richtig Spaß.

»Becker«, sage ich an. »Mit E.«

»Uuuh«, sagt er. »Fast so anonym wie Mayer.«

»Ich lerne sehr schnell«, erkläre ich. Mein Blick bleibt am Display seines Telefons hängen. »Viertel nach sieben schon! Ich muss abschließen!«

Er steht auf, streckt mir die Hand hin und zieht mich hoch. »Kann ich dir noch irgendwie helfen?«

Ich schüttle den Kopf. »Nein, vielen Dank. Und noch mal danke, dass du geblieben bist.«

Er nickt und meint dann zögernd: »Du weißt doch, dass du nichts falsch gemacht hast, oder? Auch wenn deine Freundin gerne hätte, dass du das glaubst.«

»Danke«, sage ich erneut. »Das ist lieb von dir. Wahrscheinlich hätte ich irgendwie besser reagieren können.«

»Möglich«, sagt er. »Vor allem aber hätte Reggie besser reagieren können.«

Ich muss ihm recht geben und wir verabschieden uns mit einer kurzen Umarmung. Zum Glück hat er nicht versucht, mich zu überreden, noch irgendwas zu unternehmen. Ich will einfach nur ins Bett. Und vielleicht noch ein bisschen heulen.

Kaum hab ich die Tür abgeschlossen, fällt mir ein, dass ich etwas vergessen habe. Er hat von *zwei möglichen Erklärungen* gesprochen, dafür, dass ich so komisch zu ihm war, und ich wollte ihn eigentlich fragen…

Ein Signalton von meinem Handy lenkt mich ab. Eine Whatsapp. Von PRINZ Leon. Kein Text. Nur ein Herz und das Avocado-Emoji.

Der nächste Morgen hat etwas Unwirkliches, und ich brauche ein paar Minuten, bis ich mich darin zurechtgefunden habe. Das verrückte kleine Flattern hat mit Leon zu tun. Aber da ist ein großer Schatten auf dem kleinen Flattern. Das erste Mal bin ich unter so einem Schatten wach geworden, nachdem mein Vater ausgezogen ist. Das letzte Mal nach der Sache mit Milo. Mit einer besten Freundin soll so etwas nicht passieren, das ist nicht vorgesehen! Bevor der Schmerz so richtig über mich drüberschwappen kann, kommt ein *Pling!* von meinem Handy.

Wenn sie sich nur entschuldigen würde, so richtig ernsthaft ...

Aber die Nachricht ist nicht von Reggie, sie ist von einem Jungen mit hellen Augen und von der Sonne gebleichten, etwas zu langen Haaren.

> Hey! Mir ist im Traum eine 🥑 erschienen. Und ich dachte, du weißt sicher, was das zu bedeuten hat 🫣?

> War es eine Hass-Avocado?

> Nein, sie wirkte durchaus liebenswert.

> 😂 Anders gefragt: War sie grün oder schwarz gekleidet 🐚?

> Sie hatte sich in schwarze Schale geworfen. Perfekte Passform.

> Bedeutet vermutlich, dass sie von edlem Stand ist, genau wie du! Was hat sie gesagt?

Sie war sehr politisch.
Fing an, Kernfragen zu diskutieren 👑.
Schalenfreiheit und so was.
Was sie wohl von mir wollte?

> 😂 Wahrscheinlich war sie durstig.
> Avocados brauchen sehr viel Flüssigkeit.

Möglich. Aber ich konnte ihr nicht das Wasser reichen 👸

> 👩 😂

Jedenfalls bin ich froh, dass wir drüber geredet haben.

> Ich auch!

Muss jetzt leider los!

> Ich auch!

Darf ich mich wieder an dich wenden, wenn ich Rat brauche?

> In Avocadofragen immer.

> Das ist sehr edelmütig von dir! 😇

> Ich lasse gern andere an meinen besonderen Fähigkeiten teilhaben.

Mit einem breiten Grinsen im Gesicht schwinge ich mich aus dem Bett. Der Weg ins Bad fühlt sich an, als hätte ich Sprungfedern in den Füßen. Prinz Leon hat den Schatten vertrieben. Und mich auf eine Idee gebracht.

»Komm, Bowie!« Der Hund springt auf, streckt sich und wedelt. Ich finde es immer wieder faszinierend, wie sich meine Stimmung auf ihn überträgt. Ich wedle auch, nur eben nicht sichtbar.

Nico und ich sind nicht verabredet, aber wir haben drüber gesprochen, wann sie am Morgen mit Poppy geht und welche ihre Lieblingsrunde ist. Ich vertraue also einfach auf das Schicksal, das uns ja schließlich auch zusammengeführt hat (und ja, ich lese auch mein Horoskop in Zeitschriften und die kleinen Zettelchen in den Glückskeksen).

Bowie beginnt schon auf dem Hauptweg intensiv zu schnüffeln, und als er mich den schmalen Weg hinaufzerrt, auf dem Nico und ich uns neulich vor unseren Hunden versteckt haben, bin ich ganz sicher, dass Poppy nicht weit ist. Allerdings ist Sport wie gesagt nicht so mein Ding, und es ist ein sehr warmer Sommermorgen. Irgendwann gebe ich keuchend auf, mache Bowies Leine ab und schicke ihn mit dem Kommando »Such Poppy!« voraus. Erneut verlasse ich mich auf das Schicksal, das mir hoffentlich keinen *anderen* schwarzen Hund in die Quere schickt.

Ein paar Augenblicke später kommen zwei Hunde auf mich zugeschossen, ein sichtlich stolzer Bowie und eine Poppy, die bei jedem ihrer absurd hohen Sprünge die Pfoten vor Begeisterung in die Luft wirft.

Kaum sind sie bei mir angekommen und haben sich ganz viel Lob und je ein Leckerli abgeholt, wenden sie und jagen den Berg wieder hinauf, wo ich jetzt auch schon Nico winken sehe.

Die Hunde rennen noch dreimal hin und her, bis ich endlich zu ihr aufgeschlossen habe.

»Das sollte als Workout reichen«, schnaufe ich.

»Für dich oder für die Hunde?«, fragt sie grinsend.

»Sag bloß, du gehörst zu denen, die mindestens einmal täglich einen Marathon laufen?«, frage ich misstrauisch. »Oder mit dem Mountainbike irgendeinen Höhenrekord brechen müssen?«

Sie lacht. »Ich habe ziemlich lang Leichtathletik gemacht, in der Schule und dann auch im Verein. Meine Oma hat das sehr gefördert. Sie hat wohl gedacht, wenn ich Sport mache, komme ich nicht auf dumme Gedanken. Momentan ist mein Lieblingssport Frisbee spielen mit Poppy.«

»Das ist akzeptabel«, erkläre ich großmütig. Ich kann mir Nico mit ihrem derzeitigen Look nicht im Sportdress vorstellen, auch wenn sie eindeutig den drahtigen Körper einer Athletin hat. Irgendwann muss ich sie nach Fotos von früher fragen.

Wir stapfen nebeneinander den Weg weiter, unsere Hunde ein glückliches, schwarz-weiß-braunes Knäuel ein paar Schritte vor uns. »Nico«, frage ich sie, »Glaubst du an Schicksal?«

Sie lacht laut heraus. »Also ich würde definitiv um acht Uhr morgens eher joggen oder mountainbiken, als über solche Fragen nachzudenken.«

»Okay, okay, okay«, gebe ich hastig zurück. »Ich erzähle dir erst mal, was gestern passiert ist.«

Sie hört bis zum Ende zu, ohne eine Zwischenfrage zu stellen.

Als ich fertig bin, sieht sie mich mitfühlend an und meint: »Kacke. Deine beste Freundin? Das muss wehgetan haben.«

»Hat es«, gebe ich zu. »Und es wird wohl auch noch eine Weile wehtun. Aber darauf wollte ich nicht hinaus. Ich wollte darauf hinaus, dass du einen Job suchst und wir jetzt einen frei haben. Darauf, dass du backen kannst und unsere Hunde sich gut verstehen. Darauf, dass du vegan bist!« Ich deute auf ihr *Friends-not-Food*-Tattoo. »Mit anderen Worten, deine besonderen Fähigkeiten passen so perfekt zum *Fill up* und zu uns wie der Kern in eine Avocado! Und deine Oma wäre auch glücklich. Und jetzt noch mal meine Frage von vorhin: Glaubst du an Schicksal?«

7. Das zoe'sche Weltbild

Es ist kurz nach halb zehn, als Bowie und ich auf unser Haus zusteuern, jeder auf seine Art sehr zufrieden mit sich.

Mein Stimmungsbarometer sackt allerdings rapide ab, als ich schon von Weitem erkenne, dass unsere schwarze Aufstelltafel nicht draußen steht und die grüne Markise noch nicht ausgefahren ist. Ich war fest davon überzeugt, dass Clara heute Frühdienst hat! Aber vielleicht hab ich durch das Chaos mit Reggie was durcheinandergebracht? Hastig checke ich am Handy meinen Kalender, während ich im Stechschritt auf das *Fill up* zueile. Nein, laut Kalender ist Clara heute dran. Was aber auch nur ein schwacher Trost ist, denn sie ist so extrem zuverlässig – wenn sie nicht pünktlich aufschließt, heißt das, irgendwas muss passiert sein!

Ich fange zu laufen an, während die schrecklichsten Szenarien durch meinen Kopf flimmern: Clara ist ohnmächtig geworden. Clara ist überfallen worden. Clara ist gestürzt und hat sich was gebrochen.

Jetzt bemerke ich Claras Rad, das an denselben Baum gekettet ist wie immer. Also ist sie hier. Bowies Nackenhaare sind aufgestellt, er spürt meine Unruhe. Ich drücke die Tür auf. Innen steckt noch der Schlüssel. Wo ist sie? *Clara bewusstlos hinter dem Tresen. Clara unter einem umgestürzten Regal im Lager.*

»Clara!«

Claras blonder Kopf taucht neben der Kaffeemaschine auf, offenbar hat sie Getränke nachgefüllt. »Zoe! Hast du mich erschreckt!«

»Na, und du mich erst!«, entgegne ich, die Hand auf mein pochendes Herz drückend. »Ist alles in Ordnung? Ich hab schon Panik geschoben, als ich die Tafel nicht gesehen hab, und der Schlüssel steckt auch noch!«

»Es tut mir leid, Zoe!« Clara läuft rot an. »Ich hab einfach total verschlafen!«

»Verschlafen? *Du*?«

Clara verschläft nicht. Clara ist der zuverlässigste, pünktlichste Mensch, den ich kenne. Wenn es Reggies Dienst gewesen wäre, hätte ich überhaupt nicht drüber nachgedacht, warum die Tafel nicht draußen steht oder der Schlüssel noch steckt und um halb zehn noch nicht mal die Kaffeemaschine an ist.

Clara prustet los. »Entschuldige, Zoe. Aber du siehst so geschockt aus, als wäre jemand ermordet worden.«

Ich sage ihr nicht, was mir Augenblicke vorher für Bilder durch den Kopf gegangen sind.

»Kein Wunder«, erkläre ich, während ich rasch die Stühle von den kleinen Tischen nehme. »Du hast einen Grundpfeiler des Zoe'schen Weltbilds ins Wanken gebracht: Gleich nach *Avocados sind Gottes Entschuldigung für Rosinen* und noch vor *Pommes sind auch Gemüse* kommt nämlich *Clara ist perfekt und unfehlbar*.«

Clara lacht noch einmal auf. »Ich bin sicher, deinem Bruder wäre dazu was Passendes eingefallen, als er neulich zum dritten Mal meine Lichterketten neu montieren musste.«

»Mein Bruder steht auf Rosinen. Er ist also nicht wirklich zurechnungsfähig.« Diesmal lachen wir beide, und ich merke erst jetzt so richtig, wie der Stress von mir abfällt. Beinahe fange ich vor Erleichterung zu heulen an, und Clara muss mir das irgendwie ansehen, denn sie ist mit ein paar Schritten bei mir und umarmt mich. »Ach Süße, du hast dir wirklich Sorgen gemacht, es tut mir so leid! Kein Wunder, du bist durch den Wind wegen Reggie, die viele Verantwortung, keine Ferien, und dann auch noch meine fiese Attacke auf Grundsatz Nummer zwei!«

Damit bringt sie mich zum Lachen und ich kann die Tränen wieder runterschlucken. »Alles gut, ich bin bloß froh, dass nichts passiert ist. Bist du so spät ins Bett gekommen?«

Clara löst die Umarmung und ich kann mich täuschen, aber vermischt sich da der Hauch einer Alkoholfahne mit ihrem Zahnpasta-Atem? Ich habe nicht ein einziges Mal erlebt, dass Clara Alkohol getrunken hätte.

»Schmeckt eklig«, hat sie mal zu mir gesagt. »Keine Ahnung, was da alle so toll finden.« Sollte sich daran etwas geändert haben?

»Die Mädels haben für mich eine Willkommensparty geschmissen«, erzählt sie, »damit ich ihre Freunde kennenlerne. Na ja, und da ich sozusagen der Ehrengast war, konnte ich nicht wirklich um zehn ins Bett gehen. Und auch nicht Nein sagen, als sie auf mich angestoßen haben.«

Ach so, denke ich beruhigt. Wahrscheinlich hat sie ein Glas Sekt getrunken und, weil sie es nicht gewohnt ist, danach geschlafen wie ein Stein. Beinahe habe ich ein schlechtes Gewissen. Soll Clara doch ein bisschen Spaß haben, jetzt, wo sie endlich nicht mehr bei ihren überfürsorglichen Eltern wohnt! Schließlich ist sie volljährig!

In einer perfekten Zweier-Choreografie machen Clara und ich gemeinsam in wenigen Minuten das *Fill up* betriebsbereit. Zum Glück kommt der erste Schwung Gäste meistens erst zwischen zehn und elf.

Ich stelle die Tafel nach draußen, Clara zieht noch den Schlüssel ab, dreht die Schilder an der Tür so, dass sie von draußen lesbar sind, und bindet ihre Schürze um.

»Zoe, Jack wird gleich hier sein, wäre es für dich okay, wenn wir ...«

»Natürlich sag ich ihm nichts«, unterbreche ich sie, beinahe beleidigt, dass sie mir das zutraut. Nicht, dass er sauer wäre, aber er würde sich genau wie ich Sorgen machen, was irgendwie fast schlimmer ist.

»Obwohl«, meint Clara grinsend, »feuern könnte er mich sowieso nicht in Anbetracht unseres Personalnotstands.«

»Was das angeht«, erkläre ich triumphierend, »habe ich gute Nachrichten!«

»Gute Nachrichten?«, kommt Jacks Stimme von der Tür, die er eben mit der Schulter aufgedrückt hat, weil seine Hände damit beschäftigt sind, zwei übereinandergestapelte Kisten mit Bagels und Croissants festzuhalten. »Was für gute Nachrichten?«

»Ich habe Ersatz für Reggie gefunden«, erkläre ich stolz und nehme ihm die obere der beiden Kisten ab.

»Was?«, fragt er verblüfft. »So schnell? Wie denn? Wo denn?«

»Im Park«, antworte ich grinsend. »Wahrscheinlich kennst du sie vom Sehen sogar. Sie heißt Nico und hat einen großen schwarzen Hund, Poppy. Deshalb hab ich immer einen großen Bogen um sie ...«

»Die gepiercte Braut, die immer mit den Jungs abhängt?«, unterbricht Jack und runzelt die Stirn. »Diese Idioten versauen regelmäßig den Park mit ihrem Müll.«

»Nico ist keine Idiotin, sondern vegan. Außerdem ist sie Konditorin und kann super backen.« Dass sie die Ausbildung abgebrochen hat, werde ich ihm nicht gleich auf die Nase binden. »*Und* Bowie liebt ihren Hund!«, füge ich triumphierend hinzu. »Und überhaupt, was sind das für Vorurteile wegen ein paar Piercings? Wie alt bist du? Achtzig?«

»Manchmal«, wirft Clara ein. »Aber zum Glück im Körper eines zwanzigjährigen Athleten.« Sie schickt ihrem Freund einen Luftkuss, und der weiß nicht, ob er geschmeichelt oder genervt sein soll. Als Kompromiss zieht er den rechten Mundwinkel hoch und rollt dabei mit den Augen.

»Ich will damit nur sagen, wir sind nicht so verzweifelt, dass wir die Tattookönigin von der Sportplatzclique engagieren müssen. Auch wenn sie ein Herz aus Gold hat, wir kennen sie doch überhaupt nicht! Ich kann ihr also auch nicht den Schlüssel zum *Fill up* in die Hand drücken, ganz egal, wie süß ihr Hund ist!«

Ich bin sprachlos, aber zum Glück springt Clara für mich in die Bresche. »Trau doch deiner Schwester mal ein bisschen Menschenkenntnis zu, alter Mann! Sie hat diese Nico sicher schon näher kennengelernt, sonst würde sie das nicht vorschlagen. Und übrigens hab ich auch schon drüber nachgedacht, ob ich nicht ein Tattoo will! Sie könnte mich bestimmt beraten!«

Jack sieht seine Freundin mit einer Mischung aus Fassungslosigkeit und Entsetzen an – so oder so ähnlich hab ich wohl vorhin geguckt, als sie mir gestanden hat, verschlafen zu haben.

»Okay, jetzt ist es fix«, erklärt er dann. »Diese Nico kommt definitiv nicht in deine Nähe, also auch nicht ins Team.«

»Seit wann bist du hier eigentlich der Chef?«, protestiere ich empört.

»Seit Mom mich dazu gemacht hat.«

»Mom hat gesagt, wir sollen alle Entscheidungen gemeinsam treffen! Und außerdem schaffen wir es nicht ohne Verstärkung!«

»Da hat sie schon wieder recht!«, sagt Clara, und ich könnte sie umarmen.

»Ach was«, winkt Jack ab. »Wenn jeder von uns ein paar Stunden mehr macht ... Reggie war sowieso mehr Verzierung als vollwertige Kraft.«

Noch vor ein paar Tagen wäre ich für meine Freundin in die Bresche gesprungen, aber nicht heute. Was er sagt, ist vielleicht ein bisschen übertrieben, aber es hat einen sehr großen wahren Kern.

»Das stimmt schon, aber selbst wenn wir nur drei oder vier Tische rausstellen, brauchen wir in den Stoßzeiten Doppelbesetzung, und ...«

»Was ... was ... was ...« Jack hebt die Hand, um mich zu unterbrechen, und schüttelt den Kopf. »Was faselst du da von Tischen rausstellen? Du weißt so gut wie ich, dass wir keine Genehmigung dafür haben!«

Ich starre ihn einen Moment mit offenem Mund an und dann muss ich laut lachen und schlage mit der Handfläche an meine Stirn. Die Ärmel meiner Jeansjacke sind um meinen Bauch verknotet und es dauert ein paar Sekunden, bis ich das klein gefaltete Kuvert aus der

Brusttasche geholt habe. Ich glätte den Brief mit den Händen und halte ihn Jack vor die Nase. »Da hab ich wohl eine Kleinigkeit nicht erwähnt.«

Während Clara und ich den längst überfälligen Freudentanz aufführen, studiert Jack den Brief, als wären es fünfzig Seiten und nicht fünf Zeilen. Mom sagt, er war schon als Kind so. Bei jedem Weihnachtsgeschenk hat er dreimal gefragt, ob das auch wirklich seins ist, bevor er angefangen hat, damit zu spielen. Ich glaube, er hat genau wie ich Angst, sich zu früh zu freuen.

Aber schließlich hat er sich genug überzeugt und zu dritt nehmen wir eine Videonachricht für Mom auf, die wir dann gleich losschicken.

»Ich schätze, wenn das so ist, brauchen wir wirklich jemanden«, brummelt er schließlich. »Wann kann deine Tattooschwester denn mal vorbeikommen?«

»Sie heißt Nico«, antworte ich mit Nachdruck. »Und sie ist toll, du wirst sie mögen.« Ich zögere. Was Nico mir über sich erzählt hat, war sehr persönlich und ich habe nicht das Gefühl, dass ich es weitererzählen sollte. Also sage ich nur, wieder mit so viel Nachdruck wie möglich: »Sie hatte es bis jetzt echt nicht leicht und wenn du nicht supersupernett zu ihr sein kannst, dann frag ich sie gar nicht!«

»Ich werde supersupernett sein«, verspricht mein Bruder. »Das liegt sowieso in meiner Natur.«

Ich ziehe meine Augenbrauen so hoch ich kann, um meiner Skepsis Ausdruck zu verleihen. »Du wirst nicht auf ihr Nasenpiercing starren? Oder ihre Frisur kritisieren?«

»Nur wenn sie mit dem einen oder anderen unsere Kundschaft vergrault.«

»Jack!«

»Ich werde für die Fürstin der Dunkelheit meine besten Manieren an den Tag legen.«

Zwei Stunden später ist Jack unterwegs zum Baumarkt, um Bretter für ein neues Regal im Lager zu besorgen, Clara serviert gerade Stammgästen die zweite Runde Apfelkuchen und ich hocke auf dem Fußboden und schreibe Preisschildchen für ein paar Produkte, die neu im Sortiment sind. Genau genommen wäre ich mit den Schildchen schon längst fertig, wenn mein Handy mich nicht ständig ablenken würde. Bis vor zehn Minuten hat Leon mir kreative Vorschläge für unser Outdoor-Mobiliar gemacht. Ein paar Highlights: Öko-Fair-Trade-Hängematten aus einem peruanischen Frauenprojekt, Upcycling-Sitzkissen aus indischen Kaffeesäcken und Vintage-Metallbadewannen mit Platz für bis zu drei Personen. All das, um mir zu beweisen, dass er der ideale Berater für die geplante Einkaufstour wäre. Tatsächlich glaube ich, es würde mehr Spaß machen, mit Leon zu fahren als mit Jack, in dessen Augen ein Brett mit vier Beinen alle Anforderungen an einen Tisch (oder einen Stuhl) erfüllt. Was darüber hinausgeht, ist Schnickschnack, daher auch sein eher distanziertes Verhältnis zu Lichterketten. Mom und ich dagegen sind voll auf einer Wellenlänge und lieben unsere gemeinsamen Trips zu Flohmärkten und Secondhandläden. Deshalb lautete ihre Antwort auf unsere freudige Nachricht zum Thema Genehmigung auch: »An das Kind mit dem Stilgefühl: Bitte Stühle und Tische auswählen. An das Kind mit dem Führerschein: Bitte Kind mit Stilgefühl an Budget erinnern sowie Mobiliar transportieren. An beide: Ihr seid die Besten! PS: Perfekter Platz für seelenverwandte Katzen gefunden, da waren's nur noch 8!«

Jedenfalls wäre es schwierig, Jack zu erklären, dass ich statt mit ihm lieber mit Leon Möbel für unseren Laden kaufen will. Außerdem hat Leon nur ein Moped. Also muss ich sein großzügiges Angebot ablehnen, und danach entsteht eine etwa fünfminütige Pause in der Kommunikation. Beinahe mache ich mir schon Sorgen, er könnte ernsthaft beleidigt sein, als das nächste »Pling« kommt.

Ich widme mich ein paar Sekunden lang meinen Schildchen, da macht es schon wieder »Pling« und ich grinse in Erwartung einer weiteren Albernheit, als ich einen Blick auf mein Display werfe.

Das Grinsen verschwindet. Die Nachricht kommt von meinem Vater.

Mehr zeigt mir der Sperrbildschirm nicht, aber mehr muss ich auch nicht sehen. Es tut so verdammt weh, dass meine gute Stimmung augenblicklich in sich zusammensackt und mir Tränen der Wut und Enttäuschung in die Augen steigen. Irgendwas muss ich antworten, vielleicht nicht sofort, aber bald. Er kapiert einfach nicht, wie verletzend das ist, wenn er mich immer und immer wieder im Stich lässt, vergisst, hintanstellt.

Ich war erst fünf, als er mich eine Stunde zu spät vom Skikurs abgeholt hat, weil er unbedingt noch eine letzte Abfahrt machen wollte. Sechs oder sieben, als er nicht zu meiner Ballettvorführung gekommen ist. Zwölf, als ich nach einer Blinddarmoperation fünf Tage im Krankenhaus lag und er mich nicht einmal besuchte, sondern nach Gran Canaria flog, weil er für einen Triathlon angemeldet war. Und dann die unzähligen Male, die er unpünktlich war, Termine nicht eingehalten, Verabredungen im letzten Moment abgesagt hat. Und jedes Mal hab ich Verständnis gezeigt, war ich die liebe Tochter, die einsieht, dass alles, aber auch alles andere wichtiger ist als ich. Und plötzlich werde ich so richtig, richtig wütend. Am liebsten würde ich ihn anrufen, aber wahrscheinlich sitzt er im Büro und hebt sowieso nicht ab. Also schreibe ich ihm, bevor der Moment wieder vorübergeht, denn ich *muss* einmal, nur ein einziges Mal sagen, wie es sich anfühlt, wenn er so mit mir umgeht. Ich lasse meine Etiketten fallen, schnappe mein Handy, klicke Whatsapp an und beginne zu schreiben. Wie verletzend das ist. Dass ich ihn zu nichts mehr einladen werde. Dass er egozentrisch und unsensibel ist und ich froh bin, dass Mom ihn rausgeworfen hat. Dass er meine Kinder, wenn ich jemals welche kriege, nicht zu sehen bekommen wird, weil ich ihnen das ersparen möchte. Dass ich ihn als kleines Mädchen angebetet habe, dass er mich zu oft verletzt hat, dass jetzt Schluss ist, dass ich genug habe. Und bevor ich es mir anders überlegen kann, tippe ich auf »Senden« und werfe das Handy weg, als hätte ich mir daran die Finger verbrannt.

Mein Herz rast, mein Gesicht ist heiß und meine Wimpern sind nass. Was hab ich gerade getan? Ich muss verrückt geworden sein! Er wird nie wieder mit mir reden! Vielleicht kann ich die Nachricht noch löschen, bevor er sie liest?

Ich öffne Whatsapp und erstarre. Zwei kleine blaue Häkchen unter der Nachricht. Er hat sie gelesen.

Und im selben Moment, als der erschrockene Smiley als Antwort kommt, wird mir klar, dass ich diesen langen, schrecklichen Text gar nicht meinem Vater geschickt habe, sondern Leon. Mit zitternden Fingern tippe ich eine Antwort.

> Oh mein Gott sorry das war nicht für dich

> Da bin ich froh. Ich habe mir schon das Gehirn zermartert, was ich falsch gemacht habe.

> 😂 😱
> Entschuldige! Es tut mir total leid
> Ich war einfach so wütend
> Hab nicht aufgepasst

> So sorry

> Alles gut, vergiss es.
> Was hat dein Vater denn getan 🥺?

Ach, nicht so wichtig

> 🙄

Echt, kein Ding

> Genau, deshalb hast du ihm gleich auch die Liebe deiner ungeborenen Kinder entzogen

Seufz

> 🥑

Ich muss tatsächlich lachen. Und bin jetzt richtig froh, dass ich die Nachricht losgeschickt habe.

Am Freitag ist Parkfest. Das gibt es schon ewig, als Kinder waren wir da immer mit meinem Vater. Livemusik, Kinderunterhaltung, Zuckerwatte. So was alles. Meine A-capella-Gruppe tritt da auf.

> 😇

> Nein, nichts Besonderes, ein Mini-Gig, aber mir war es wichtig und er hatte es versprochen, nur hab ich offenbar immer noch nicht kapiert, dass so ein Versprechen genau gar nichts bedeutet 😞

Ich kann sehen, dass Leon tippt, wieder aufhört, dann wieder tippt. Worüber denkt er denn so lange nach? Endlich kommt doch was.

> Ich weiß, es ist nicht dasselbe, aber darf ich vielleicht kommen?

> Puuh ... ja ... also ... es ist eine öffentliche Veranstaltung

> Ist das ein Nein 😂 ?

> Das nicht, es ist nur wirklich nichts Besonderes, bloß zwei Nummern und ich singe kein Solo oder so.

> Ist das ein Ja 😇?

>  Ja!

> Cool. Danke für die Einladung. Ich komme sehr gerne.

Wirst du deinem Vater die Nachricht schicken?

Oh Gott, nein. Solche Momente hab ich ganz selten.

Ich will mich ja nicht einmischen ...

Aber ^^?

 Spuck's aus!

Ich finde, er sollte wissen, wie verletzend sein Verhalten für dich ist. An der Form würde ich vielleicht noch ein bisschen feilen, damit er nicht gleich seinen Namen ändert und nach Südamerika auswandert. 😎

😂😭

Aber wenn er das seit Jahren macht und du noch nie was gesagt hast, vielleicht checkt er es einfach nicht? 🙈

> Mom hat ihn deshalb schon am Telefon angeschrien. Daraufhin hat er sich ein halbes Jahr gar nicht gemeldet.

Vielleicht muss es von dir kommen.

> Vielleicht.

Um wie viel Uhr seid ihr dran?
Wie heißt die Gruppe?

> 18:30
> Die Dezibellas

Dann sehen wir uns Freitag!

Ich bin gleichzeitig enttäuscht und erleichtert, dass er sich nicht schon vor Freitag mit mir treffen will. Enttäuscht, weil heute erst Dienstag ist und ich gern mit ihm zusammen bin und er mich zum Lachen bringt. Erleichtert, weil heute schon Dienstag ist, ich die Sache mit Reggie noch nicht verdaut habe und mir jetzt auch noch mein doofer Vater im Magen liegt. Und weil ich keine Ahnung habe, was Leon erwartet und wozu ich schon bereit bin. Wenigstens muss ich nicht überlegen, was ich anziehen soll: Die Dezibellas tragen immer Schwarz und ich besitze genau ein schwarzes Kleid.

8. Hidden Treasures

Nico besteht den Jack-Test mit Bravour. Oder eigentlich mit ihren Zimtschnecken. Wir sind seit Monaten am Experimentieren mit verschiedenen veganen Rezepten, aber so ganz glücklich hat uns noch keines gemacht.

Nicos Zimtschnecken sind perfekt. Oder, um es mit dem Lieblings-Superlativ meiner Kindheit zu sagen: *Superkali.* Jeder, der Mary Poppins liebt, weiß, was das bedeutet. Sie sind saftig, ohne auseinanderzufallen, zimtig, ohne nach Weihnachten zu schmecken, gerade richtig groß und richtig fest.

Nico ist auf die Minute pünktlich (8:30 Uhr), sie hat nur den kleinen Glitzerstein im Nasenflügel und je zwei Stecker in den Ohren. Den Nasenring und den restlichen Ohrschmuck hat sie abgenommen und den langen Teil der Haare zu einem hohen Pferdeschwanz gebunden, sodass der Undercut kaum auffällt – dafür fallen ihre unglaublichen Augen umso mehr auf. Sie trägt Jeans, Turnschuhe und ein schwarzes T-Shirt und sieht damit aus, als hätte sie immer schon im *Fill up* gearbeitet.

Oh, und dann ist da natürlich Poppy, die wirklich einen Doktor in Psychologie zu haben scheint. Nico hat vorher gefragt, ob sie den Hund mitbringen darf. Als sie mit ihm in den Laden kommt, sitzt Jack an einem der Tische und geht ein paar Rechnungen durch. Poppy trottet los, setzt sich direkt vor ihn hin, blickt ihn unverwandt an und legt den Kopf schief.

Jack lacht, legt ebenfalls den Kopf schief und sagt: »Na, wer bist du denn?«

Da legt Poppy eine schwarze Pfote auf sein Knie und neigt den Kopf noch ein bisschen mehr, als wollte sie sagen: »Nun, wie ist das mit uns beiden, Kumpel?« Das ist eigentlich schon die halbe Miete, und dann, wie gesagt, die Zimtschnecken.

Während die Hunde im Hof spielen, zeigen wir Nico den Laden, den kleinen offenen Küchenbereich und das Lager.

»Das Lager hast du organisiert, nicht wahr?«, fragte sie Jack mit einem kleinen Lächeln.

Er runzelte die Stirn. »Ja, wieso?«

Ihr Lächeln wird breiter. »Weil einiges, was man oft nachfüllen muss, wie Pflanzenmilch, Kaffee oder die kleinen Energyballs, die ihr zum Espresso dazugebt, für dich leicht erreichbar sind, aber Zoe und ich müssen auf den Hocker klettern.«

»Ha!«, rufe ich. »Das hab ich ihm schon tausend Mal erklärt! Vielleicht glaubt er *dir* ja, dass sein System nicht perfekt ist!«

Die Antwort bleibt Jack erspart, weil in diesem Moment Clara anruft und fragt, ob einer von uns ihren Frühdienst am Donnerstag übernehmen kann, weil ihre Mitbewohnerinnen am Mittwochabend eine Party schmeißen.

Beinahe wäre mir *Schon wieder?* rausgerutscht, aber ich klappe den Mund gerade noch rechtzeitig wieder zu.

Ich kann mich nur an einen einzigen Dienst erinnern, den Clara abgesagt hat, das war zwei Tage vor einer schwierigen Prüfung. Natürlich war ihr niemand böse, wir haben das alle verstanden. Trotzdem war es Clara total peinlich, als hätte sie einen heiligen Schwur gebrochen oder so. Und nun sagt sie wegen einer Party ab?

Jack wirkt beinahe geschockt. »Sie weiß doch, wie eng es derzeit bei uns ist«, murmelt er.

»Ich schätze, wenn die Mädels Party machen, kommt sie nicht zum Schlafen«, gebe ich Clara sofort Schützenhilfe. »Auch wenn sie nicht mitfeiert.«

Das scheint ihm einzuleuchten, sein Gesicht entspannt sich etwas.

»Ich hab allerdings am Vormittag Generalprobe«, füge ich zögernd hinzu. »Da muss ich hin.«

»Wenn ich den Einkauf schon morgen Abend erledige ...«, beginnt er zu überlegen, aber ich muss ihn gleich unterbrechen.

»Da wollten wir Möbel für draußen kaufen.«

»Dann müssen wir das wohl auf Freitag verschieben.«

»Parkfest«, erinnere ich ihn.

»Ich hab Zeit«, sagt Nico, die uns bis jetzt stumm zugehört hat.

»Wirklich?«, frage ich hoffnungsvoll. »Das wäre erst dein zweiter Dienst. Ich kann aufschließen und dir beim Vorbereiten helfen, aber dann wärst du etwa zwei Stunden allein, bis Jack vom Einkaufen kommt.«

»Für mich ist das kein Problem. Wenn es für euch okay ist?«

Sie sieht Jack an, ich sehe Jack an.

Hätte ich ihm gestern Abend vorgeschlagen, die »Fürstin der Finsternis« an ihrem zweiten Arbeitstag allein im Laden zu lassen, hätte er mich gefragt, ob ich halluziniere.

»Cool«, sagt er jetzt ohne merkbares Zögern und lächelt Nico an. »Das ist sehr nett von dir. Ich beeil mich dann mit dem Einkauf.«

Als Nico und Poppy kurz darauf zur Tür raus sind, steht Jack noch eine Minute da und sieht ihnen nach, die Arme in die Seiten gestemmt, die Stirn gerunzelt.

»Gib schon zu, dass sie toll ist!«, fordere ich ihn auf und gebe mir gar keine Mühe, den Stolz in meiner Stimme zu verbergen. Nicos Vorstellungsgespräch hat sogar meine Erwartungen übertroffen, und ich fand sie vorher schon toll.

Jack wendet sich mir zu und ganz langsam breitet sich ein Grinsen auf dem Gesicht meines Bruders aus. »Sie ist perfekt«, sagt er. »Und du hast einen Orden verdient.« Er umarmt mich und ich fühle mich wie damals, als ich fünf war und im Sandkasten auf dem Spielplatz eine Sandburg gebaut hatte. Jack war zehn. »Das ist die schönste Sandburg der Welt«, hat er gesagt. »Ich wette, keine andere kleine Schwester hat jemals so eine schöne Sandburg gebaut.« Und dann hat er mein Kunstwerk gegen die kleinen Sandkasten-Terroristen verteidigt, die unbedingt drauf herumtrampeln wollten. Zwei Stunden lang. Ich weiß nicht, woher er das hat. Jedenfalls nicht von meinem Vater.

Ich muss geseufzt haben, ohne es zu merken, denn Jack sieht mich an und fragt: »Was ist denn los?«

»Ach, nichts, alles gut.«

»Ja, genau.« Er rollt mit den Augen und sieht mich mit seinem »Spuck's schon aus«-Blick an.

»Dad wieder mal«, sage ich also. »Er kommt nicht zum Parkfest.«

Jacks Gesicht verfinstert sich.

»Halb so wild«, füge ich hastig hinzu. »Ich hab ohnehin nicht wirklich damit gerechnet.«

»Er ist so ein Idiot«, erklärt mein Bruder. »Es sollte einen Vaterschaftstest geben.«

Ich sehe ihn verwirrt an. »So was gibt's doch längst.«

»Nein, ich meine einen, den man bestehen muss, bevor man die Erlaubnis kriegt, ein Kind zu zeugen. Unser Vater wäre garantiert durchgerasselt.«

Ich schenke meinem Bruder ein halbes Lächeln. »Dann gäb's uns beide nicht«, erinnere ich ihn. »Und um dich wäre es echt schade.« Ich umarme ihn ganz fest. »Du bist nämlich der beste große Bruder der Welt.«

Er drückt zurück. »Um dich auch, Lieblingsschwester.«

»Und das Schicksal ist gerecht«, füge ich noch hinzu. »Unsere Mutter ist zum Ausgleich doppelt so toll wie andere.«

»Das stimmt.« Ich lasse Jack los und wir grinsen einander einen Augenblick lang an. Dann wandert sein Blick über meinen Kopf hinweg zu der Fünfzigerjahre-Küchenuhr (einem Geschenk von unserer Oma), die über dem Regal mit den Espressotassen an der Wand hängt.

»Es ist halb elf«, meint er stirnrunzelnd, »und bis jetzt war noch kein einziger Kunde da. Wo bleiben unsere Morgen-Kaffee-Junkies?«

»Stimmt.« Das ist wirklich sehr eigenartig. Normalerweise ebbt um diese Zeit der erste Schwung gerade wieder ab. Mein Handy brummt und wieder mal ist mein erster Gedanke »Reggie« und mein zweiter »Leon«. Aber die Nachricht ist von Nico.

> Der Biosupermarkt um die Ecke hat heute Gratiskaffee bis elf. Und alle veganen Backwaren minus fünfzig Prozent. Freunde von euch 😁 ?

Wortlos zeige ich Jack Nicos Whatsapp. Er schüttelt den Kopf und greift sich dabei an die Stirn.

»Was für ein Idiot. Wir können ihm doch überhaupt nicht richtig gefährlich werden, mit unserer Nische. Was dieser Kleinkrieg soll, ist mir ein Rätsel.«

»Er muss an seinen Umsätzen was gemerkt haben, sonst würde er das doch nicht machen, oder?«

Jack zuckt mit den Schultern. »Wenn du mich fragst, ist das reines Platzhirsch-Verhalten. Die Leute kommen schon wieder, er kann schließlich nicht alles verschenken.«

»Auch wahr. Ich hab nichts gegen einen ruhigen Tag. Ich wollte sowieso die Getränkeschubladen wieder mal auswischen.«

»Das ist die richtige Einstellung«, meint mein Bruder, und da ist sein Grinsen wieder. »Und ich werde mal das Lager ein wenig hobbitfreundlicher machen, damit hier keine Klagen mehr kommen.«

Ich unterdrücke den Wunsch, etwas nach meinem Bruder zu werfen, und erkläre stattdessen würdevoll: »Von einem eingefleischten Herr-der-Ringe-Fan nehm ich das mal als Kompliment.«

Er verschwindet ins Lager und ich beginne, die Biolimonaden aus der Kühlung zu nehmen, um die Innenflächen aus Edelstahl sauber zu wischen.

Kaum hocke ich mit dem Schwammtuch in der Hand hinter dem Tresen, ertönt die Türglocke und ich fahre wieder hoch. Roswithas silbergrauer Bubikopf ist das Erste, was ich sehe, dann ihr breites Lächeln. Sie winkt mit ihrem »*Fill-up*«-Kaffeebecher. »Guten Tag, Schätzchen«, ruft sie mir zu. »Schon wieder fleißig?«

Hinter ihr betreten ihre beiden Freundinnen den Laden und so sehr ich mich freue, das Trio zu sehen, habe ich doch das Gefühl, ich muss ihnen Bescheid sagen.

»Guten Tag«, antworte ich also. »Ist vielleicht komisch, wenn ich das sage, aber *Bernds* hat noch bis elf gratis Kaffee. Und die veganen Kuchen sind auch verbilligt.«

»Oh, das wissen wir, Süße«, sagt Roswitha fröhlich. »Und wir wissen auch, warum das so ist. Uns gefällt es aber nun mal hier besser, weißt du.« Sie zwinkert mir zu. »Und dafür zahlen wir gerne ein bisschen mehr. Stimmt's, Mädels?«

Die anderen beiden nicken und kramen ebenfalls ihre Kaffeebecher aus den Handtaschen. Roswitha strahlt mich an. »Dasselbe wie immer also!«

Ich liebe unsere Stammkunden. Im Laufe des Tages trudeln einige von ihnen ein, die tatsächlich am Morgen das Gratis-Angebot bei *Bernds* ausprobiert haben. »Der Kaffee ist bei euch viel besser«, höre ich mehrere Male, ebenso wie »Viel nettere Atmosphäre hier«.

Und Roswitha erklärt mir: »Anfangs sind wir wegen der Croissants wiedergekommen. Dass da gar keine Butter drin ist, haben wir erst nach einer Weile mitgekriegt. Aber dass wir Stammgäste geworden sind, liegt daran, dass ihr jungen Leute so reizend seid.«

Mom wird sich freuen, dass sie mit ihren Kindern in ein und demselben »Junge-Leute«-Pott gelandet ist, denke ich. Wir plaudern beide richtig gern mit Roswitha, sie hat so viel Energie und ist immer gut drauf. Mom hat mal gemeint, wenn das von unseren Croissants kommt, sollte sie auch mehr davon essen. Heute jedenfalls erzählt Roswitha, dass sie gerade ein Buch darüber liest, wo sich das Glück befindet: nämlich dort, wo unsere Komfortzone endet. Um sich selbst herauszufordern, macht sie jetzt jeden Tag etwas, was sie vorher noch nie getan hat: Vorgestern hat sie zum ersten Mal überhaupt den Politikteil der Zeitung gelesen. Gestern ist sie mit ihrem kleinen Terrier eine andere als die gewohnte Gassirunde gegangen. »Whiskey war zunächst empört«, verrät sie mir. »Aber dann haben wir diese entzückende Pinscherdame kennengelernt. Siehst du, Whiskey, hab ich zu ihm gesagt, wenn man neue Wege geht, findet man auch neue Freunde.«

Und dann stellt die alte Dame sich todesmutig einer weiteren Herausforderung, macht ihre »Wie-immer«-Bestellung rückgängig und nimmt eine von Nicos Zimtschnecken. Nach dem ersten Bissen schließt sie die Augen, schüttelt den Kopf und erklärt: »Das ist die beste Zimtschnecke, die ich je gegessen habe.«

Ich muss lachen. »Da sind wir uns offenbar alle einig!«

Roswitha hat den Mund schon wieder voll und schüttelt nur weiter ungläubig den Kopf. »Traumhaft!«, erklärt sie dann. »Sind die neu?«

Ich nicke. »Hat unsere neue Mitarbeiterin gebacken«, erkläre ich stolz.

»Ein Goldstück!«, sagt Roswitha und fügt mit einem liebevollen Blick auf den Rest ihrer Zimtschnecke hinzu: »Wenn man neue Wege geht, findet man auch neue Laster, schätze ich...«

Um vier übernimmt Jack den Laden und das »Goldstück« kommt mit Poppy, um Bowie und mich zu einem kurzen Spaziergang abzuholen. Es ist der erste richtig heiße Tag und die beiden sind nach einer kurzen Spielrunde bestimmt erledigt. Nico freut sich wie ein kleines Kind, als ich ihr von Jacks Lob und Roswithas Begeisterung für ihre Zimtschnecken erzähle.

»In dem Konditorbetrieb wäre ich sowieso nicht alt geworden«, meint sie. »Alles konventionell. Nichts Veganes. Macht viel mehr Spaß, mit veganen Rezepten zu experimentieren. Aber was das Dekorieren angeht, hab ich enorm viel gelernt. Mit Marzipan, Creme und Fondant.«

»Cool, da kannst du mir noch was beibringen!«

Im Anschluss an unseren Spaziergang haben Nico und ich unser erstes Back-Date geplant. Jack kommt dazu, sobald der Laden dicht ist. Brotbacken mag seine Spezialität sein, aber er hat auch bei Kuchen keine Macho-Allüren. Bei der Vorstellung, diesen warmen Abend in der näheren Umgebung unseres Backofens zu verbringen, wische ich mir unwillkürlich mit dem Ärmel meines Sweaters über die Stirn.

»Du musst doch schmelzen unter so viel Zeug«, sagt Nico und zupft an dem Ärmel. »Es hat fast dreißig Grad!«

Sie trägt Jeans mit mehr Löchern als Stoff und ein schwarzes, weit schwingendes, kurzes Top. Ich trage eine lange, superweite dunkelrote Hose aus ganz dünnem Baumwollstoff: die perfekte Sommerhose! Hab ich in einem Secondhandladen gefunden. Im *Fill up* hatte ich unser Logo-T-Shirt dazu an, aber das hat beim Aufschäumen der Pflanzenmilch jede Menge Spritzer abgekriegt, und verschwitzt war es auch. Deshalb hab ich es vor dem Spaziergang gegen ein marineblaues Top getauscht, das super zu der Hose passt. Aber dann bin ich im Vorzimmer an unserem großen Spiegel vorbeigekommen: Das Top ist eng anliegend. Und hat Spaghettiträger, die mit jedem Schritt länger werden. Der Ausschnitt ist zwar nicht tief, aber ich habe eben keine B-Körbchen und will nicht, dass mir jeder auf die Brust starrt. Nicht in der Schule, nicht im Park, nirgends.

Also hab ich einen riesigen grauen Sweater darübergezogen und mir vorgenommen, mich einfach möglichst wenig zu bewegen.

Ich zucke mit den Schultern. »Geht schon.«

»Zieh das doch aus«, sagt Nico und zupft an dem Sweater. »Du hast ja noch was drunter an.«

Ich verziehe das Gesicht. »Schon, aber ... das Top ist sehr ... luftig.«

Sie schaut mich verwirrt an. »Ja, das ist ja auch der Sinn der Sache!« Dann schlägt sie sich mit der Hand gegen die Stirn. »Ist das wegen der Sache mit deinem Exfreund?«

Ich zucke mit den Schultern. »Reggie hat gemeint, wenn ich den Jungs nichts zu gucken gebe, zerreißen sie sich auch nicht das Maul.«

»Und jetzt trägst du Schutzkleidung. Sozusagen.«

»Sozusagen«, wiederhole ich und verziehe das Gesicht.

»Das wird ein heißer Sommer für dich.«

Ja, und wahrscheinlich werde ich einen beträchtlichen Teil davon damit verbringen, »Brustverkleinerung« zu googeln.

»Du weißt schon, dass die meisten Mädels sich wünschen, wie du zu sein?«, fügt Nico hinzu.

»Bis auf die, die so aussehen wie ich«, kontere ich. »Die wünschen sich, wie *du* zu sein.«

Nico hat eine ähnliche Figur wie Reggie: schmale Taille, sehr schlanke Beine, hübscher kleiner Busen.

Wir haben beinahe den Sportplatz erreicht, die Hunde hecheln beide und trotten nur noch nebeneinander her. Auf der Lehne der einzigen Parkbank, die im Schatten liegt, hocken drei der Jungs aus Nicos Clique. *Der Schrank, der Drahtige* und *Der mit der Mütze.*

»Wie ist das eigentlich mit den Jungs?«, wechsle ich das Thema, »Was machen die so?«

»Großteils verkrachte Existenzen, so wie ich«, antwortet sie mit einem kleinen Grinsen. »Manche sind theoretisch in der Schule, gehen aber nie hin. Andere haben Schule oder Lehre abgebrochen. Einer ist arbeitslos. Aber sie sind in Ordnung. Mehr in Ordnung als so mancher ältere Typ mit Kohle.« Sie verzieht das Gesicht und ich weiß, dass sie an ihren Ex-Chef denkt. »Wir bringen so den Tag rum.«

»Und wenn du jetzt einen Job hast?«

Sie zuckt mit den Schultern. »Mal sehen.«

Einer der drei Jungs – es ist der *Schrank* – springt von der Lehne und kommt uns entgegen. Er ist nicht besonders groß, aber sehr breitschultrig, kompakt und muskulös. Unwillkürlich kreuze ich die Arme vor der Brust, ärgere mich selbst über den Reflex und lasse sie wieder sinken.

»Hey, Nic-Nic«, sagt der Typ. Das Erste, was mir auffällt, sind seine nagelneuen stylischen Basketballschuhe. Wie leistet man sich 200-Euro-Sneakers, wenn man arbeitslos und chronisch pleite ist? Mein Blick wandert zum anderen Ende des *Schranks*. Verspiegelte

Sonnenbrille, die schwarzen Haare über den Ohren so kurz, dass die Haut durchschimmert, oben ein längerer Schopf, der ihm über die Augen fällt. Er sieht nicht übel aus, wenn man den Macho-Typ mag. Jedenfalls muss ihm auch heiß sein. Über dem eng anliegenden roten T-Shirt, unter dem man seine Brustmuskeln arbeiten sieht, trägt er eine schwarze, schwere Lederjacke. Cool zu sein ist vermutlich ebenso unbequem wie unsichtbar zu sein.

Nico runzelt die Stirn. »Ist mein Name so schwer zu merken, Tego?«

Er grinst breit. »Lass mich doch. Ich mag so Abkürzungen.«

»Es ist keine Abkürzung.« Das ist mir rausgerutscht, bevor ich was dagegen unternehmen konnte.

Tegos Grinsen wird schmaler, er greift in seine Jackentasche und den Bruchteil einer Sekunde erwarte ich, ein Messer in seiner Hand zu sehen, wenn sie wieder auftaucht. Was er tatsächlich zum Vorschein bringt, ist ein Müsli- oder Proteinriegel in rot-silberner Verpackung, die er nun aufreißt. Ich atme auf und ärgere mich wieder mal über mein voreingenommenes Kopfkino.

»Ach nein?«, sagt er und beißt in den Riegel.

»Ähm, nein. Es ist ja gleich lang wie der Name. Es ist mehr so was wie ein Kosename. Oder so.«

Er starrt mich an, ich räuspere mich und sehe zu Boden.

»Da hast du dir ja eine ganz schlaue Freundin ausgesucht«, sagt Tego schließlich zu Nico.

»Ja«, gibt sie ruhig zurück. »Ich bin auch ziemlich beeindruckt.«

Ich brauche meine gesamte Selbstbeherrschung, um nicht zu grinsen.

»Kommst du jetzt zu uns, oder was?«, sagt er schließlich mit Ungeduld in der Stimme.

»Zoe und ich haben noch was vor«, antwortet Nico. »Wir sehen uns, Tego.« Damit geht sie an ihm vorbei und winkt den anderen beiden kurz zu.

»Bist du jetzt zu gut für uns, oder was?«, ruft er uns nach. Nico ignoriert ihn, aber ich kann mich nicht beherrschen und dreh mich noch einmal zu ihm um. Er bemerkt es nicht, denn er hat sich mit einer »Habt ihr das gesehen?«-Geste zu seinen Freunden umgewandt. Aus einer der erhobenen Hände lässt Tego die rot-silberne Verpackung zu Boden fallen, dann trottet er zurück zu der Bank.

»Tego ist nicht der Hellste«, sagt Nico zu mir, als wir außer Hörweite sind. Nach ein paar Schritten fügt sie hinzu: »Aber er ist toll mit Haaren.«

Ich sehe sie verblüfft an. »Mit Haaren?«

Sie lacht und deutet auf ihren Kopf. »Er hat meine Haare geschnitten. Und gefärbt.«

Ich habe wohl wieder mal meine Mimik nicht unter Kontrolle, denn Nico lacht laut heraus, als sie meinen Blick sieht.

»Ich hab eine Veränderung gebraucht«, sagt sie grinsend. »Er hat sie genau so geschnitten, wie ich es wollte.«

»Aber wenn er so begabt ist, warum hat er dann keinen Job?«

»Weil er für die Prüfungen nicht lernt und weil er es nicht lassen kann, seine Chefs zu provozieren. So hat er schon zwei Ausbildungsstellen verloren, der Idiot.«

Mir fällt plötzlich ein, was sie vorhin gesagt hat. »Deine Haare sind gefärbt?«, frage ich. »Was ist deine Naturfarbe?«

Sie grinst und tastet in der Hosentasche nach ihrem Handy. »Ich hab sie erst etwa seit einem halben Jahr so wie jetzt.« Sie zeigt mir das Hintergrundbild ihres Sperrbildschirms: ein blondes Mädchen mit langen Haaren und intensiv blauen Augen, die Arme um Poppy geschlungen. Ich muss zweimal blinzeln, bis ich kapiere, dass es Nico ist. Dasselbe schöne, ebenmäßige Gesicht, aber ohne Nasenring, ohne Augenbrauen-Piercing, ohne kajalumrandete Augen und eben ohne den signifikanten schwarzen Undercut. Am Ausschnitt ihres hellblauen Shirts guckt auch keine tätowierte Schlange vor. Aber es sind nicht nur diese Äußerlichkeiten. Das Mädchen, das mir von dem Foto entgegenlächelt, hat noch nicht diese Wachsamkeit im Blick. Ich weiß nicht, was ich sagen soll, aber ich könnte in diesem Moment heulen. Nicht weil ich Nico jetzt weniger hübsch finde als auf dem Bild, nicht weil ich keine Tattoos mag oder keine Piercings. Nur weil es mir plötzlich so klar ist: Nico hat mir keine Details erzählt, und ich habe auch nicht danach gefragt. Aber was auch immer ihr Ex-Chef getan hat, es ist vor sechs Monaten passiert. Das Bild auf dem Handy ist ein »Vorher«-Foto.

»Wie gesagt«, meint sie und steckt das Handy wieder ein. »Ich brauchte eine Veränderung.«

9. Barfuß im Park

»Okay, ich werde jetzt also über den Elefanten sprechen, der hier neben uns herläuft.«

Ich sehe Leon mit hochgezogenen Augenbrauen von der Seite an. »Da läuft ein Elefant?«

Leon hat während unseres Auftritts in der ersten Reihe gestanden, nach jeder unserer zwei Nummern laut gejubelt und er war der Erste, der »Zugabe« gebrüllt hat.

»Jepp«, sagt er und nickt. »Und ich bin ziemlich sicher, dass du ihn auch sehen kannst, denn er ist riesig.«

»Hmmm«, mache ich. Ich bin vor ein paar Minuten erst von der Bühne runter, habe Jack, Clara und ein paar andere umarmt, die meinetwegen gekommen sind, und bin noch ziemlich high. Mein Adrenalinspiegel muss erst mal sinken, bevor ich mich auf so eine Unterhaltung einlasse. Vor allem, weil ich einen leisen Verdacht habe, worauf Leon mit seinem Elefanten hinauswill.

»Ich muss also davon ausgehen«, fährt er fort, »dass du ihn nicht sehen *willst*. Und das wiederum bedeutet, ich gehe mit diesem Thema ein nicht unbeträchtliches Risiko ein. Zumal ich auch keine Besänftigungsavocado dabeihabe.«

Ich muss lachen. Leon bringt mich immer zum Lachen, und es ist alles so entspannt mit ihm. Wenn ich mit Milo unterwegs war, habe ich manchmal das Atmen vergessen, weil ich so darauf konzentriert war, das Mädchen zu sein, das zu ihm passt. Ich kann mich an einen Abend erinnern, da waren wir mit einer Gruppe seiner Freunde im Kino und in einem Café und als ich nach Hause gekommen bin, war ich richtig erschöpft. Vom Baucheinziehen, vom Immer-das-Richtige-Sagen, vom In-den-richtigen-Momenten-Lachen.

»Ich bestätige hiermit den Empfang eines Besänftigungsgutscheins«, antworte ich. »Die Avocado kannst du nachliefern.«

»Das ist sehr großzügig von dir«, entgegnet Leon. »Also, der Elefant fragt laut und deutlich: Warum versteckst du dich?«

Die Ahnung verstärkt sich zur Fast-Gewissheit, aber ich werde ihm bestimmt nicht entgegenkommen. Es wäre zu peinlich, wenn ich mich doch irre. »Ich verstecke mich?«

Wir schlendern eben am Spielplatz vorbei, und ich rolle unwillkürlich mit den Augen, als mein Blick auf die Umgebung des Picknicktisches fällt. Nicos Freunde haben wieder mal Spuren hinterlassen.

»Jepp«, wiederholt er und nickt. »Hinter den anderen Mädels. Im Chor. In der Gruppe.«

Ich bücke mich, um Leons Blick auszuweichen. Und um zwei rotsilberne Proteinriegel-Verpackungen vom Boden aufzuheben. Tego kriegt die Riegel aus Amerika und ist schrecklich stolz drauf, hat Nico erzählt. Vielleicht lässt er sie deshalb überall rumliegen, der Idiot.

»In diesem Moment versteckst du dich hinter einem Picknicktisch.«

Ich tauche wieder auf und sehe direkt in Leons blau-grau lächelnde Augen. »Kurz gesagt: Du versteckst dich vor deinem eigenen Talent«, beendet er seine kleine Rede.

Was sagt man auf so etwas? Ich weiche seinem Blick aus und denke fieberhaft nach, als Leon schon weiterredet.

»Ich habe eben drei Solistinnen gehört.« Er sieht sich um, um sicherzugehen, dass keine der drei in der Nähe ist. »Alle waren gut. Und keine kann dir das Wasser reichen. Nicht mal, wenn die richtig performen und du nur so vor dich hin singst.«

»Das liegt vielleicht einfach daran, dass die Akustik in unserem Lager so herausragend ist.«

Er zieht die Augenbrauen hoch, legt den Kopf schief und wirft mir einen Das-glaubst-du-doch-selbst-nicht-Blick zu.

Ich seufze. »Es könnte auch damit zu tun haben, dass ich viel besser singe, wenn ich *kein* Publikum habe.« Nach einem Augenblick füge ich hinzu: »Korrigiere: wenn ich davon ausgehe, dass ich keins habe.«

»Gibt es ein Beweisvideo?«, fragt Leon. »In dem du nach einem schrecklich üblen Solo von der Bühne gebuht wirst? Denn wenn du das nicht vorweisen kannst, muss ich an der Wahrheit dieser Aussage berechtigte Zweifel anmelden.«

Ich werfe die Arme dramatisch in die Luft. »Okay, du hast mich erwischt. Ich will *vermeiden*, nach einem schrecklich üblen Solo von der Bühne gebuht zu werden, deshalb sage ich auch Kerry immer wieder ...« Ooops!

»Wer ist Kerry?«, unterbricht er mich natürlich augenblicklich und bleibt stehen.

»Das superhübsche farbige Mädchen, das bei unserem Auftritt gerade ganz rechts auf der Bühne gestanden hat. Sie macht unsere Arrangements und ist sozusagen der Chef unserer Truppe.« *Und sie hat mich damals im Umkleideraum meines Tanzstudios rekrutiert, wo ich laut unter der Dusche gesungen hatte, weil ich dachte, alle seien schon gegangen.*

Er sieht mich abwartend an. »Und?«

Ich rolle mit den Augen. »Und es könnte sein, dass sie mich schon mal zu einem Solo überreden wollte ...«

»Einmal nur?«

»Vielleicht ein bisschen öfter.«

»Aaaaaber ...?«

Ich hole tief Luft. »Aber ich steh nicht gern im Mittelpunkt«, erkläre ich mit Nachdruck, und die Hitze in meinen Wangen, die sich nach dem Auftritt schon verzogen hatte, steigt wieder hoch. »Ich fühle mich unwohl, wenn ich angestarrt werde. Ich mag es, einfach eine aus dem Chor zu sein.« *Da fühle ich mich sicher*, denke ich. *Genau wie Nico bei Tego und ihren anderen Kumpels.* »Und komm mir jetzt nicht mit diesem Das-Leben-das-du-dir-erträumst-beginnt-außerhalb-deiner-Komfortzone-Scheiß«, füge ich drohend hinzu. Ich hasse diese Art Belehrungen. Obwohl ich zugeben muss, dass ich schon überlegt habe, mir Roswithas Buch zu leihen. Aber das werde ich Leon bestimmt nicht auf die Nase binden.

Er sagt ein paar Sekunden lang gar nichts und ich habe schon Angst, ihn vergrault zu haben.

Schließlich räuspert er sich. »Wenn ich einen Ort finde, an dem dich niemand anstarrt, kriege ich dann ein Solo?«

Eine Viertelstunde später sind wir an der alten steinernen Brücke. In dem Bach, der momentan wegen des anhaltend trockenen, heißen Sommers fast kein Wasser mehr führt, haben Jack und ich als Kinder gespielt. Dieser Teil des Parks ist ziemlich verwildert und die Brücke von Brombeeren überwuchert.

Früher war der große, flache Stein unter Wasser, nun bildet er ein natürliches Podest, wenn auch von faulig riechendem Schlamm umgeben. Na ja, es sind nicht ohne Grund keine Menschen hier. Ich ziehe meine schwarzen Schuhe aus, deren Absätze schon auf dem steinigen Pfad hierher etwas gelitten haben, und springe vorsichtig von einem Stein zum nächsten, bis ich meine improvisierte Bühne erreicht habe. Und da steh ich jetzt, auch wenn ich nicht ganz sicher bin, wie Leon mich dazu gebracht hat, umgeben von dornigem Buschwerk und Schlamm, und schließe die Augen. Vom Parkfest kann man hier absolut nichts hören und ich fühle mich, als wäre ich allein am Ende der Welt. Ich beginne vor mich hin zu summen, um den richtigen Grundton zu finden, und schnippe den Takt mit den Fingern. Und dann singe ich. Eine Nummer von Sara Bareilles, die ich über alles liebe und die ich Kerry noch nie für die Dezibellas vorgeschlagen habe, weil ich nicht will, dass jemand anderes sie singt. *She used to be mine.*

Was diese Nummer für mich so besonders macht, ist der Umstand, dass es kein »gewöhnliches« Liebeslied ist. Es ist ein Liebeslied, dass eine Frau für ihr früheres Ich singt, das sie verloren hat. Der Refrain bringt mich jedes Mal fast zum Weinen.

> She's imperfect but she tries
> She is good but she lies
> She is hard on herself
> She is broken and won't ask for help
> She is messy but she's kind
> She is lonely most of the time
> She is all of this mixed up
> And baked in a beautiful pie
> She is gone but she used to be mine

Nico fällt mir ein, während ich singe, und das Gefühl, das ich hatte, als ich ihr Foto gesehen habe, auf dem sie so unbefangen und fröhlich ist. Mom fällt mir ein und wie lange es gedauert hat, bis ihr Lachen wieder von ganz tief drinnen gekommen ist, nachdem Dad ausgezogen ist.

She is gone but she used to be mine ...

Als der letzte Ton verklungen ist, habe ich tatsächlich vergessen, dass ich nicht allein bin, denn Leons Klatschen, das nach einigen -Sekunden einsetzt, lässt mich zusammenzucken.

Ich öffne die Augen und sehe ihn zwischen Steinen und Dickicht stehen, vielleicht drei oder vier Meter von mir entfernt, langsam in die Hände klatschend. In seinem Gesicht steht fast so was wie Schock geschrieben und einen Augenblick habe ich Angst, die Akustik hier an der Brücke hat vielleicht meine Stimme verzerrt oder ich habe mich selbst nicht richtig gehört und die Töne nicht erwischt, bis er die Hände sinken lässt, tief Luft holt und sagt: »Das war ... unglaublich.«

»Unglaublich ... was?«

»*Gut* natürlich, du kleine Verrückte! Unglaublich unwahrscheinlich unfassbar gut! Ich bin ... hin und weg. Geschafft. Erledigt.« Er schüttelt den Kopf. »Mann. Diese Kerry muss mächtig frustriert sein, dass du dich weigerst, Soli zu singen.«

Ich zucke mit den Schultern und grinse. »Sie hat sich dran gewöhnt. Und es ist auch nicht schlecht, jemanden zu haben, den man in der Melodiegruppe und der Rhythmusgruppe einsetzen kann. Vocal Percussion macht auch Spaß und Beatboxing ist ...«

Er hebt eine Hand. »Sorry«, unterbricht er mich grinsend. »Ich spreche nicht a cappella. Ich glaub dir sofort, dass du mega musikalisch bist und alles kannst, was sie von dir will. Aber darf ich als totaler Laie etwas sagen?«

»Du darfst.«

»Lass die anderen mit den Fingern schnippen und *sing*!«

Meine Füße kriegen diesmal doch etwas stinkigen Schlamm ab, als ich den Rückweg über die kleinen Steine nehme, also bleibe ich barfuß, um meine Konzertschuhe zu schonen. Er schlüpft aus Loyalität auch aus seinen Sneakers, bindet sie an den Schnürsenkeln zusammen und hängt sie über seine Schulter. Gemütlich schlendern wir zurück in Richtung Parkfest. Er fragt nach der Nummer, die ich gesungen habe, und ich erzähle ihm von Sara Bareilles, die nicht nur eine fantastische Sängerin ist, sondern auch die Musik zu dem Musical *Waitress* geschrieben hat, aus dem *She used to be mine* stammt. Auf meinem Handy rufe ich die Wikipedia-Seite der Sängerin auf.

»In einer gerechten Welt wäre Sara Bareilles viel berühmter, als sie es ist«, erkläre ich mit Nachdruck, als ich ihm ihr Foto zeige.

»Vielleicht legt sie ja gar nicht so viel Wert aufs Berühmtsein«, meint Leon. »Sieht so aus, als würde sie genau ihr Ding machen, das ist doch die Hauptsache.«

Ich zucke mit den Schultern. Vielleicht. Dann reden wir über die Musik, die Leon so hört, und stellen fest, dass unsere Geschmäcker sich überschneiden. Er gibt zu, ewig im Internet nach dem Song gesucht zu haben, den ich im Lager unmittelbar vor unserer ersten Begegnung gegrölt habe, *I hate everyone* von Get Set Go.

»Diese Mischung aus düsteren Lyrics und Happy Sound ist einfach genial«, schwärmt er und lässt meine Hand los, weil er seine Hände braucht, um mit ihrer Hilfe seine Begeisterung zu unterstreichen.

Moment. Erst in diesem Augenblick wird mir überhaupt klar, dass wir uns an den Händen gehalten haben. Es ist verrückt! Wir waren so in unsere Unterhaltung vertieft, dass mir der Moment, als er meine Hand genommen hat – oder habe ich seine genommen? –, einfach entgangen ist. Und als er nun mit Gestikulieren fertig ist und erneut nach meiner Hand greift, geschieht es mit derselben Selbstverständlichkeit. Und ich beschließe, nicht daran zu denken, was alles passieren könnte, was nicht passieren darf, wovor ich Angst habe und was Milo getan und nicht getan hat.

Ich mag Leon. Ich bin sehr sicher, dass er mich auch mag. Wir schlendern barfuß durch den Park und halten uns an den Händen. Es fühlt sich gut an. Mehr muss ich in diesem Moment nicht wissen.

Die nächste unerwartete Erkenntnis kommt, als mir ein kleines lockiges Mädchen auf den Schultern seines Vaters begegnet. Sie hält einen kandierten Apfel in der Hand und hat roten Zuckerguss im ganzen Gesicht verteilt. Mit anderen Worten, Zoe minus zehn Jahre.

»Ich habe noch keine Sekunde an meinen Vater gedacht«, blubbert es aus mir raus, so verblüfft bin ich.

»Das war der Plan«, meint Leon und drückt meine Hand.

»Heimtückisch!«, sage ich bewundernd und er nickt, beeindruckt von sich selbst.

»Ja, so bin ich. Kriminelles Potenzial ohne Ende.«

Wir haben den belebten Teil des Parks wieder erreicht, auf der Bühne spielt jetzt eine Jazzband und beim Ententeich steht eine ganze Reihe Foodtrucks.

»Ich glaube, ich hab mir was Essbares verdient nach der Singerei«, erkläre ich und steuere auf die Trucks zu.

»Du musst dir dein Essen verdienen?«, fragt Leon und sieht mich von der Seite an.

Ich verziehe das Gesicht. »Ich bin leider nicht der Typ, der alles essen kann, ohne zuzunehmen.«

»Den Typ gibt's nicht«, sagt er beinahe streng. »Und du bist wunderschön.« Ohne mich anzusehen, zieht er mich hinter sich her zur Futtermeile.

Ich bin so verblüfft, dass ich mich einfach ziehen lasse, um dann zur Kenntnis zu nehmen, dass wir in der Schlange vor dem *Kind-Burgers*-Wagen stehen, die einfach die besten veganen Burger haben – nach Moms natürlich. Klar konnte er sich denken, dass ich vegan bin, aber wir haben noch nicht darüber gesprochen, was *er* so isst.

Ich räuspere mich. »Die haben hier nur vegane Sachen…«

Er sieht mich zum ersten Mal seit seinem seltsamen Kompliment an. Seine Mundwinkel wandern ein Stück nach oben. »Ist mir klar.«

»Ich will damit sagen, falls du was anderes willst, können wir uns auch getrennt anstellen.«

»Ich bin Vegetarier, seit ich neun bin«, sagt er. »Familienurlaub auf dem Biobauernhof. Ich hab mich in die Schweine verliebt. Und zum ersten Mal kapiert, wie das so ist mit dem Schinkenbrot.«

»Wow. Und deine Familie? Wie haben die reagiert?«

Wir bewegen uns in der Schlange weiter.

»Mein Vater war entsetzt, meine Mutter hat sich mir angeschlossen, und damit war er überstimmt.«

»Wow«, wiederhole ich. Wenn er mit neun die Verbindung hergestellt hat zwischen dem süßen Schweinchen im Stall und dem Schinkenbrot auf seinem Teller, dann wird er irgendwann auch die andere Verbindung herstellen, die zwischen dem Erdbeerjoghurt in seinem Kühlschrank und dem neugeborenen Kalb, das seiner Mutter weggenommen wird.

Noch ein Pärchen vor uns.

»Na ja, und dann habe ich dieses Mädchen kennengelernt.«

Autsch. Davon will ich jetzt gerade gar nichts hören.

»Ich hab zufällig mitgehört, wie sie jemandem den Zusammenhang zwischen Milch- und Fleischindustrie erklärt hat. Sehr freundlich, sehr ehrlich, sehr überzeugend. Nicht, dass mich ihre Punschtörtchen nicht schon überzeugt hätten. Welchen Burger willst du?«

Und ich bin schon wieder sprachlos.

»Wir nehmen zweimal den *Alles-Gute*-Burger«, sagt Leon, als ich nicht antworte. »Und zweimal die hausgemachte Limo.«

»Du bist meinetwegen vegan geworden?«, frage ich ihn ungläubig. »Wirklich?«

Er grinst. »Seit Dienstag offiziell. Und ich gebe zu, Joaquin Phoenix hatte auch seinen Anteil daran, aber ...«

»Ist er nicht einfach großartig?«, unterbreche ich. »Als Schauspieler sowieso. Und dass jemand wie er sich so für die Tiere einsetzt, das ist einfach ...«

»... phänomenal«, beendet er meinen Satz. »Ich bin auch ein Fan. Ich hab definitiv schon auf dem Veggie-Zaun gesessen und auf die vegane Seite rübergeguckt. Aber du hast mir den letzten Schubs gegeben.«

»Mit einem Punschtörtchen.«

Wir müssen beide lachen.

Wir suchen uns einen Flecken im Gras und Leon stellt überaus ritterlich seine Denimjacke als Picknickdecke zur Verfügung. Wir essen und trinken und reden. Wir holen uns *Veganista*-Eis und reden noch mehr. Leon kauft zwei Lose bei der Tombola, eines davon ist eine Niete, das andere ein Gutschein für Zuckerwatte beim Zuckerwatte-Ferdl, den wir sofort einlösen. Und während wir kleine, klebrige Wattebälle von der großen, süßen rosa Wolke zupfen, reden wir weiter.

Es ist einer der längsten Tage des Jahres und dennoch schon fast völlig dunkel, als wir den kurzen Weg ins *Fill up* antreten und ich langsam nervös werde, weil mir alles über erste Dates und erste Küsse im Kopf herumschwirrt, was ich je in Büchern und Magazinen gelesen oder in Filmen gesehen habe. Er hat wieder meine Hand genommen. Ich entziehe sie ihm, als ich zu spüren glaube, dass meine Handflächen feucht werden, und beginne alibihalber, die Schnalle am Riemen meiner Umhängetasche zu verschieben.

»Hey«, sagt er und nimmt erneut meine Hand, als wir vor dem *Fill up* ankommen. »Alles gut?«

Ich nicke, mein Blick schafft es aber nicht höher als bis zu seinem Schlüsselbein.

»Ich hab das ernst gemeint«, sagt Leon, »was ich vorhin gesagt habe.«

Ich runzle die Stirn und sehe ihn nun doch an. »Dass du gerne mal von einem UFO entführt werden möchtest?«

»Das nur halb.« Er nimmt auch meine zweite Hand. »Dass du wunderschön bist«, sagt er dann. »Und der Abend heute war auch wunderschön.«

»Das fand ich auch«, flüstere ich. Und plötzlich ist meine Nervosität wie weggeblasen. »Allerdings waren in meinem Burger Zwiebelringe.«

Er grinst. »In meinem auch.«

»Und mein Gesicht ist mit Zuckerwatte verklebt.«

»Meines auch.«

»Musst du bei Kussszenen in Filmen auch darüber nachdenken, ob die Beteiligten eben Zähne geputzt haben?«

»Nein«, sagt er und zieht mich näher an sich heran. »Ein echter Romantiker denkt bei Kussszenen nur an eines.«

Er ist ein gutes Stück größer als ich, vor allem, weil ich immer noch barfuß bin.

»Und das wäre?«, frage ich und lächle ihn an.

»Avocados«, sagt er einen halben Augenblick, bevor seine Lippen auf meine treffen. Mit dem Effekt, dass ich ein seltsames Grunzgeräusch von mir gebe, weil ich nicht gleichzeitig lachen und küssen kann. Er muss auch lachen und wir entscheiden uns für einen filmreifen Lach-Küss-Lach-Küss-Rhythmus. Seine Lippen fühlen sich auf meinen an, als wären wir schon ewig zusammen und hätten es nur vergessen. Ein Erinnern, das von Augenblick zu Augenblick spannender wird.

»Hey«, sagt er schließlich und muss sich räuspern, weil seine Stimme ganz heiser ist.

»Hey«, antworte ich.

Er sieht mich an, lächelt und schüttelt den Kopf, als könnte er selbst nicht glauben, dass das hier eben gerade passiert. Das wären dann zwei von uns.

Ich sehe direkt in seine Augen. »Ist dies der Moment, in dem du mir sagst, dass deine Exfreundin schwanger ist und du das Richtige tun musst?«

Er lacht laut auf. »In deinem verrückten Kopf wäre ich gern mal einen Tag. Was da abgeht. Du bist echt unvergleichlich. Schön und klug und witzig und talentiert und unglaublich süß.«

Meine Mutter hat all das schon oft behauptet, wenn sie mir erklärt hat, dass »der Richtige« all dies in mir erkennen wird. Aber irgendwie kommt es jetzt, wo Leon es zu mir sagt, ganz anders bei mir an.

Wir stehen mitten auf dem Bürgersteig, und als sich jetzt von irgendwo Schritte nähern, weichen wir beide unwillkürlich Richtung Hausmauer aus, ohne den Blick voneinander zu wenden.

»*Und* ich kann backen«, gebe ich zurück. »Das hast du vergessen.«

»Oh nein«, sagt er. »Das könnte ich nie vergessen.« Und ich habe gerade noch Zeit, seine Wangenknochen zu bewundern und die Form seiner Lippen, bevor ich erneut meine Augen schließe und …

»Lass die Finger von meiner Schwester oder ich schwöre, ich kann für nichts garantieren!«

Leon und ich fahren auseinander, als wären wir von einem kalten Wasserstrahl getroffen worden.

Mein Bruder steht vor uns, und alles, was zum wütenden Racheengel fehlt, ist ein Flammenschwert.

»Jack! Jetzt reicht's aber! Dass du ein bisschen misstrauisch bist, ist eine Sache, aber …«

»Zu Recht misstrauisch, wie sich rausstellt«, unterbricht er mich ziemlich grob, den Blick immer noch auf Leon gerichtet.

»Jack, du liebe Zeit, ich bin fast fünfzehn und darf küssen, wen ich will!«

»Ihn *willst* du nicht küssen«, sagt mein Bruder. »Unter Garantie nicht. Er ist ein fieser, schleimiger Lügner, Betrüger, Spion und …«

»Ach du Scheiße«, murmelt Leon und fährt sich mit der Hand über die Augen. Dann holt er tief Luft, sieht mich an und sagt: »Hör zu, Zoe, egal was dein Bruder jetzt sagt, es ist nicht so, wie es vielleicht aussieht und …«

»Es sieht so aus«, unterbricht Jack, »dass ich heute in *Bernds Biosupermarkt* war, weil wir kein Tapiokamehl mehr hatten, und drauf gekommen bin, warum mir sein Gesicht ...« – er zeigt mit dem Zeigefinger anklagend auf Leon – »... so bekannt vorgekommen ist.«

Ich bin restlos verwirrt. Worauf will Jack hinaus? Was soll das Ganze?

»Hast du wenigstens jetzt den Anstand, es ihr selber zu sagen?«, fragt mein Bruder Leon mit einer Stimme, die ich das letzte Mal gehört habe, als er sich mit unserem Vater gestritten hat.

»Zoe«, sagt Leon. »Ich wollte es dir schon viel früher sagen, aber das Ganze ist so eine Scheiß-Montague-Capulet-Situation und ich wusste einfach nicht, wie und wann ich es loswerden sollte ...«

Was haben jetzt Romeo und Julia damit zu tun? Ich kapier's immer noch nicht!

»Dann helf ich dir mal, wenn es gar so schwierig ist«, sagt mein Bruder eisig. »Zoe, darf ich vorstellen: der Sohn von Bernd Ackermann, allseits bekannt und beliebt als *Bio-Bernd!*«

»Leon ...?«, setze ich an, während mein Gehirn kläglich daran scheitert, die eingehenden Informationen einzuordnen.

Doch dann taucht eine Erinnerung auf an den Tag, als ich Reggie und Leon belauscht habe. *»Sie war sehr eigenartig zu mir«*, höre ich Leon sagen, *»und dafür habe ich zwei mögliche Erklärungen ...«* Und an dem Tag, als ich so fies zu Leon war, weil ich dachte, er hätte Reggie angebaggert: *»Also, ich hab so eine Ahnung, warum du sauer bist ...«* Auch dieser Satz ergibt plötzlich einen Sinn. Ja, hätte ich inzwischen rausgekriegt, wer Leon ist ...

»Der Juniorchef!« Jack spuckt das Wort aus, als könnte er nicht erwarten, es loszuwerden, und ich bin wieder im Hier und Jetzt.

»Drum hat er sich auch so für unser Sortiment interessiert. Und für dich, natürlich!«

»Jetzt reicht's aber!« Leon geht einen Schritt auf meinen Bruder zu und einen Augenblick lang habe ich tatsächlich Angst, die beiden fangen an, sich zu schlagen. »Das stimmt doch nicht! Hör auf, so ein Megadrama draus zu machen.«

»Du wolltest bloß ausspionieren, welchen Knüppel ihr uns als Nächstes zwischen die Beine werfen könnt!« fährt Jack ihn an. »Wieder die alte Nummer mit der abgelaufenen Ware? Oder was Originelleres diesmal? Vielleicht Kakerlaken bei uns einschleusen oder behaupten, dass wir in den Kaffee spucken?«

Leon antwortet nicht auf Jacks Vorwürfe, er greift nach meiner Hand, die ich instinktiv wegziehe. Er seufzt, hakt seine Daumen in den Hosentaschen ein. »Das hat so keinen Sinn«, sagt er. »Ich melde mich morgen, Zoe. Okay?«

Ich glaube, ich bin in einer Art Schockzustand.

»Okay?«, wiederholt er eindringlich, als ich nichts erwidere.

»Okay«, antworte ich automatisch.

»Ist gut. Dann bis morgen.« Er seufzt noch einmal, dreht sich um und geht die Straße hinunter. Ich sehe ihm nach, bis er um die Ecke verschwindet.

»Da hängt ein Riesenplakat bei denen im Laden«, schnaubt mein Bruder, während er seinen Schlüssel hervorkramt und das Haustor aufschließt, »an dem sind wir alle schon zigmal vorbeigegangen. *Bernds Biosupermarkt, der Familienbetrieb in Ihrer Nähe.* Vater, Mutter, Kinder. Da war der Junior noch ein paar Jahre jünger, drum hab ich's nicht gleich gecheckt. Aber als ich dann davorstand ...«

Ich blende die Stimme meines Bruders aus, während ich ihm ins Haus folge, hinter ihm die Treppe hinaufgehe, warte, während er den

Schlüssel ins Schloss unserer Wohnungstür steckt. Bowie kommt auf uns zugelaufen und wie in Trance gehe ich in die Küche, um ihm das Leckerli zu holen, das er immer bekommt, wenn er ein paar Stunden allein bleiben musste. Er schnappt den Hundekeks auf seine übliche »Her damit!«-Art und trabt mit hoch erhobenem Schwanz damit auf seinen Platz, unbeeindruckt von Jacks empörter Stimme, die noch keine Pause gemacht hat.

»... es ist wirklich unglaublich«, sagt er gerade und damit erwache ich endlich aus meiner Schockstarre.

Ich merke, dass meine Unterlippe zittert, wie sie es immer tut, bevor ich zu heulen anfange. »Weißt du, was *ich* wirklich unglaublich finde, Jack?«

Er scheint in seiner Wut halb vergessen zu haben, dass ich auch noch da bin, und sieht mich jetzt überrascht an.

»Dass mein Bruder nicht glauben kann, ein Junge könnte sich einfach meinetwegen für mich interessieren. Dass da unbedingt eine finstere Absicht dahinterstecken muss.«

»Aber Zoe ...«

»Du bist nicht Batman!«, unterbreche ich Jack. »Und Ackermann ist nicht der Joker!«

»Ackermann hat mehrfach bewiesen, dass er *alles* tun würde, um uns eins auszuwischen und ...«

»Aber Leon ist nicht sein Vater!«, falle ich Jack erneut ins Wort. »Und ein bisschen Menschenkenntnis kannst du mir schon auch zutrauen!«

»Klar«, schießt Jack zurück. »Reggie und Milo sind der beste Beweis dafür.«

Ich kann ihm ansehen, dass er seinen Satz am liebsten zurücknehmen würde, aber dafür ist es zu spät.

»Volltreffer«, antworte ich leise. »Gratuliere, Jack.«

»Zoe...«, setzt er an, aber ich beiße auf meine zitternde Unterlippe, drehe mich um und lasse ihn stehen. Und schaffe es, erst loszuheulen, nachdem ich meine Tür hinter mir zugeschlagen habe.

10. Montague und Capulet

Das hier ist eine Reggie-Situation. Aber zum ersten Mal, seit ich alt genug bin, um mich für Jungs zu interessieren, gibt es keine Reggie, der ich eine SOS-Nachricht schicken kann.

Mom ist keine Option, sie hasst es, wenn Jack und ich streiten – was ja auch so gut wie nie vorkommt –, und würde sich bloß Vorwürfe machen, weil sie so weit weg ist.

Mit Clara habe ich eigentlich nie über Jungs-Sachen geredet, außerdem ist sie nun mal die Freundin meines Bruders, der sich gerade wie ein Arsch benommen hat.

Bei den Dezibellas bin ich die Jüngste und erst etwas über ein Jahr dabei. Kerry habe ich zwar nach der Trennung von Milo erzählt, aber nur für den Fall, dass ich während der Probe zu heulen anfange. Sie mag mich und würde mir bestimmt zuhören, aber Kerry ist einundzwanzig und hat seit drei Jahren einen festen Freund – das ist ein anderes Universum.

Es ist kurz nach sieben Uhr früh, und dass Jack heute mit Bowie joggen geht, ist zum Glück schon seit zwei Tagen ausgemacht. Ich habe ihn eben draußen in der Küche gehört, als er den Mixer eingeschaltet hat. In ein paar Minuten ist er weg. Ich wollte nach dem Parkfest ausschlafen, aber nun liege ich schon wieder seit einer guten halben Stunde wach und grüble.

Schließlich schnappe ich mein Handy und schreibe:

> Die gute Nachricht: Ich hatte den besten Abend EVER mit Leon. Die schlechte Nachricht: Er ist der Sohn von Bio-Bernd.

> Oh-oh. Gratis-Kaffee-Bernd?

> Genau der. Mein Bruder sagt, er wollte mich bloß ausnutzen. Betriebsspionage. Was weiß ich.

> Und was sagt Leon?

> Wollte sich heute melden.

> Und was sagst du?

> 😒 Ich frag mich, was ich in so einem miesen Film mache. Ich meine, ehrlich jetzt. So ein billiger Twist.

> 🤣 Zu billig, um nicht echt zu sein.

> Mein Bruder malt den Bio-Teufel an die Wand.

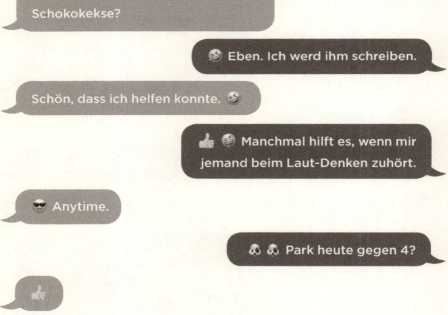

Als ich das Handy weglege, grinse ich übers ganze Gesicht. Nico ist so cool. Reggie hätte unter Garantie eine Telenovela aus der Geschichte gemacht. Reggie *liebt* Drama. *Was, er hat dir verschwiegen, wer er ist? Er hat dir einen falschen Namen gesagt? Denkst du, sein Vater wollte, dass er irgendwas auskundschaftet? Kein Wunder, dass Jack so ausgetickt ist! Oh Mann, ich fass es nicht!*

Ich vermisse Reggie, keine Frage. Aber gleichzeitig stelle ich fest, dass ich ganz gut ohne Extra-Drama auskomme.

Ich nehme mein Handy, klicke auf *Kontakte*, auf *Prinz Leon* und auf *Bearbeiten*. Ich ändere seinen Namen auf *Leon Montague*, mache einen Screenshot und whatsappe ihn kommentarlos.

Eine halbe Minute später bekomme ich als Antwort einen Screenshot mit meiner Telefonnummer, gespeichert unter: *Zoe Capulet*. Ich muss grinsen und schicke ihm ein Emoji als Antwort.

Ersatzweise verabreden wir uns für Mittag an der alten Brücke im Park.

Ganz so entspannt, wie ich dachte, bin ich dann doch nicht, als ich durch den Park auf unseren Treffpunkt zugehe. Dass ich gestern für Leon hier gesungen habe, kommt mir heute schon wieder so weit weg vor, dass ich es selbst kaum glauben kann. Jetzt gerade könnte ich das mit Sicherheit nicht, dazu geht mir zu viel im Kopf rum. Mein Bruder ist nicht einmal auf die Idee gekommen, dass Leon vielleicht wirklich was für mich empfindet. Und das, obwohl er, Streit hin oder her, mit Sicherheit einer meiner größten Fans ist. Und natürlich kann ich nicht sicher sein. Er hat ja recht, ich *bin* manchmal etwas blauäugig und will immer das glauben, was ich mir wünsche. Dass mein Vater zu meinen Konzerten kommt, wenn er es verspricht. Dass Reggie sich entschuldigt und alles wieder wie früher wird. Dass mein Abend mit Leon gestern genau das war, wonach er sich angefühlt hat: der Anfang, und nicht das Ende von etwas.

Wenn ich mir die Statistik so ansehe, stehen meine Chancen ziemlich schlecht, was Leon angeht.

Aber dann biege ich ein paar Zweige auseinander und sehe ihn auf der Brücke hocken, mit einem langen Ast im schwarzen Schlamm stochernd, als wäre er sieben und nicht siebzehn. Und mein Herz macht so einen kleinen Sprung.

»Was mich am meisten an der ganzen Sache schockiert«, sage ich statt einer Begrüßung – denn ein bisschen Strafe muss sein – »ist gar nicht der falsche Name oder die versuchte Betriebsspionage.«

Leon ist so erschrocken hochgefahren und sein Gesichtsausdruck ist so besorgt, dass er mir sofort leidtut.

»Es ist die Tatsache ...«, fahre ich fort und dehne die dramatische Pause ein wenig, bis Leons Augenbrauen fragend nach oben wandern, »... dass du *Romeo und Julia* gelesen hast«, beende ich meinen Satz schließlich mit einem Grinsen.

Sein angespannter Gesichtsausdruck verwandelt sich ebenfalls in ein Grinsen, als er jetzt aufsteht, seine blauen Bermudas abklopft und auf mich zukommt.

»War vorgeschriebene Lektüre in Englisch letztes Jahr«, meint er. »Allerdings weiß ich erst seit deiner Nachricht heute wieder, wer von den beiden Montague heißt und wer Capulet.«

»Ich stelle mir Julia mit einem Cape vor und so merke ich mir Capulet«, gebe ich zu.

»Ganz schön schlau.«

Ich nicke. »Ja, jemand hat mir kürzlich gesagt, ich sei klug«, antworte ich, setze mich ins Gras, ziehe meine Knie unter dem weiten

Gypsy-Rock an mich heran und schlinge meine Arme um sie. »Und schön und talentiert und witzig, wenn ich mich richtig erinnere.«

»Und süß«, fügt Leon hinzu und setzt sich neben mich. »Ausgesprochen süß, Miss Capulet.« Mein Herz beginnt ein bisschen schneller zu schlagen, als sein Arm meinen streift.

»Wo wir gerade bei Namen sind«, gebe ich zurück. »Dann war Mayer also wirklich ein Pseudonym?«

Er lacht auf. »Nein, ich heiße tatsächlich so. Meine Eltern haben erst geheiratet, als ich zwölf war, und da wollte ich keinen Namenswechsel mehr. Dann wollte meine Mutter ihren Namen auch behalten, damit wir beide gleich heißen. Es gab einen Riesenstreit und die Hochzeit wurde beinahe abgeblasen. Mein Vater verliert nicht gerne.«

»So viel hatte ich mir schon über ihn zusammengereimt.«

»Ja, was das angeht ...« Leon runzelt die Stirn. »Dein Bruder hat da ein paar Dinge gesagt ...«

Ich zucke mit den Schultern. »Na ja, es wird dir ja nicht neu sein, dass dein Vater mit allen Mitteln versucht, uns Schwierigkeiten zu machen. Er wollte sogar den Laden kaufen.«

Leon scheint ehrlich verblüfft zu sein. »Was? Ich wusste, dass er sich über die Konkurrenz ärgert, aber dass er aktiv was gegen euch unternimmt ... Na, wenn das wahr ist, versteh ich deinen Bruder schon besser. Ich habe bloß die Preisdrückeraktion mitgekriegt und ihm auch gesagt, wie albern ich das finde.«

»Ja, dein Vater ist sehr kreativ.« Ich erzähle Leon von allen Knüppeln, die uns seit der Renovierung zwischen die Beine geworfen wurden. Die meisten konnten wir direkt Bernd Ackermann zuordnen, bei anderen gibt es nur Indizien, aber wer sollte sonst Interesse daran haben, uns zu schaden? »So, und nun musst du mir aber sagen«, beende ich meinen Bericht, »warum du zu uns in den Laden gekommen bist. Kaffee trinken kann man auch in Cafés, die deinem Vater kein Dorn im Auge sind. Also, wenn du uns nicht ausspionieren wolltest, was war es dann?«

Leon holt tief Luft. »*Ausspionieren* ist ein großes Wort.« Mein Blick muss sehr wachsam geworden sein, denn er fügt hastig hinzu: »Ich wollte sehen, wie ihr das aufzieht in eurem Laden, da hat er schon recht. Aber nicht, um euch fertigzumachen. Es ist Platz für alle da. Wir sollten einander ergänzen und ein gemeinsames Ziel haben, anstatt uns um dasselbe Stück vom Kuchen zu streiten. *No Planet B* und so.«

»Das hatten wir uns auch so vorgestellt«, sage ich. »Es wird sowieso immer Leute geben, die lieber im Supermarkt einkaufen. Und die Tante-Emma-Fans sterben auch nicht aus. Ist eben Geschmackssache. Wir sind Tante Emma *for future*.«

Leon nickt. »Ich versuche schon länger, meinen Vater zu überreden, auf eine nachhaltigere Palette umzustellen. Nachfülltankstellen für Grundnahrungsmittel, Waschmittel und Putzmittel, so wie ihr sie habt. Bevorzugt umweltfreundlich verpackte Produkte. Ein System, mit dem wir weniger Lebensmittel wegwerfen müssen. Mir wird übel, wenn ich daran denke, was wir in allen acht Märkten jede Woche auf den Müll schmeißen.«

»Wir werfen so gut wie gar nichts weg«, entgegne ich stolz. »Wir haben ein super System.«

Leon nickt. »Mein Vater ist im Bio-Konzept hängen geblieben«, sagt er. »Das mit der Nachhaltigkeit ist bei ihm noch nicht wirklich angekommen. Er war damals ein Pionier, als er angefangen hat, und will sich nicht dran gewöhnen, dass er längst nicht mehr alles besser weiß. Eurem Laden hat er drei Monate gegeben.«

Ich grinse. »Das hat sich zu uns rumgesprochen. Und jetzt ist er sauer, weil er schon wieder was nicht besser gewusst hat.«

Leon grinst zurück. »Er nimmt alles persönlich.«

»Und was sagt er zu deinen Vorschlägen?«

»Um was zu sagen, müsste er erst mal zuhören«, gibt Leon bitter zurück. »*Ich war schon in diesem Business, als du geboren wurdest*«, erklärt er mit tief gestellter Macho-Stimme. »*Glaubst du wirklich, du kannst mir was erzählen, was ich noch nicht weiß?*«

»Autsch.«

»Ja, er schätzt meine Meinung außerordentlich«, sagt Leon bitter. Dann macht er eine Pause, als müsste er überlegen, ob er das Folgende überhaupt erzählen soll. »Ich arbeite an einer App«, sagt er schließlich. »Es soll so funktionieren, dass du ein Produkt scannst und die App sagt dir genau, wie nachhaltig es ist. Transportwege, Wasserverbrauch, alles, was relevant ist. Damit der Konsument einfach mehr weiß, bevor er sich für ein Produkt entscheidet.«

»Wow!«, sage ich beeindruckt. »Das ist eine tolle Idee.«

»Danke.« Er scheint sich ehrlich über meine Reaktion zu freuen. »Mein Vater fand es albern. Er meinte, kein Mensch will jedes Produkt scannen, die Leute wollen ihren Kram in den Wagen werfen, zur Kasse und möglichst schnell wieder raus. Keiner hat Zeit für so was.«

»Hm«, mache ich. »Wie alt ist dein Vater?«

»Achtundfünfzig«, antwortet Leon mit einem Grinsen. »Und er wollte auch nicht einsehen, dass wir eine Instagram-Präsenz brauchen.«

»Euer Feed ist aber ziemlich gut«, sage ich überrascht.

»Ich hab das dann einfach gemacht«, erklärt Leon. »Wir hatten schon Tausende Follower, als er mitbekommen hat, dass wir auf Instagram sind. Und dann hat er sich aufgeregt und gemeint, ich hätte ›hinter seinem Rücken diesen Schwachsinn‹ angefangen.«

»Entschuldige«, entgegne ich und kann nicht anders, als mich für Leon gekränkt zu fühlen. »Aber dein Vater ist ein Idiot.« *Nicht, dass mich das jetzt besonders überrascht.*

»Nicht nur, aber auch«, gibt Leon zu. »Allerdings hatte ich meine Mutter eingeweiht, und die war, wie meistens, auf meiner Seite. Jetzt *darf* ich *diesen Schwachsinn* weitermachen. Er hat keine Ahnung, wie viel es bringt oder wie viel Arbeit das ist. Er sieht mich als kleinen Jungen, den man nicht ernst nehmen kann. Na ja, was soll's.«

Leon klingt mega frustriert und ich weiß genau, wie er sich fühlt. Sogar verdammt genau. »Willkommen im Club derer, die von ihrem Vater übersehen werden«, sage ich mit einem Seufzer.

Wer hätte gedacht, dass Leon, der so strahlend und selbstbewusst rüberkommt, auch bei seinem Vater gegen Wände rennt?

»Ja«, sagt er, »richtig. Du hast ja auch so ein Prachtexemplar. Wobei meiner eigentlich ein toller Vater war, als ich klein war. Erst seit ich eine eigene Meinung habe, kann er nicht mehr mit mir.«

»Immerhin hat er dich nicht einfach zwischen zwei Kartons Bio-Äpfeln vergessen.«

Leon lacht und seine Finger schließen sich um meine Hand.

»Nein, hat er nicht. Ich sollte dankbar sein.« Es ist seltsam. Da sind schon Schmetterlinge in meinem Bauch, aber heute schlagen sie nur ganz sacht mit den Flügeln. Mit Milo war es von Anfang an anders. Jedes Mal, wenn ich ihn gesehen habe, hat mein Herz wie verrückt gehämmert, ich hatte weiche Knie, zittrige Hände, die ganze Liste an Klischees. Vielleicht lag es aber auch daran, dass ich bei ihm ständig unsicher war. Es war eine Qual, aber es war auch unglaublich, wenn er dann auf mich zugekommen ist, vor allen anderen meine Hand genommen, seinen Arm um mich gelegt hat.

Mit Leon ist es anders. Mehr so, als würden wir uns ewig kennen.

»Irgendwie sind wir vom Thema abgekommen«, sage ich.

Er runzelt die Stirn. »Was war noch mal das Thema?«

»Warum du im Laden warst.«

Er nickt. »Richtig. Natürlich war ich im *Fill up*, um mir eure Produktpalette anzusehen und ein Gefühl für euer Konzept zu kriegen. Aber mein Vater hat mich nicht geschickt. Und ich habe nicht versucht, dein Vertrauen zu gewinnen, um irgendwelche Schwachstellen auszuloten und euch dann die Behörden auf den Hals zu hetzen.«

»Wird schwierig, das meinem Bruder zu erklären. Und in einem muss ich ihm recht geben: Der richtige Moment, mir zu sagen, wer du bist, wäre *vor* unserem Date gewesen.«

»Wir hatten gestern also ein Date?« Er lächelt mich an und es kommt Bewegung in die Schmetterlinge. Gleichzeitig spüre ich, wie die Hitze in meine Wangen steigt.

»Zumindest ein halbes«, meine ich, ohne ihn anzusehen.

»Wir hätten nicht mal ein halbes gehabt, wenn ich dir gesagt hätte, dass mein Vater der böse Bio-Bonze ist. Oder?«

Ich weiß nicht. Vielleicht. Vielleicht auch nicht. Es wäre mit Sicherheit anders gelaufen – und die Antwort auf die Frage, ob ich irgendetwas am gestrigen Abend ändern wollte, lautet NEIN.

»Dein Vater wird kein bisschen mehr begeistert sein als mein Bruder.«

»Wahrscheinlich nicht, Miss Capulet. Ich kann mich aber nicht um alles kümmern. Und vielleicht sind wir vom Schicksal ja dazu bestimmt, Frieden zwischen unseren Familien zu stiften.«

Ich muss lachen. »Vielleicht. Aber das wird etwas Zeit brauchen.«

»Du meinst, du willst nicht durchbrennen und heiraten?«

Ich muss schon wieder lachen, vor allem, weil er so ein bekümmertes Gesicht macht.

»Vielleicht erst nächste Woche.«

»Ich glaube, du willst mir sagen, wir sollten es langsam angehen lassen.«

Verblüfft komme ich in diesem Moment drauf, dass ich das wirklich möchte. »Ist langsam okay?«, frage ich ihn zögernd.

»Natürlich ist das okay«, sagt er, steht auf und zieht mich mit sich hoch. »*Friends with benefits.*«

Ich runzle die Stirn. »Und die *benefits* wären?«

»Nicht, was du denkst.«

»Du hast keine Ahnung, was ich denke. Du hingegen bist ein offenes Buch.«

»Ach ja?« Er sieht mich prüfend an. »Und woran denke ich in diesem Moment bei dem Wort *benefits*?«

»An Punschtörtchen natürlich.«

Er starrt mich einen Moment lang an. »Mann, bist du gut. Beängstigend.«

Leon hat noch eine gute Stunde Zeit, dann muss er zum achtzigsten Geburtstag seiner Großmutter. Wir beschließen also, über die Brücke in die Innenstadt zu gehen und ein bisschen zu bummeln.

Wir müssen am Drachenbrunnen vorbei, der so heißt, weil da ein steinernes Fabeltier Wasser spuckt. Der Brunnen ist ein beliebter Treffpunkt für junge Leute, nicht zuletzt, weil der beste Eissalon der Stadt gleich um die Ecke ist und man am Brunnenrand gemütlich sitzen und Eis schlecken kann. Milo und seine Freunde treffen sich auch gerne hier. Meine Augen scannen automatisch den Brunnen und den ganzen Platz. Ich atme erleichtert auf, als ich weder ihn noch jemanden aus seiner Clique sehe.

»Wollen wir uns ein Eis holen?«, schlägt Leon vor. Ich habe nicht viel gefrühstückt, also nicke ich, aber er hat mein kurzes Zögern mitbekommen.

»Sie haben jede Menge vegane Sorten«, meint er.

»Jaja, das weiß ich«, sage ich hastig.

»Sag bloß, du magst kein Eis?«

»Doch, ich liebe Eis, aber ...« Oh Mann, nicht wieder *das* Thema.

»Aber ...?«

»Ich muss eben ein bisschen aufpassen«, antworte ich, ohne ihn anzusehen. »Hatte ich schon erwähnt.«

Leon holt Luft, zweifelsohne, um mir zu widersprechen, aber es kommt nicht dazu. Denn in diesem Augenblick biegen wir um die Ecke und ich bleibe so abrupt stehen, dass Leon, der dicht neben mir geht, beinahe stolpert.

»Was ...?«, setzt er an, aber da ich nur geradeaus starre, folgt er einfach meinem Blick. Da vorne, unter dem strahlend weißen Baldachin des Eissalons, lehnt ein blondes Mädchen an der Hauswand, den Rücken durchgebogen wie eine Balletttänzerin, einen beflip-flopten Fuß an der Mauer, die superschlanken, endlos langen, braun gebrannten Beine in knalligen Jeans-Hotpants. Sie trägt ein pastellrosa Spaghetti-Top, eines dieser Tops, die ich nie werde tragen können. Sie hält eine Eistüte in der Hand und schwenkt sie vor dem Gesicht eines dunkelhaarigen Jungen hin und her, der seine Hände links und rechts von ihrem Gesicht auf die Mauer gestützt hat. Ich starre wie gebannt auf die Szene. Der Junge lacht, sagt etwas zu ihr, sie schüttelt den Kopf, streckt ihm die Zunge raus. Er nimmt ihr mit einer blitzschnellen Bewegung die Eistüte aus der Hand, und als sie protestierend quietscht, beugt er sich über sie und küsst sie auf den Mund.

Der Junge ist Milo.

Ich erwache aus meiner Starre, drehe mich um und gehe, nein, renne beinahe den Weg zurück, den wir gekommen sind. Ich reibe mit beiden Händen über meine Augen, wie um das Bild wegzuwischen, und merke, dass mein Gesicht nass ist.

Mein ganzer Körper fühlt sich hart, klein, angespannt an, als wäre ich ein einziger verkrampfter Muskel.

»Zoe«, sagt Leon, offenbar nicht zum ersten Mal, denn er sagt es ziemlich laut. »Bitte bleib stehen.«

Wir sind zurück im Park. Ich muss schon minutenlang gelaufen sein, ohne es richtig mitzukriegen. Ich bleibe stehen, versuche Luft zu holen, aber irgendwie ist mein Brustkorb zu eng.

»Hey«, sagt Leon und streckt seine Hand aus, um mich am Oberarm oder an der Schulter zu berühren, doch ich schlinge meine Arme um mich selbst und er lässt seine Hand wieder sinken.

»Dein Exfreund«, sagt er. Keine Frage, eine Feststellung.

Ich nicke. Die Schmetterlinge in meinem Bauch sind entweder tot oder bewusstlos.

Ich räuspere mich und sage dann: »Reggie hat mir schon gesagt, dass er eine Neue hat. Aber ...«

»Aber es ist noch mal was anderes, die beiden zusammen zu sehen?«

Ich nicke wieder. »Sie ist so hübsch«, sage ich dann heiser. »Und so dünn.«

»Oh Mann«, sagt Leon und schüttelt den Kopf. »Ich wollte, du könntest dich selbst nur einen Moment lang so sehen, wie ich dich sehe.«

Ich schließe die Augen und versuche, die Schmetterlinge zu ermutigen, von denen einige wenige mit ihren Fühlern tasten, ob die Luft rein ist. Leon seufzt tief und fügt dann hinzu: »Jedenfalls bin ich nicht der Ansicht, dass wir es langsam angehen sollten.«

Ich blicke verwirrt zu ihm auf.

»Ich denke, wir sollten es gar nicht angehen«, sagt Leon.

11. Väter

Die Schmetterlinge werden mit einem Schlag zu Stein. Er muss es mir ansehen, denn er fügt hastig hinzu: »Zumindest nicht gleich.«

Ich bin jetzt so weit, mich in ihn hineinversetzen zu können, und nicke langsam.

»Ich mag dich wirklich, Zoe«, sagt Leon eindringlich. »Sehr. Das musst du mitgekriegt haben. Aber das mit uns hat keine Chance, solange du über ihn ...« – Leons Kopf deutet vage in die Richtung, aus der wir gekommen sind – »... noch nicht hinweg bist.«

»Ich hatte wirklich keine Ahnung«, stammle ich, »dass es noch so ...«

Er nickt und ich muss den Satz nicht zu Ende sprechen. »Schon klar.«

Wir gehen weiter und mein Kopf explodiert beinahe, weil ich so viel sagen möchte und weil ich so wütend bin. Auf Milo, weil er mir noch Monate nach unserer Trennung alles kaputt macht. Auf die dünne Blondine, weil ich mich im Vergleich zu ihr fühle wie ein Walross. Auf mich selbst, weil ich das alles so was von überhaupt nicht im Griff habe und weil ich dachte, Leon macht alles wieder gut. Weil ich seinetwegen meine beste Freundin gefeuert habe, und nun fühle ich mich furchtbarer als jemals zuvor. Weil ich nichts davon aussprechen kann.

Das *Fill up* kommt in Sichtweite, ohne dass Leon und ich ein weiteres Wort gewechselt hätten.

»Also dann«, sagt er, als wir direkt vor dem Laden stehen, der ja heute geschlossen hat.

»Also dann«, antworte ich, ohne ihn anzusehen. Erster Kuss und Schlussmachen innerhalb von sechsunddreißig Stunden, das muss so was wie ein Weltrekord sein.

»Bio-Bernd junior, wie schön.«

Leon und ich fahren herum und sehen Jack auf uns zukommen, ein weißes Kuvert in der Hand, einen grimmigen Zug um den Mund.

»Perfektes Timing«, fügt er hinzu. Jacks Stimme ist ruhig, aber ich kenne ihn. Er ist kurz davor zu explodieren.

Mit ein paar Schritten hat er uns erreicht und hält Leon am ausgestreckten Arm den Brief unter die Nase. »Ob du nun so unschuldig bist, wie meine Schwester glaubt, oder nicht – dein Vater ist jedenfalls ein Arschloch. Mit freundlichen Grüßen.« Damit dreht mein Bruder sich um und geht zurück ins Haus. Er muss uns von oben kommen gesehen haben und extra für diesen Auftritt runtergelaufen sein.

Ich nehme das Kuvert aus Leons Hand, hole den Brief hervor und überfliege ihn.

Sehr geehrte Frau Becker,
Blablablabla, Anzeige eingegangen, Blablabla, Hygienebestimmungen verletzt, Blabla, Hund im Küchenbereich, blabla.
Umstände klären blabla. Behördliche Untersuchung blabla.
Mit freundlichen Grüßen.

Ich reiche den Brief wortlos an Leon weiter. Bowie war ein einziges Mal hinter dem Tresen, an dem Tag, als das Drama mit Reggie abgegangen ist. Und dafür gibt es einen einzigen Zeugen: Leon.

»Hast du vor deinem Vater irgendwas über den Hund gesagt?«

Er überlegt. »Ich habe meiner Mom erzählt, dass es im *Fill up* einen Hund gibt, der so ähnlich aussieht wie der Aussie von Dads Bruder.«

Er starrt auf den Brief und seufzt. »Die Unterschrift auf dem Brief – mein Vater kennt den Typen schon ewig. Wenn man so lange in dem Geschäft ist, hat man in jeder Behörde Kontakte.«

»Komischer Zufall«, steuere ich bei.

»Wir klären das«, sagt er. »Jetzt sofort.«

»Wie? Was meinst du?«

Er schnappt meine Hand, obwohl wir einander nicht mehr berührt haben, seit ich Milo und das Mädchen gesehen und seine losgelassen habe. Aber jetzt geht es nur darum, dass ich dadurch gezwungen bin, sein Tempo mitzuhalten.

»Leon?«

Aber er schaut nur ebenso grimmig wie vorhin Jack und zieht mich hinter sich her. Einige Minuten später erreichen wir *Bernds Biosupermarkt*, der natürlich auch samstags geöffnet hat. Ich wusste ja, dass dies das erste Geschäft von Leons Vater war, der Ausgangspunkt der *Bernds-Bio*-Kette. Ich wusste nicht, dass die Familie auch im selben Haus ihre Wohnung hat, genau wie wir. Wir gehen – oder vielmehr rennen – an der Glasfront des Markts vorbei, zum Portal des alten Hauses.

Die Sprechanlage hat nur vier Knöpfe, ohne Namen oder Nummern daneben. Mir schießt die Idee durch den Kopf, dass vielleicht das ganze riesige Haus Leons Familie gehört. Er kramt den Hausschlüssel aus einer Hosentasche, schließt auf, ohne meine Hand loszulassen, als würde ich sonst vielleicht wegrennen (wozu ich ehrlich gesagt große Lust hätte), und zerrt mich weiter, ein paar Stufen hinauf, zum Aufzug.

»Leon«, setze ich noch einmal an. »Ich weiß nicht, ob das ...«

»Er mag verbissen sein«, unterbricht Leon mich. »Aber er beißt nicht.«

Wir fahren ganz hinauf, der Lift endet direkt im Vorzimmer der Dachwohnung.

Ein vielleicht zehnjähriger Junge in dunklen Jeans und blau-weiß gestreiftem Hemd kommt aus einem Zimmer und kriegt große Augen, als er mich sieht.

»Na endlich«, sagt er zu Leon. »Du musst dich umziehen. Papa will in zehn Minuten fahren.«

»Wo ist er denn?«, fragt Leon.

»Küche!«, sagt der Junge mit einem neugierigen Grinsen in meine Richtung und deutet mit dem Daumen über seine Schulter.

Ich komme nicht dazu, ein Gefühl für die riesige Wohnung zu bekommen, aber es gibt eine Treppe, die noch weiter hinaufführt, wahrscheinlich zu einer Dachterrasse. Ich tippe mal darauf, dass Bernd Ackermann richtig, richtig viel Kohle hat. *Der Mann besitzt eine Supermarktkette, Zoe, was hast du denn gedacht? Dass er in einem Zelt wohnt?*

Schon, rechtfertige ich mich vor meiner inneren Stimme, aber das war – abstrakt. Jetzt eben werde ich Kopf voran in den Reichtum eingetunkt. Das ist noch mal ganz was anderes. So, als hätte man in einem Moment eine *Elsa*-Puppe und eine *Anna*-Puppe in der Hand und im nächsten ist man mitten in *Frozen*, wenn auch nur als dritte Bauersfrau von links.

Die Küche ist riesig, mit einer gigantischen Kochinsel, alles Edelstahl und extrem aufgeräumt, als wäre eben der Putztrupp durchgesaust, um den Raum für ein Schöner-Wohnen-Fotoshooting vorzubereiten.

In einem richtig coolen massiven Holzregal stehen mehrere Espressomaschinen, alle aus derselben Ära wie unsere. In Betrieb ist offenbar eine kleine, alte Gaggia, die einen Ehrenplatz neben der Designerobstschüssel bekommen hat.

Leons Vater sitzt an der Frühstücksbar (natürlich haben sie eine Frühstücksbar!), vor sich eine winzige leere Espressotasse, und sein Outfit ist fast identisch mit dem seines jüngeren Sohnes. Nur das Hemd hat lange Ärmel. Ich habe nur eine halbe Sekunde, um ihn abzuchecken – grau melierte Haare, grau melierter Dreitagebart, braun gebrannt, schlank mit minimalem Bauchansatz, Typ gut gealterter Naturbursche. Er und Leon haben genau dieselbe schmale, lange Nase. Er blickt von seiner Zeitung auf – ich erkenne auch Leons helle, wache Augen wieder – und hebt einfach nur die Augenbrauen, aber Leon hätte ihm sowieso keine Zeit gegeben, irgendwas zu sagen. Er ignoriert meinen Versuch, mich hinter ihm zu verstecken, schnappt mich und schiebt mich auf seinen Vater zu.

»Dad, das ist Zoe Becker. Sieht sie in deinen Augen gefährlich aus? Denkst du, sie wird uns unsere Existenzgrundlage nehmen, das Ackermann-Imperium stürzen oder sonstiges Unheil über uns bringen?«

Die Augenbrauen wandern etwas höher und Leons Vater sagt langsam, mit dem Hauch eines Lächelns um seine Mundwinkel: »Ist das eine Fangfrage?« Dann runzelt er die Stirn und fügt hinzu: »Warte mal, *Becker*? Die mit dem kleinen Laden um die Ecke?«

»Ja«, gibt Leon ruhig zurück. »Die mit dem kleinen Laden, der dir so schreckliche Angst macht, dass du dir alle Mühe gibst, ihn zu vernichten, als wärst du irgendein freakiger Superbösewicht aus einem Marvel-Comic.«

Bernd Ackermann senkt den Blick wieder auf seine Zeitung. »Verschon mich, Leon. Ich habe keine Ahnung, worauf du hinauswillst.

Sieh zu, dass du dir was Vernünftiges anziehst, wir müssen dann los.«

Leon nimmt den Brief aus der Gesäßtasche, faltet ihn auf und legt ihn genau auf die Seite der Zeitung, die sein Vater gerade liest. Er glättet ihn gründlich mit beiden Händen, macht dann einen Schritt zurück, verschränkt die Arme vor der Brust und erklärt: »Wir bewegen uns keinen Zentimeter weg, bis du versprochen hast, das hier am Montagmorgen rückgängig zu machen.«

Leons Vater lacht kurz auf. »Darauf habe ich leider nicht den geringsten Einfluss.«

»Dad.« Leon legt den Kopf leicht schief und sieht seinen Vater mit einem Lass-uns-bitte-keine-Zeit-verschwenden-Blick an. »Ich hab die Unterschrift auf dem Brief gesehen. Der Typ war schon bei uns zum Essen. Du hast Zoes Familie jetzt wirklich genug Schwierigkeiten gemacht.«

Leons Vater wirft einen kurzen Blick auf den Brief, schiebt ihn dann zur Seite und senkt den Blick erneut auf den Zeitungsartikel.

»Offensichtlich gibt es Hygieneprobleme mit dem Hund«, sagt er, ohne aufzublicken. »Würde mich nicht wundern, wenn das stimmt. Wenn man kein Verständnis dafür hat, was ein Hund darf und wo...«

»Was soll denn das, Dad? Ich war mehrfach im *Fill up*. Der Hund ist nie im Küchenbereich!«

Leons Stimme wird zum undeutlichen Hintergrundgeräusch, denn das Blut, das eben in meinen Kopf schießt, rauscht lauter. Bowie und seine Marathon-Piss-Aktion vor *Bernds Biosupermarkt*. An die Tafel mit dem Pflanzenmilch-Angebot. Wenn Leons Mutter ihrem Mann von dem Australian Shepherd im *Fill up* erzählt hat und er derjenige war, der mich beobachtet hat, dann könnte er annehmen, ich sei auf Provokation aus gewesen.

Und endlich kriege ich meinen Mund auf. »Das war keine Absicht, Herr Ackermann! Ich würde doch nie ... ich meine, wir sind doch nicht im Kindergarten! Bowie war im Park abgelenkt und dann ist ihm ausgerechnet an Ihrer Tafel eingefallen, dass er noch was loswerden muss, das ist alles!«

Leon sieht mich an und braucht sichtlich einen Augenblick, um sich alles zusammenzureimen. Dann wendet er sich wieder seinem Vater zu. »Du hetzt ihnen die Behörden auf den Hals, weil der Hund an unsere Tafel gepinkelt hat? Ist das dein Ernst?«

»Ich habe wirklich versucht, ihn wegzuziehen, als ich es bemerkt habe ...« *Na gut, ich hätte mir vielleicht ein bisschen mehr Mühe geben können, aber trotzdem.*

»Dad, sagst du mir bitte jetzt und hier, dass du das in Ordnung bringst?«

»Ich werde sehen, was ich tun kann«, grollt Ackermann in seine Zeitung. »Und jetzt mach dich endlich fertig.«

»Danke. Ich verlass mich drauf.« Damit ist die Audienz offensichtlich beendet, Leon nimmt mich wieder an der Hand und ich habe gerade noch die Geistesgegenwart, mich in der Tür umzudrehen und zu flüstern: »Es tut mir echt leid wegen der Tafel! Wird nicht wieder vorkommen.«

Dann stehen Leon und ich an der Wohnungstür und er lässt langsam und zögernd meine Hand los. »Du musst dir keine Sorgen machen«, sagt er. »Er weiß, wann er im Unrecht ist.«

Ich nicke. »Danke.« Als Ablenkung von Milo und der Blondine hätte ich mir nichts Besseres wünschen können.

Leon kriegt auch ein Lächeln hin. »Ich würde dich noch runter begleiten«, sagt er, »aber jetzt bin ich wirklich schon sehr spät dran und wir wollen ja nicht, dass der alte Mann explodiert.«

»Das wollen wir nicht«, stimme ich zu. »Aber wenn du mich fragst, wirkt er nicht sehr gebrechlich.«

Leons Grinsen wird breiter.

»Ich finde schon allein raus«, sage ich und sehe ihm in die Augen. »Danke, Leon, wirklich. Das hätte sehr lästig werden können.«

»Leooooooon«, kommt die Stimme seines kleinen Bruders von irgendwo. »Zwei Minutäääään!«

»Bin schon weg«, flüstere ich. Eine Sekunde lang stehen wir einander gegenüber und wissen nicht, welche Verabschiedung angemessen ist. Dann schlinge ich meine Arme um ihn und drücke ihn ganz schnell ganz fest. Und dann bin ich zur Tür raus.

Als ich unten wieder auf die Straße trete, fühle ich mich ein bisschen wie Aschenputtel, das vom Ball flüchtet, als es Mitternacht schlägt. Irgendwie ist seit gestern Abend ein bisschen viel passiert und mein Gehirn wird mindestens den Rest des Tages brauchen, um alles einzuordnen. Eher die ganze nächste Woche. Ich weiß nicht, wo Leon und ich jetzt stehen, aber er fehlt mir jetzt schon. Wenn ich mich nur ein bisschen besser im Griff gehabt hätte! Wenn ich nur ein bisschen ... Weiter komme ich zum Glück nicht, denn da klingelt mein Handy. Philippa, die Freundin meines Vaters. Die beiden sind noch nicht lange zusammen, aber sie ist ziemlich cool und ich mag sie. Und mit ihr zu plaudern ist sehr viel besser, als mir selbst Vorwürfe zu machen.

»Hallo, Philippa.«

»Dein Vater ist ein Idiot«, sagt sie statt einer Begrüßung.

Sag mir was, was ich noch nicht weiß. Einen Moment lang bin ich versucht, etwas in der Richtung zu antworten, aber dann siegt doch die Loyalität meinem Vater gegenüber. Ihn kenne ich seit bald fünfzehn Jahren, Philippa erst seit acht Monaten. Also antworte ich mit einem gedehnten: »Okaaaaaay?«

»Er hat mir nichts von deinem Konzert gesagt! Kein Wort! Ich wäre so gern gekommen! Und er hätte auch da sein müssen. Das ist doch wichtiger als so ein blödes Training!«

Im Hintergrund höre ich die Stimme meines Vaters, der sich rechtfertigt: »Es war nicht *ihr* Konzert. Sie ist in dieser Gruppe. Sie hat gesagt, es ist nicht so wichtig und kein großes Ding. Also ist es ja wohl auch kein großes Ding, wenn ich keine Zeit habe!«

Ich habe das alles wirklich gesagt, wird mir plötzlich klar. *Schon als ich ihn eingeladen habe. Ich habe es so klingen lassen, als wäre es klein, unwichtig, weniger als nichts.*

»Sie sagt das nur, weil sie dir schon vorab eine Entschuldigung liefern will! Denn wenn sie dir sagt, es ist wichtig, und du kommst dann trotzdem nicht, dann müsste sie sich eingestehen, dass du nicht gerade Vater-des-Jahres-Material bist!«

Ich weiß nicht, der wievielte Schock dieses Tages die Erkenntnis ist, dass Philippa recht hat. Er hat mich so oft enttäuscht, dass ich ihm die Rechtfertigung, es erneut zu tun, gleich mitliefere. Gleichzeitig empfinde ich unendliche Bewunderung dafür, wie knallhart ehrlich Philippa zu meinem Vater ist. Muss man so mit ihm reden, damit er etwas kapiert?

»Ich möchte ja wissen, worüber du dich so aufregst, wenn das Ganze für Zoe überhaupt kein Problem ist!«

Eben war mein Vater noch im Hintergrund zu hören, nun scheint er Philippa ihr Telefon weggenommen zu haben, denn plötzlich ist seine Stimme direkt an meinem Ohr. »Stimmt's, Schatz? Du würdest es mir sagen, wenn es was Wichtiges wäre, oder?«

Und in diesem Augenblick wird mir klar, dass das eine Gelegenheit ist, mit meinem Vater einen neuen Anfang zu schaffen. Eine Gelegenheit, die vielleicht nie wiederkommt.

»Zoe? Schatz? Bist du noch da?«

Ich hole tief Luft. »Es *war* mir wichtig«, sage ich. »Und du hattest es versprochen. Es war nicht nur wegen des Auftritts. Es war das Parkfest. Unser Ding. Ich war total enttäuscht, als du mir geschrieben hast, dass du doch nicht kommst.« Jetzt, wo ich mal angefangen habe, ist es gar nicht so schwierig wie erwartet. Mein Vater sagt nichts, also rede ich einfach weiter: »Ich war wütend und traurig und im ersten Moment hätte ich dir beinahe eine sehr lange Nachricht geschickt, in der viele Sachen gestanden haben, die ich wahrscheinlich später bereut hätte.« *Wenn ich sie nicht an jemand anderen geschickt hätte.* »Ich wollte nie wieder mit dir reden. Dann hab ich mich wieder eingekriegt, so wie immer, wenn du mich hängen lässt. Ich hab ja Übung darin.«

Am anderen Ende ist es still.

»Oh«, sagt er schließlich. »Ich ...« Er räuspert sich. »Ich hatte keine Ahnung. Ich dachte, wenn du sagst, es ist keine große Sache ...«

»Philippa hat recht«, unterbreche ich ihn. »Ich wollte es dir einfach machen. Und Dad, ich kann nachvollziehen, dass es langweilig ist, einer Fünfjährigen beim Ballett zuzuschauen. Oder einer knapp Fünfzehnjährigen beim A-cappella-Singen. Ich weiß, das ist nicht dein Ding. Aber du kannst nicht ernsthaft gedacht haben, dass es mir nicht wichtig ist, ob du kommst.« Meine Lippe beginnt zu zittern. »Ich werde jetzt auflegen«, füge ich hinzu. »Damit ich in Ruhe heulen kann. Ich hatte heute schon einen ziemlich heftigen Tag. Umarm Philippa von mir.« Der letzte Satz kommt schon halb geschluchzt daher und ich bin froh, dass ich im selben Moment das schützende Haustor zwischen mir und der Welt zuschlagen kann.

12. Schmetterlinge und andere Tiere

»Sie haben noch ein Schließfach mit Tagebüchern und Dokumenten gefunden«, sagt Mom. »Bei einer anderen Bank. Der Notar meint, diese Sachen seien die Grundlagen für ihr Buch gewesen. Damit scheint sie ein paar prominenten Ex-Liebhabern ein wenig auf die Füße getreten zu haben.« Sie lacht und umarmt das blonde Labradormädchen, das halb auf ihr drauffliegt. Und ich stelle fest, dass ich eifersüchtig auf einen Hund bin, denn in diesem Moment vermisse ich Mom einfach schrecklich.

Sie gähnt und schiebt sich ein Kissen in den Nacken. Bei ihr ist es vier Uhr morgens. Hugh, der Hahn mit dem verschobenen Zeitgefühl, hat sie wieder mal aufgeweckt und offenbar auch die verbliebenen Hunde, Lori und Spencer. Sie muss noch jemanden finden, der die beiden gemeinsam nimmt. Und natürlich jemanden für Hugh und die drei Hühner. Das wird das Schwierigste, denke ich. Wer will einen Hahn, der um halb vier Uhr früh das ganze Haus aufweckt? »Irgendwann hört man es bestimmt nicht mehr«, hat Mom gemeint. Sie liebt Hugh.

»Am liebsten hättest du sie alle behalten, stimmt's?«, frage ich und sie bekommt feuchte Augen, als jetzt Spencer auch noch zu ihr aufs Sofa gesprungen kommt.

»Du vielleicht nicht?«, fragt sie mich mit einem Lächeln.

»Ja.« Ich lächle zurück. »Aber eine von uns beiden muss ja vernünftig sein.«

»Ach, Zozolein«, sagt sie und jetzt fange ich fast zu heulen an. *Komm nach Hause,* heule ich beinahe los, als wäre ich vier und nicht vierzehndreiviertel. *Ich bin nicht so erwachsen, wie ich gedacht hab. Ich brauch dich.*

»Wir kriegen schon noch unseren riesengroßen Hof«, fährt sie fort. »Und dann retten wir Tiere bis an unser Lebensende. Hunde, Katzen, Schweine, Pferde, Esel, Kühe, Kälber, Schafe, Ziegen, Enten, Gänse, Hühner ...«

»Wir retten sie alle«, antworte ich und beinahe heule ich los, was Mom natürlich meiner Stimme anhört, aber zum Glück völlig falsch interpretiert.

»Ach, Schatz, du bist so sensibel. Du weißt, ich gebe nicht auf, bevor nicht für alle der perfekte Platz gefunden ist. Natürlich ist es mir in den Sinn gekommen, zumindest ein oder zwei zu behalten, schon damit sie in der Familie bleiben. Aber sie sind besser hier untergebracht, wo die Umgebung vertraut ist. Und es hätte einen langen Flug bedeutet, Stress mit den Behörden, jede Menge Impfungen und Papierkram. Ist ja auch nicht so, dass es bei uns keine Tiere gäbe, die ein Zuhause suchen. Wir müssen sie nicht aus den USA importieren.«

»Natürlich nicht«, murmle ich.

»Außer natürlich, ich hab bis zum Happy-Days-Festival noch keine Plätze gefunden«, fährt sie fort. »Dann müssen sie alle mit. Und wenn ich ihnen Sitzplätze kaufe.«

Ich sehe meine Mom vor mir, wie sie mit drei Hühnern, zwei Hunden und einem Hahn die lange Mittelreihe in einem Flugzeug bevölkert.

Das reicht, um das Zittern in meiner Stimme zu vertreiben. Zum Glück hatte ich genug Zeit, um mich von dem schicksalhaften Samstag zu erholen, bevor Mom mich heute überraschend über Facetime erreicht hat.

»Sonst verpasst du den ersten richtig großen Auftritt der Dezibellas ...«

»Ich verpasse gar nichts, hab ich doch grade gesagt. Und Philippa will ich auch kennenlernen. Sie klingt toll.«

Ich habe Mom eine abgeschwächte Version meines Gesprächs mit Dad übermittelt. Sie war total stolz auf mich, und seither bin ich es irgendwie auch.

»Sie ist auch toll. Ich hoffe, er behält sie.«

»Apropos behalten«, sagt Mom. »Läuft es mit Nico immer noch so gut?«

Sie freut sich schon total darauf, das neue Teammitglied kennenzulernen. Als ich ihr gesagt habe, dass Reggie wegen einer Ferien-Einladung ans Meer abgesprungen ist, hat sie sich nicht weiter gewundert. Dass Reggie mehr der Typ für einen Sprint ist als für einen Marathon, wissen wir ja. Umso größer war die Freude über Nico, die sich als *Perfect Fit* für uns entpuppt hat und eine viel größere Lücke ausfüllt, als Reggie hinterlassen hat. Tatsächlich eine Lücke, von der wir gar nicht wussten, dass es sie gab.

»Ihre Zimtschnecken sind mittlerweile genauso beliebt wie unsere Punschtörtchen«, erzähle ich stolz. »Und ihre Macarons werden total gerne zum Kaffee genommen und sind auch immer gleich ausverkauft. Derzeit experimentieren wir an neuen Macaron-Geschmacksrichtungen und an einer veganen Biskuitrolle.«

Mom ist schwer beeindruckt und ich schaffe es, sie mit einem guten Gefühl in ihren Tag zu entlassen. Wenn sie in den frühen Morgenstunden aufwacht, geht sie nicht mehr ins Bett. Sie wird Yoga machen und ihre Meditation wie jeden Morgen und dann mit den beiden Hunden rausgehen.

Wir haben es fast geschafft. Bis jetzt haben wir das mit dem *Fill up* phänomenal hingekriegt. Um nicht zu sagen *superkali*. Von der Anzeige wegen Bowie mussten wir ihr zum Glück gar nichts erzählen, denn Leons Vater hat sie offenbar wirklich gleich nach dem Wochenende Montag früh zurückgezogen. Ich öffne meinen Whatsapp-Chat mit Leon und starre auf unsere letzte Unterhaltung.

> Alles gebongt 👍

> DANKE ♥

Das war vor neun Tagen, zwei Stunden und vier Minuten. Am liebsten würde ich ihm schreiben, aber wäre das fair?

Was passiert, wenn Milo uns morgen wieder über den Weg läuft und ich erneut Schnappatmung kriege?

Allerdings hat Nico bei unserer Back-Session gestern etwas gesagt, worüber ich seither dauernd grübeln muss.

»Für mich hat sich das angehört, als würdest du dir ihre Haare, ihre Beine und ihre Taille wünschen. Nicht unbedingt ihren Kerl. Du redest dauernd nur von *ihr*. Wenn du mich fragst, war der Schock so groß, weil er dich ausgerechnet durch deinen schlimmsten Albtraum ersetzt hat.«

Nico ist siebzehn, aber manchmal sagt sie so was und ich denke, sie ist wohl eher siebzig. Alte Seele und so.

Und dass sie wahrscheinlich recht hat, merke ich daran, dass ich seit neun Tagen, zwei Stunden und nunmehr fünf Minuten fast gar nicht an Milo gedacht habe und dafür fast ständig an Leon.

Leon und ich, das hatte zwar gerade erst begonnen, aber es fühlte sich so ... *leicht* an. So selbstverständlich. Es hat Spaß gemacht. Die Schmetterlinge waren nicht so hysterisch wie bei Milo. Aber ich glaube jetzt, das hektische Flattern von damals hatte auch mit Angst zu tun. Ständig Angst. Dass er mich durch ein anderes Modell ersetzen könnte, das hübscher, dünner und selbstbewusster ist als ich. Ich habe nur drauf gewartet, dass ihm was »Besseres« über den Weg läuft, weil ich nicht verstanden habe, was er an mir findet. Wenn ich ehrlich bin, waren die Wochen mit Milo mega anstrengend für mich.

»Weißt du was?« hat Nico dann gesagt. »Du bist genauso sexistisch wie dein Exfreund!«

Mein empörtes »*Was?*« hat sie wenig beeindruckt.

»Du willst nicht, dass respektlos über dich geredet wird, als wärst du bloß ein großer Busen auf zwei Beinen. Das versteh ich. Aber gleichzeitig siehst du bei dem blonden Mädchen nur die langen Beine und die dünne Taille. Vielleicht ist sie superschlau und superwitzig. Vielleicht will er deshalb mit ihr zusammen sein und nicht wegen ihrer Beine. Okay, er hat vor seinen Freunden diese Sachen über dich gesagt, und das war unreif und blöd. Aber vielleicht wollte er mit dir zusammen sein, weil ihr die Liebe zur Musik gemeinsam habt, weil du das ansteckendste Lächeln hast, das man sich vorstellen kann, und so eine süße, sonnige Ausstrahlung. Mir persönlich wäre ja völlig egal, mit welcher Körbchengröße so ein tolles Paket daherkommt.«

Das war ja schon mal einiges zu schlucken, aber Nico war noch nicht fertig: »Du siehst dich durch diese absurde Hässlichkeitsbrille. Ich würde schon für deine Haare töten und alles andere ist auch wunderschön. Deine Äpfel immer mit den Birnen von jemand anderem zu vergleichen ist doch völlig bekloppt.«

Damit hat sie die Küchenmaschine eingeschaltet. Drei Minuten später war der Teig fertig gerührt und ich einigermaßen fertig damit, Nicos Rede zu verarbeiten.

»Ich fasse also zusammen«, hab ich erwidert. »Die Zoe, die du siehst, ist liebenswert, begabt *und* schön, aber im selben Maße bekloppt und kennt sich mit Obst nicht aus.«

»Na, manchmal begreifst du ja doch recht flott.«

Ich sehe ihr Grinsen vor mir, als ich an sie denke, und muss selbst lächeln. Sie ist in kürzester Zeit eine echte Freundin geworden und richtig aufgeblüht, seit sie im *Fill up* arbeitet. Ich glaube, dass ich ihr den Job bei uns angeboten habe, war für uns alle ein absoluter Glücksfall. Clara arbeitet viel weniger als geplant, aber das ist kein Problem, da Nico für jeden Dienst dankbar ist. Wegen der Kohle, weil ihr die Arbeit Spaß macht und ich glaube, auch weil sie echt was beitragen kann und gebraucht wird.

Und weil sie sich bei uns total sicher fühlen kann. Clara hat sich erst in Nicos Macarons und dann in ihren Humor verliebt, Mom hat schon mit ihr auf Whatsapp geplaudert, als ich sie der *Fill-up*-Gruppe hinzugefügt habe. Reggie musste ich nicht entfernen, sie hat die Gruppe freiwillig verlassen. An sie zu denken tut echt weh. Ja, sie ist egozentrisch, und ja, was sie getan hat, um an Leon ranzukommen, war fies. Aber wir hatten auch sehr viel Spaß miteinander, über die Jahre, sie war fast wie eine Schwester für mich, vor allem als wir noch jünger waren.

»In manchen Beziehungen muss heftig Geschirr zerschlagen werden, damit sich aus ihnen was Neues entwickeln kann«, hat Nico gemeint. »Warte mal ab.«

Ich sage ja, alte Seele. Ich liebe Nico.

Jack, der anfangs so skeptisch war, ist ein echter Nico-Fan geworden. Wenn man die beiden zusammen sieht, könnte man fast auf Ideen kommen. Natürlich nur, wenn man nicht weiß, dass Jack und Clara so ein Traumpaar sind. Obwohl, da gibt es auch ein bisschen Zoff im Paradies. Ich glaube, Jack kam mit der »braven« Clara besser zurecht als mit der aktuellen Version seiner Freundin, die ihre neue Unabhängigkeit mit spätabendlichen Netflixmarathons, spontanen

Partys und Schlafen bis in den späten Vormittag feiert. Sie ist natürlich immer noch dieselbe süße Clara, sie ist nur nicht mehr ganz so »perfekt« und für Jack ein bisschen weniger berechenbar.

»Lass sie doch«, habe ich Clara neulich verteidigt. »Ihre Eltern waren solche Glucken. Ist doch kein Wunder, wenn sie jetzt erst mal ein bisschen ins andere Extrem kippt. Das geht garantiert vorbei, es passt ja gar nicht zu ihr.«

»Na, ich hoffe, dass *sie* das auch irgendwann merkt«, hat er geknurrt. Seit er sich bei mir entschuldigt hat, ist alles wieder gut zwischen uns. Vielleicht sogar besser. Nachdem ich ihm die Szene im Ackermann-Penthouse geschildert habe, hat er sich extra von mir Leons Nummer geholt, um sich bei ihm auch zu entschuldigen und zu bedanken. Er hat überreagiert und er weiß es und ich glaube, dass er mit mir über Clara redet, ist ein Zeichen, dass er mich jetzt irgendwie mehr für voll nimmt.

Morgen fahren Claras WG-Mitbewohnerinnen für ganze vier Wochen nach Griechenland, und danach geht bald die Uni wieder los, also schätze ich, dass die wildesten Partynächte vorbei sind. Na ja, *morgen* werden sie dann vorbei sein. Heute gibt es natürlich noch eine Abschiedsparty.

Ich mache mich auf den Weg nach unten, um beim Mittagsgeschäft zu helfen. Clara hat den Frühdienst gemacht und Nico müsste seit elf hier sein. Seit wir die Tische draußen haben, die um die Mittagszeit im Schatten der Alleebäume liegen, gibt es keine Mittagsflaute mehr wie letztes Jahr an den schönen Tagen. Mamis (und auch immer mehr Papis) mit kleinen Kindern lieben das *Fill up*, weil es bei uns nicht so viele Regeln gibt und niemand einen Aufstand macht, wenn mal zwei Buggys im Weg stehen. Dann geht man eben dran vorbei. Bei uns darf gestillt werden und wem das nicht passt, der muss woanders hingehen. Hundefreundlich sind wir auch, es gibt immer eine saubere Hundeschüssel mit Wasser. Vor allem aber sind wir einfach menschenfreundlich. Jeder darf bei uns so sein, wie er will – mit uns plaudern oder in Ruhe Zeitung lesen, zwei Bagels und einen Kuchen essen oder eben nur schnell einen Espresso trinken. Was wir fast nicht zu hoffen gewagt hatten, ist passiert: Wir sind vom Newcomer direkt zum beliebten Treff geworden, aber ohne den Hype eines »Szenelokals«. Es ist ein stetiger Strom von Menschen, die bei uns genau das bekommen, was sie wollen, und deshalb bin ich auch zuversichtlich, dass wir uns halten werden und nicht eines Morgens wieder »out« sind.

Die Leute kommen sogar schon aus den Büros der Innenstadt zu uns, obwohl das eine Viertelstunde Fußweg durch den Park ist und sie viele andere Optionen in der unmittelbaren Nähe hätten.

Wir haben schon darüber gesprochen, Nico fest anzustellen, weil Mom das nicht allein schaffen wird, wenn Schule und Uni wieder losgehen und wir nicht so viel helfen können.

Meistens gehe ich durch den Hof, um Station bei Bowie zu machen und ein bisschen mit ihm zu spielen. Aber heute ist Poppy mitgekommen, da braucht er mich nicht. Ich gehe also durchs Treppenhaus, um auch gleich nach Post zu sehen. Ein kleines, abgegriffenes Kuvert, an mich adressiert. Ich bin ziemlich sicher, dass ich die Schrift kenne. Darin ist eine Ansichtskarte. Weiße Bucht, blaues Meer, Sonnenschirme. Auf der Rückseite steht: »Es tut mir SO leid. Ich bin ein Aas. xxx Reggie«

Ich starre die Karte in meiner Hand ein paar Sekunden lang an.

Ich weiß nicht genau, was ich fühle. Erleichterung. Freude. Ein bisschen Genugtuung. Darunter bin ich immer noch verletzt und enttäuscht. Ich glaube nicht, dass es wieder so wird, wie es war. Das will ich gar nicht mehr. Aber es ist ein erster Schritt. Und wenn Reggie so etwas Vorsintflutliches, Aufwändiges tut wie eine Karte zu schreiben, ein Kuvert aufzutreiben und auf ein Postamt zu gehen, dann muss das schlechte Gewissen mächtig an ihr genagt haben. Und vielleicht auch die Sehnsucht. Sie sollte wenigstens wissen, dass ihre weiße Fahne angekommen ist. Ich hole mein Handy hervor, setze mich auf die unterste Treppenstufe und schreibe.

> Danke für deine Karte.

Ich zögere. Kein Emoji passt so richtig, aber ohne geht auch nicht, das fühlt sich irgendwie grob und unhöflich an. Ich entscheide mich für das Briefsymbol mit dem Herz-Siegel. Das ist besser als gar nichts, aber auch kein Versprechen. Die Antwort kommt postwendend.

> Miss you SOOOOO much. 😭

Wenn Reggie beim Texten emotional wird, wird sie es meistens auf Englisch. Und ich kann das nachfühlen. Auf Deutsch klingt alles schneller melodramatisch.

> Miss you too.

Das ist die Wahrheit, aber nicht die ganze Wahrheit. Ich vermisse Reggie längst nicht mehr so wie am Anfang und längst nicht so sehr, wie ich befürchtet hatte.

> Talk when I'm back pls 😩???

Ich stecke mein Handy wieder ein. Vielleicht wird ja doch noch alles gut.

13. Am Ende ist alles gut …

Ich stecke mein Handy wieder in die Tasche und öffne die Haustür. Einen Moment lang bin ich geblendet vom hellen Tageslicht und muss erst ein paarmal blinzeln, bis ich das metallische Geräusch, das ich plötzlich höre, einer Person auf dem gegenüberliegenden Bürgersteig zuordnen kann. Der Junge ist mittelgroß, breitschultrig, sehr kräftig, trägt eine schwarze Lederjacke und kommt mir irgendwie bekannt vor. Er tritt wütend und mit aller Kraft nach einer Getränkedose, und als die von der Hausmauer zurückprallt, kickt er erneut dagegen.

Genau in dem Moment, als er um die Ecke verschwindet, dreht er seinen Kopf so, dass ich ein bisschen mehr von seinem Gesicht sehen kann. Ich bin ziemlich sicher, es ist Tego, Nicos Freund aus dem Park. *Der Schrank.* So, wie er drauf ist, kann man nur hoffen, dass er heute niemandem mehr die Haare schneidet.

Ein Kichern und Quietschen lässt mich zu unserem Außenbereich hinüberschauen und ich muss lachen. Offenbar ist gerade nichts los, denn Nico hockt wie ein Frosch auf einem der kleinen Tische, die wir auf dem Flohmarkt gekauft haben. Sie klammert sich an der Tischplatte fest und Jack versucht, sie runterzuheben.

Zwischen Jack und Nico läuft dieses Ding, dass jeder von ihnen denkt, er hat den perfekten Platz für diesen bestimmten kleinen Tisch gefunden. Wenn Jack da ist und Nico nicht, stellt er den Tisch an die Mauer, weil er da eben steht und nicht wackelt, ebenso wenig wie die Stühle. Wenn Nico da ist und Jack nicht, stellt sie den Tisch neben den großen Oleander, wo er zwar ein wenig wackelt, weil das Pflaster da uneben ist, aber sie findet, das ist der perfekte romantische Zweiertisch »im Grünen«.

Es ist ein albernes Spiel, aber die beiden haben ganz offensichtlich Spaß dran.

Jack schafft es endlich, Nico hochzuheben, und trägt sie ins Lokal, als wäre sie ein großes Paket. In mir kommt die Erinnerung an meinen ersten Versuch, Nico zu umarmen, hoch und mir wird klar, wie viel Vertrauen sie zu Jack haben muss. Keine Spur von Schock oder Panik. Nur lauter Protest, als Jack jetzt blitzschnell die Ladentür hinter sich zuzieht und mit dem kleinen Keil blockiert, mit dem wir die Tür immer fixieren, wenn sie offen bleiben soll.

Dann springt er zurück zu dem Tisch, schnappt ihn und stellt ihn triumphierend an die Wand, wo er seiner Meinung nach hingehört.

Nico klettert eben durch eines der Fenster wieder raus und nun setzt Jack sich auf den Tisch und verschränkt die Arme.

»Genug gespielt, Kinder«, rufe ich ihnen zu, nehme den Keil wieder weg und öffne die Tür. »Geht jetzt Hausaufgaben machen.«

»Dein Bruder hat keine Ahnung von Ästhetik«, beschwert Nico sich. »Und er ist nicht bereit, was dazuzulernen. Vielleicht redest du mal ein ernstes Wort mit ihm.« Damit geht sie erhobenen Hauptes zurück in den Laden.

»Das Personal heutzutage«, knurrt Jack und versucht dabei, ernst zu bleiben.

»Wo wir grade vom Personal sprechen«, gebe ich zurück, »ist Clara schon weg?«

»Ja, ihre Eltern haben sie zum Mittagessen eingeladen. Mit der Schuldkeule. *Wir müssen wohl einen Termin machen, wenn wir dich mal zu Gesicht bekommen wollen.*«

»Autsch.« Ich verziehe das Gesicht. Das mit dem Loslassen ist nicht die Spezialität von Claras Eltern.

»Genau. Also wollte sie noch Blumen besorgen und ja nicht zu spät kommen.«

»Kann ich nachvollziehen. Fährst du jetzt auf die vegane Messe?«

Wir sehen immer zu, dass wenigstens einer von uns hingeht, wenn es Messen zum Thema Nachhaltigkeit und vegane Ernährung gibt.

»Ja, klar. Und die Pflanzen holen.«

»Aber du bist garantiert spätestens um halb sechs zurück?«

Ich habe um sechs Probe für unseren Auftritt beim Happy-Days-Festival.

»Ja, Schwesterchen. Garantiert.«

»Guter Mann.«

»Der Seifenmann kommt ja auch zwischen sechs und sieben«, fügt er hinzu.

Der Seifenmann heißt eigentlich Tarek und bringt das Flüssigwaschmittel, Duschgel und Shampoo, das man bei uns direkt abfüllen kann. Um diese Lieferung kümmert sich immer Jack, ganz einfach, weil er der Kräftigste ist. Außerdem ist Tarek ein witziger Typ, und Jack und er trinken meistens zusammen Kaffee und quatschen über Mountainbikes.

»Tarek wäre sicher sehr enttäuscht, wenn ich das Waschmittel in Empfang nähme.«

»Eben. Du kriegst dafür die Croissant-Frau.«

Ich rolle mit den Augen. Kati ist um die fünfzig, richtig nett und sie liefert die besten veganen Croissants, die ich je gegessen habe, aber sie redet ununterbrochen. Und schnell. Und endlos.

»Vielen Dank auch.«

Jack zieht mich einen Augenblick an sich heran und drückt mir einen Kuss auf die Haare. Was bin ich froh, dass wir nicht mehr streiten. Ich hasse es, wenn es innerhalb der Familie nicht harmonisch läuft.

»Mach's gut, Nico«, ruft Jack durch die offene Tür ins Lokal. »Und lass den Tisch schön da, wo er jetzt steht.«

»Ich kann nichts versprechen«, ruft sie zurück. »Ich mache, was der Tisch sagt!«

Jack sieht mich an. »Du musst meinen Tisch verteidigen!«, erklärt er.

»Ich misch mich da nicht ein«, erwidere ich grinsend. »Tschüs, Brüderchen.«

Die nächsten Stunden bringen erst einen Lunch-Ansturm, dann einen Kaffee-und-Kuchen-Ansturm, sodass ständig eine von uns Bagels, Smoothies und Salate macht und eine serviert, abräumt und dazwischen aus unserem regionalen Obst- und Gemüseangebot verkauft. Im vorigen Sommer hat einer allein Laden und Café geschaukelt, dieses Jahr wäre das nicht zu schaffen, wir sind zu zweit voll ausgelastet! Zum Glück harmonieren Nico und ich so gut, dass wir mindestens ebenso viel Spaß wie Arbeit haben.

Kurz nach vier sind wir wieder allein im Lokal und Nico geht eine Runde mit Bowie und Poppy, während ich die Stellung halte. Kein einziger Kunde kommt in dieser Zeit, und meine Gedanken benehmen sich – wie immer, wenn ich sie nicht beschäftige – wie ein ganzer Schwarm Bienen, die alle magisch von derselben Blume angezogen werden. Ja, ich habe Leon soeben mit einer Blume verglichen. Es steht schlimm um mich.

»Ist es okay, wenn ich jetzt schon gehe?«, fragt Nico mich, als sie wieder zurück ist. »Therapie hab ich erst um halb sieben, aber Tego hat heute Geburtstag und feiert mit den Jungs im Park. Ich hab versprochen, vorbeizuschauen. Und ich muss erst noch Poppy nach Hause bringen und die Cupcakes holen.«

»Klar, geh nur. Ich glaub nicht, dass heute noch viel los sein wird. Und Jack wird sowieso jeden Augenblick kommen.«

Wir verabschieden uns sonst mit einer kurzen Umarmung, aber heute drückt Nico mich ein paar Sekunden länger als sonst. »Viel Glück bei der Probe«, sagt sie. »Es wird bestimmt toll.«

Ich drücke zurück. »Kann ich das schriftlich haben?«

Eine Minute nachdem Nico zur Tür hinaus ist, krieg ich eine Nachricht von ihr:

> ES WIRD BESTIMMT TOLL 😊 🖤

Ich muss lachen. Jetzt habe ich es schriftlich. Dann kann ja nichts mehr schiefgehen.

Nico hat mir versprochen, sich den 23. August frei zu halten, um auch ganz sicher beim Festival sein zu können. Ich hätte nie gedacht, dass man so schnell eine so tolle Freundschaft aufbauen kann. Ich weiß, es klingt bescheuert, aber als das mit Reggie passiert ist, war ich überzeugt, meine einzige Chance auf eine beste Freundin vertan zu haben.

Und jetzt ... Mit Nico ist alles so einfach. Es ist, als hätten wir aufeinander gewartet und nur vergessen, dass wir uns schon ewig kennen. Irgendwie – auf ganz andere Art natürlich – so wie mit Leon.

Nachdem Nico gegangen ist, bemühe ich mich nach Kräften, den Gedanken-Schwarm zu beschäftigen: Ich löse ein Kreuzworträtsel, wische an der Kaffeebar herum, bis alles glänzt, und fülle Klarspüler und Salz in der Spülmaschine nach. Währenddessen überlege ich, ob Leon wohl in die Ferien gefahren ist, wenn ja, wohin, und wen er dort kennenlernen könnte. Mit anderen Worten: Die Bienen sind ziemlich unbeeindruckt von meinen Versuchen, sie von der einen Blume wegzulocken. Ich beschließe, noch die Zuckerstreuer nachzufüllen. Hinten im Lager bemerke ich an einem der Haken, an denen wir im Winter unsere Jacken aufhängen, eine kleine pinkfarbene Geschenktüte. Hat vermutlich ein Gast liegen lassen und die anderen haben vergessen, mir Bescheid zu sagen, denke ich gerade, als die Türklingel geht. Yay! Mein Bruder ist überpünktlich. Hoffentlich hat er nicht schon die schweren Pflanzen ganz allein ausgeladen.

»Ich bin hier hinten«, rufe ich. »Brauchst du Hilfe?«

Als nicht gleich eine Antwort kommt, trete ich aus dem Lager hinter den Tresen.

»Ja, dringend«, sagt Leon. »Ich vermisse dich nämlich.«

Ich starre ihn an wie eine Fata Morgana. Er ist es wirklich. Graublaue Augen, in die ein paar sonnengebleichte Haarsträhnen hängen. Ausgewaschenes hellblaues Hemd. Jeans. Und ein etwas verlegenes Lächeln, das zu sagen scheint: *Ich weiß auch nicht so richtig, wie ich hierherkomme.*

»Und die Punschtörtchen«, fügt er hinzu.

Ich stehe da, den Vorratsbehälter mit braunem Zucker in der Hand, und sehe Leon über den Tresen hinweg an. Dann stelle ich den Zucker ab, öffne die Vitrine, nehme mit der Gebäckzange das letzte Törtchen heraus und platziere es mit Kuchengabel und Serviette auf einem Teller. Meine Hand zittert ein bisschen.

Ich gehe um den Tresen herum zu dem Tisch, an dem Leon gestanden hat, als er das erste Mal im *Fill up* war, und stelle den Teller ab. Und plötzlich bin ich ziemlich sicher, dass er ein ähnliches Bienen-Problem haben muss wie ich.

»Ich vermisse dich auch«, sage ich.

Ein unausgesprochenes *Und was machen wir jetzt?* steht im Raum.

»Vielleicht ist es eine totale Schnapsidee« sagt Leon mit Blick auf das Punschtörtchen, »und möglicherweise bewirkt es das Gegenteil von dem, was ich möchte. Aber ...« Er hebt den Blick und sieht mich an. »... kann es sein, dass du dich noch mal mit ihm treffen musst? Deinem Exfreund?«

Der Vorschlag kommt so unerwartet, dass ich sprachlos bin.

»Vielleicht brauchst du einen Abschluss«, fügt Leon hinzu und zuckt ein wenig hilflos mit den Schultern. »Aber vielleicht ist das, wie gesagt, auch völliger Blödsinn.«

Ich hole Luft, um ihm von Nicos Theorie zu erzählen, dass meine Reaktion nicht Milos wegen so heftig war, sondern *ihret*wegen, aber da klingelt mein Handy.

»Hey, Jack!«

»Hey, Sis. Sag mal, war der Seifenmann schon da?«

»Nein«, antworte ich überrascht. »Ich hatte auch nicht damit gerechnet. Du hast doch gesagt, er kommt spät?«

»Ja, ich hatte nur gehofft ...« Ich habe kein gutes Gefühl bei dieser Pause. »Ich stecke im Stau auf der Stadtautobahn, da vorne war irgendwo ein Unfall, keine Ahnung, wie lange das dauert.«

»Oh nein, Shit!«

»Kannst du Nico anrufen?«

»Nein, sie hat Therapie. Was ist mit Clara?«

»Die ist mit ihrer Mutter noch im Einkaufszentrum. Sie schafft es nicht rechtzeitig.«

»Dann müssen wir heute früher schließen«, sage ich. »Ich kann die Probe nicht verpassen. Kerry killt mich.«

»Aber Zoe, die Lieferung!«

Verdammt. Der Seifenmann kommt nur einmal im Monat und Waschmittel, Duschgel und Shampoo sind fast aus.

Die Türklingel geht erneut, ein junger Mann kommt herein. »Sind noch Zimtschnecken da?«, fragt er aufgeregt. »Ich habe unseren Jahrestag vergessen und sie liebt eure Zimtschnecken.«

»Alles gut«, sage ich zu dem Mann und lächle ihm beruhigend zu.

»Ich nehme alle, die noch da sind!«, antwortet er erleichtert.

»Heißt das, du bleibst?«, fragt Jack.

»Nein, das geht nicht«, antworte ich meinem Bruder.

»Warum nicht?«, fragt der Zimtschneckenmann beunruhigt. »Ich brauche sie wirklich ganz dringend.«

Ich mach das, signalisiert Leon mir und sagt: »Ich sehe, wir haben noch fünf Stück. Ich pack sie Ihnen in Papier, okay?«

»Fünf sind perfekt«, sagt der Mann erleichtert. »Wir haben den fünften Jahrestag.«

»Um die Ecke von *Bernds Biosupermarkt* gibt es einen netten Blumenladen«, plaudert Leon weiter. »Die haben um diese Zeit immer noch schöne Sträuße.«

»Blumen!«, ruft der Zimtschneckenmann, als hätte Leon soeben die Glühbirne erfunden. »Sie sind ein Genie!« Und plötzlich kommt mir ein Gedanke.

»Zoe??«, fragt Jack in meinem Ohr. »Bist du noch dran?«

»Ja, bin noch dran. Warte kurz.« Ich lege die Hand auf das Mikro meines Telefons.

»Leon, hast du jetzt Zeit? Bis um sieben? Könntest du den Laden übernehmen und abschließen?«

Er reicht dem Mann seine Zimtschnecken. »Das macht vierzehn fünfzig.« Während der Kunde in seinem Portemonnaie nach Kleingeld sucht, lächelt Leon mich an und meint: »Klar. Kein Problem.«

Ich nehme mein Handy wieder ans Ohr. »Leon ist grade hier.«

»Oh«, sagt Jack. Übersetzt bedeutet das in etwa: *Ich dachte, ihr seht euch nicht mehr. Ich hab ihm vielleicht in einem Fall Unrecht getan, aber er ist immer noch der Sohn unseres Erzfeindes.*

»Er könnte übernehmen und abschließen«, sage ich. »Der Seifenmann weiß ohnehin, was zu tun ist. Ich muss in ein paar Minuten los, aber ich kann Leon noch alles erklären.«

»Viel Glück heute Abend!«, sagt Leon zu dem Kunden, als der seine Zimtschnecken in Empfang nimmt.

»Kann ich brauchen«, meint der. »Danke!«

Jack hat noch nicht geantwortet.

»Jack?«, sage ich nun. »Bist du noch da?«

Jack grunzt.

»Jack bedankt sich für dein Angebot, Leon«, sage ich laut. »Er findet es wirklich sehr nett von dir, uns aus der Patsche zu helfen.«

Leon grinst. Er weiß genau, dass Jack nichts dergleichen gesagt hat.

»Ich kann den Schlüssel morgen früh vorbeibringen«, sagt Leon.

»Also dann ist das gebongt«, sage ich zu meinem Bruder. »Leon bringt den Schlüssel morgen früh vorbei. Wir sehen uns zu Hause, Jack.«

»Okay«, sagt mein Bruder gedehnt. »Wenn es nicht anders geht. Dann bis später.«

Ich muss Leon nicht viel erklären, denn er war oft genug im Laden, um mitzubekommen, wie alles läuft. Ich zeige ihm, wie die Kasse funktioniert, wo er die Preise nachlesen kann und wo die leeren Behälter sind, die der Seifenmann mitnehmen soll. Dann gebe ich ihm meinen Schlüssel, bringe schnell Bowie nach oben und füttere ihn.

Als ich wieder runterkomme, hat Leon ein Kilo Birnen, ein halbes Kilo Kaffee und einen Espresso verkauft und dabei alles völlig richtig gemacht.

Er wirkt total entspannt und ich habe keine Zweifel daran, dass er die restlichen eineinhalb Stunden problemlos überstehen wird. Außerdem bin ich jetzt schon so spät dran, dass ich keine Zeit habe, mir groß den Kopf zu zerbrechen.

»Danke, Leon! Du tust uns einen Riesengefallen.«

»Mach ich gerne.«

»Also, vor allem mir.«

»Dann besonders gerne.« Er grinst.

Ich grinse zurück.

Ich umarme ihn ganz schnell, und die Schmetterlinge legen einen Senkrechtstart hin. Im nächsten Moment fliege ich zur Tür hinaus, und das glückliche Grinsen bleibt noch minutenlang auf meinen Lippen. Alles fügt sich zusammen, als würden plötzlich viele kleine Räder ineinandergreifen, anstatt sich ständig zu verkeilen.

Leon hat ja keine Ahnung, wie groß der Gefallen tatsächlich ist, den er mir tut, indem er das Abschließen heute übernimmt. Und Jack hat keine Ahnung, *wie* wichtig es ist, dass ich heute zur Probe gehe. Ich habe es noch niemandem gesagt außer Nico. Normalerweise wäre es kein Drama, eine Probe zu verpassen, und unser Repertoire für das Happy-Days-Festival steht seit vielen Wochen. Aber bei der heutigen Probe werde ich zum allerersten Mal ein Solo übernehmen. Und Kerry musste mich nicht mal überreden. *Ich* hab sie darauf angesprochen. Und jetzt bin ich zwar schrecklich aufgeregt, aber auf eine gute Art. Auf einmal kann ich es nicht erwarten zu zeigen, was ich kann. Verrückt, oder? Vor einem Monat wäre mir das nicht im Traum eingefallen.

Und plötzlich bin ich so weit. Einfach so.

14. Und wenn es nicht gut ist ...

Die Probe hat fast drei Stunden gedauert, aber für mich ist sie nur so verflogen. Ich habe nicht *ein* Solo geprobt, sondern drei, von denen wir eines völlig neu erarbeiten müssen, »Rolling in the Deep« von Adele. Ich habe es vorgeschlagen, weil es so gut zu meiner Stimme passt und ich die Nummer toll finde. Die Mädels haben mit der Begleitung improvisiert und es hat einfach unglaublich geklungen! Wenn wir beim Festival nur halb so gut sind, haben wir schon gewonnen – und die Zuhörer auch!

Die anderen beiden Stücke, »Royals« von Lorde und »Kiss« von Prince, haben schon andere Solistinnen der Dezibellas gesungen, bevor ich in die Gruppe kam. Ich hatte befürchtet, dass es Widerstand von ihnen geben würde, und wollte eigentlich nur die Adele-Nummer singen. Aber Kerry bestand darauf, dass ich es versuche, und die anderen Mädels waren so lieb zu mir! Alle haben mir gratuliert und gemeint, ich müsse wenigstens zwei Soli übernehmen!

Kerry und ich sind nach der Probe noch ein Stück gemeinsam gegangen. Sie hat mich nur um die Schultern genommen, gedrückt und ganz lang gezogen »Naaaaaaaa?« gesagt.

Ich habe einen Augenblick meinen Kopf an ihre Schulter gelehnt und auch mit einem einzigen Wort geantwortet: »Danke!«

Ich schwebe nach Hause, anders kann ich es nicht beschreiben. Ich hab mich noch nie so leicht gefühlt! Heute muss mein absoluter Glückstag sein. Mein Handy brummt, als ich in unsere Straße einbiege. Nico.

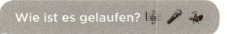

Wie ist es gelaufen? 🎼 🎤 🎩

Bei der Antwort vertippe ich mich gefühlte vierzehn Mal, aber ich gebe nicht auf.

Dann war das vielleicht doch Tego heute Morgen?

> Oh nein 😣
> Das tut mir leid.
> Trotz Cupcakes?

Nico hat aus Fondant Köpfe mit verschiedenen Frisuren geformt, winzige Scheren und Haartrockner. Sie hat mir Fotos geschickt, bevor sie losgegangen ist.

> Er hat den Karton nicht mal aufgemacht. Dieser Idiot. Ich bin nach fünf Minuten wieder gegangen. Die Cupcakes hab ich mitgenommen. Wir können sie morgen im Laden verkaufen, wenn die Creme so lange hält.

> ☹️ Du hast dir so viel Mühe gegeben.

> 👩 Vielleicht ist irgendwas passiert. Ich hab versucht, es rauszukriegen, aber besoffen ist nicht mit ihm zu reden. Gott, ich HASSE Alkohol.

Vor zwei Tagen hat sie mir erzählt, dass ihre Mutter sich gemeldet hat. Sie ist seit dreizehn Wochen clean und will Nico treffen, aber die Großmutter hat Nein gesagt. Drei Monate hat sie schon öfter geschafft und ist immer wieder rückfällig geworden. Sie hat ihrer Tochter gesagt, wenn sie ein halbes Jahr clean ist, könnten sie drüber reden. Da muss schon sehr viel passiert sein, dass eine Mutter so hart zu ihrer Tochter ist. Ich verstehe, dass Nico Alkohol hasst.

Ich hätte nichts sagen sollen! Lass dir deinen Triumph bitte nicht von mir versauen! Ich freu mich so für dich! 🖤

Weiß ich doch, danke 🤍

Als ich das Handy wieder einstecke, bin ich vielleicht noch hundert Meter vom *Fill up* entfernt. Irgendetwas ist anders als sonst und plötzlich habe ich ein mulmiges Gefühl in der Magengrube. Ich beschleunige meine Schritte, fange an zu rennen. Als ich näher komme, kann ich erkennen, dass jemand sich den idiotischen Spaß gemacht, unsere Gartentische und die Stühle umzuwerfen. Deshalb sah es von Weitem anders aus. Nur ein Tisch steht noch und auf dem hockt mein Bruder, sein Handy in der Hand.

»Jack«, rufe ich atemlos. »Alles okay?« Der Laden ist dunkel, ich sehe zum Glück kein zerbrochenes Glas.

Er lacht müde. »Nein, *alles okay* trifft es nicht ganz.«

»Was meinst du?«

Ich stehe jetzt direkt vor ihm, will einen der Stühle wieder aufstellen und merke, dass die Lehne zerbrochen und ein Stuhlbein geknickt ist. Das passiert nicht beim Umwerfen. Da hat sich jemand Mühe gegeben.

»Jemand hat unseren Laden getrasht«, sagt Jack emotionslos. »Und zwar verdammt gründlich.«

»Das ist nicht so schlimm, wir bringen morgen die zerbrochenen Gartenmöbel auf die Deponie. Nico hat mir von diesem Secondhandkaufhaus erzählt, die haben auch Möbel und ...«

»Der Außenbereich ist das kleinste Problem«, unterbricht Jack mich. »Ich meine drinnen.«

»Ein Einbruch?«, frage ich erschrocken. »Wie schlimm ist es?«

Jack schüttelt langsam den Kopf. »Kein Einbruch«, sagt er. »Es war nicht abgeschlossen.«

»Was?« Ich schüttle den Kopf, als ob ich diese Informationen zurechtschütteln müsste, damit sie einen Sinn ergeben. »Leon hat doch ...«

»Offenbar hat er nicht«, sagt Jack trocken. »Und ich kann dir sagen, Zoe, dass es mir diesmal nicht den geringsten Spaß macht, recht zu haben.«

»Aber ... Jack ...«, stammle ich. »Leon würde doch nicht ... er würde *nie* ...«

»Dann erklär mir das hier«, sagt Jack, steht auf und geht in den Laden. Ich folge ihm, und als er das Licht einschaltet, denke ich einen Moment lang, ich bin in einem Film. Keinem schönen Film. Einem Film über eine Naturkatastrophe. Nur dass das hier keine höhere Gewalt war, sondern ganz gemeine, hinterhältige menschliche Gewalt. Umgeworfene Regale, aufgerissene Vorratssäcke, zertretene, geplatzte Milchpackungen, zermatschtes Obst und Gemüse. Unsere Selbstbedienungs-Kanister für Seifen-, Waschmittel- und Olivenölabfüllung umgestoßen, einer ist sogar aufgeschnitten. Der Inhalt hat sich auf dem Boden mit Mehl, Nüssen, Haferflocken, Trockenobst und Klopapier vermischt. Unser liebevoll zusammengetragenes Mobiliar, umgestoßen, zerbrochen. Das Ganze lässt an den Frachtraum eines sinkenden Schiffes denken.

»Die Kaffeemaschine?«, frage ich wie in Trance. Die Kaffeemaschine ist mit Abstand das teuerste Stück Einrichtung, das wir für den Laden gekauft haben.

»Jemand hat den Siebträger rausgerissen und damit auf die Lampe gezielt.« Jack deutet auf eine unserer Lampen, deren Birne zerschlagen ist. »Jedenfalls vermute ich das. Die Maschine war umgeworfen, aber ich glaube, sie ist okay. Dafür waren sie im Lager.«

»Im Lager? Ich habe Leon gesagt, dass er das Lager extra abschließen muss.«

Jack zuckt mit den Schultern. »Das Schloss ist intakt.« Er öffnet die Tür zum Lager und schaltet das Licht ein. Die Regale, die die Wände des relativ langen, schmalen Raums säumen, liegen in Trümmern.

»Hast du Clara angerufen?«

»Hebt nicht ab. Ihre Mitbewohnerinnen haben doch heute diese Abschiedsparty. Ich hab ihr eine Nachricht geschickt.«

»Nico?«

»Das wollte ich dir überlassen.«

»Sie kommt ohnehin morgen Früh. Sie hat ja Dienst.«

Jack sieht mich an, als würde er sich um meinen Geisteszustand Sorgen machen. »Zoe, wir können nicht aufmachen, so wie der Laden aussieht. Ich weiß nicht, *wann* wir wieder aufmachen können. Fast die gesamte Einrichtung ist hin. Der Wert der Waren, die kaputt sind, geht sicher in die Tausende. Und jeder Tag, den das *Fill up* geschlossen ist, kostet Geld.«

»Oh Gott.« Mir wird plötzlich speiübel. Wir müssen Rechnungen und Kreditraten bezahlen. Das erste Jahr war hart und hat Moms Reserven aufgefressen. Der Laden hat gerade angefangen, endlich Gewinn abzuwerfen, aber das hier könnte uns ruinieren.

»Mom!«, rufe ich erschrocken. »Du hast ihr doch noch nichts erzählt?«

Jack schüttelt den Kopf. »Nein. Ich will die Zeit nützen, die wir haben, um Schadensbegrenzung zu betreiben. Sie erfährt es früh genug.«

Ich schicke Nico eine Nachricht, halte mein Handy hoch und filme das Schlachtfeld, das vor ein paar Stunden noch unser geliebtes *Fill up* war. Dann schicke ich das Video an Leon weiter.

Er ist online und seine Antwort kommt postwendend.

> WTF????

> Wir hatten Besuch. Keine Hinweise auf einen Einbruch. Du hast doch richtig abgeschlossen, oder?

Es kommt keine Antwort, dafür klingelt mein Telefon.

»Zoe, um Himmels willen, natürlich hab ich abgeschlossen! Ich hab das Lager abgeschlossen, wie du's mir gesagt hast, und die Eingangstür auch. Doppelt. Und dann dran gerüttelt, um sicherzugehen. Denkst du, ich kapier nicht, was das für eine Verantwortung ist? Und was für ein Vertrauensbeweis?«

Ich weiß nicht, was ich sagen soll, denn Tatsache ist, der Laden wurde zerstört, und wer immer es getan hat, musste nur eine Türklinke runterdrücken. Und in dem Moment fällt mir das Allerschlimmste ein: Wenn nicht abgeschlossen war, zahlt die Versicherung nicht!

»Ich bin gleich da«, sagt Leon, dann ist die Verbindung unterbrochen.

Jack hockt auf dem Tresen, die Beine angezogen, den Kopf auf den Knien. »Wenn er zugibt, dass er nicht abgeschlossen hat, haben wir vielleicht Chancen über die Haftpflichtversicherung.«

»Ich glaube nicht, dass er den Laden unversperrt gelassen hat. Und schon gar nicht absichtlich.«

»Du hast selbst gesagt, dass die Anerkennung seines Vaters ihm extrem wichtig ist.«

Das hat man davon, wenn man mit seinem Bruder ein offenes Gespräch führt.

»Ja, schon, aber das heißt doch nicht ...«

»Und du denkst nicht«, unterbricht Jack mich, »dass das Ganze ein sehr eigenartiger Zufall ist? Wir haben einen Konkurrenten, der uns von Anfang an das Leben schwer gemacht hat. Sein Sohn kriegt für einen Abend den Schlüssel und dann passiert *das*?« Jack macht eine Armbewegung und bezieht damit die ganze Katastrophe mit ein.

Ich schüttle den Kopf. »Natürlich ist es ein sehr eigenartiger Zufall, aber Leon würde niemals ...«

»Verdammte Scheiße.« Eben kommt Leon durch die Tür und sein Gesichtsausdruck ist purer Schock. Er geht auf Jack zu und hält ihm am ausgestreckten Arm den Schlüssel entgegen, als hätte er Angst, näher zu kommen. »Leute, ich schwöre euch: Der Laden war verschlossen, als ich gegangen bin, und alles war in bester Ordnung.«

»Um wie viel Uhr bist du gegangen?«

»Um Viertel nach sieben. Zwei vor sieben war noch eine Frau da, um Hafermilch zu kaufen.«

Die mit den drei Kindern. Sie kommt häufig kurz vor Ladenschluss.

»Und wo hattest du den Schlüssel danach? Kann ihn jemand genommen haben?«

Jacks Tonfall ist der eines Polizisten, der einen Verdächtigen verhört. Aber das Ganze ist so offensichtlich eine Ausnahmesituation, dass Leon es einfach akzeptiert.

»Nein. Ich hatte ihn in der Hosentasche und dann in meinem Zimmer auf dem Schreibtisch.«

Er wirkt sogar erleichtert über Jacks Fragen, als würde er die Gelegenheit begrüßen, zum Beweis seiner Schuldlosigkeit beitragen zu können.

»Hat dein Vater gewusst, dass du ihn hast?«

Leons Kiefer arbeiten, er holt tief Luft. »Nein. Ich habe ihm nicht auf die Nase gebunden, dass ich jetzt Aushilfsdienste in einem Konkurrenzunternehmen schiebe. Und selbst wenn ich es ihm gesagt hätte: Denkst du ernsthaft, er würde so etwas tun? Er ist der Besitzer einer Supermarktkette, kein Mafiaboss!«

»Na dann ist ja alles gut«, ruft Jack und wirft mit einer Geste der Resignation die Arme in die Luft. »Niemand ist schuld. Alle haben alles richtig gemacht. Schade nur, dass es hier trotzdem so aussieht.«

»Und das tut mir auch schrecklich leid«, sagt Leon. »Aber ich kann deswegen nicht die Verantwortung übernehmen!«

»*Nein*. Bitte nein.«

Wir wenden uns alle der Tür zu und da steht Nico. Blass, ungeschminkt, ohne den üblichen Kajalstift um die Augen und die stark getuschten Wimpern wirkt sie wie ein kleines Mädchen. Ihr Gesichtsausdruck ist Schock pur.

»Bitte sagt mir, dass das nur ein Albtraum ist.«

Sie kneift die Augen zusammen, und als niemand von uns etwas sagt, öffnet sie sie wieder und erst jetzt, beim zweiten Blick, scheint sie wirklich zu glauben, was sie sieht.

Sekunden später liegen Nico und ich uns in den Armen. Fast habe ich das Gefühl, dass ich sie trösten muss und nicht umgekehrt. Und irgendwie verstehe ich das sogar. Das *Fill up* war ein neuer Anfang für sie. Sie konnte sich bewähren, sie war umgeben von Menschen, die sie gernhatten und respektierten. Innerhalb kürzester Zeit ist unser Laden so was wie ein zweites Zuhause für sie geworden. Sie identifiziert sich genauso damit wie Jack und ich. »Wer macht so was?«, fragt sie heiser, als wir unsere Umarmung lösen, und es wirkt, als müsste sie sich zwingen, einen Rundblick zu machen, um das Ausmaß der Zerstörung bewusst wahrzunehmen. »Wer macht so was Gemeines?«

Ich werfe Jack einen warnenden Blick zu. Er sagt nichts und vermeidet es, in Leons Richtung zu sehen. Nur die Muskeln in seinem Kiefer bewegen sich vielsagend.

»Wir haben keine Ahnung«, antworte ich.

Jack starrt vor sich hin. »Ich war halb verhungert, als ich endlich aus dem Stau raus war«, sagt er, »und bin noch was essen gegangen. Wäre ich direkt nach Hause gefahren, hätte ich die Arschlöcher vielleicht erwischt.«

»Du denkst, es waren mehrere?«, fragt Leon.

Jack zuckt mit den Schultern. »Ich habe natürlich keine Ahnung«, sagt er, »aber das hier sieht nach sehr viel Arbeit für einen Einzelnen aus.«

»Dann bin ich dankbar, dass du nicht früher zu Hause warst!«, erkläre ich ihm. »Was denkst du, wie die reagiert hätten, wenn sie überrascht worden wären!«

»Wahrscheinlich waren sie nicht lange hier«, mutmaßt Jack weiter. »Unsere Straße ist zwar ruhig, aber was die hier aufgeführt haben, geht nicht grade lautlos vor sich.«

»Stimmt«, sagt Leon. »Auch wenn hier nicht viel los ist, das Risiko, beobachtet zu werden, ist trotzdem groß. Wahrscheinlich haben sie das Licht gar nicht eingeschaltet.«

»Und einer hat sicher Schmiere gestanden.«

»Sie sind rein, haben hier in kürzester Zeit möglichst viel kaputt gemacht und sind wieder raus.«

Während die zwei Jungs, ohne es zu merken, gemeinsam den Tathergang rekonstruieren, setzt Nico sich mit hängenden Schultern auf einen der noch intakten Stühle. »Aber warum gerade das *Fill up*?«, fragt sie leise. »Ich meine, um jemandem so was anzutun, muss man schon mehr als wütend sein...«

Plötzlich wird Nicos Blick starr, sie steht auf, macht zwei Schritte in den Raum, hockt sich auf den Boden und hebt etwas auf. Ich dachte, sie hätte blass ausgesehen, als sie reingekommen ist, aber jetzt verschwindet wirklich jegliche Farbe aus ihrem Gesicht.

»Oh nein«, flüstert sie.

Ich bin sofort bei ihr und sie hält mir ihre Hand entgegen. Auf der geöffneten Handfläche liegt ein kleiner Fetzen rot-silbernes Papier, das definitiv nicht aus unserem Laden stammt. Ich brauche einen Augenblick und dann weiß ich es wieder. Die speziellen Proteinriegel, die es nur in Amerika gibt.

Tego.

✦15.✦ ... dann ist es noch nicht das Ende

Es stellt sich heraus, dass Nico mir nur die zensierte Kurzfassung der Begegnung mit Tego und den anderen Jungs im Park erzählt hat.

»Er wird manchmal richtig cholerisch, wenn er was trinkt. Hat mich als Lügnerin und Schlampe beschimpft, die es mit jedem treibt, der Kohle hat.«

»Was?« Ich bin verwirrt. »Was meint er?«

»Hab ich ihn auch gefragt. Er meinte nur, ich sollte mich schämen, ihn anzulügen. Ich weiß natürlich, dass er auf mich abfährt. Ich hab ihm schon vor Monaten gesagt, dass ich nicht auf der Suche bin. Weiß nicht, wie er auf die Idee kommt, dass sich was geändert hat. Er kann nichts gehört oder gesehen haben, weil es da nichts gibt. Aber ich hatte keine Lust, mich vor einem Betrunkenen zu rechtfertigen. Hab meine Cupcakes genommen, ihm gesagt, dass mir absolut jeder lieber wäre als ein Idiot wie er, und bin gegangen.«

»Aber ich verstehe nicht«, schaltet Leon sich ein, »wenn er auf irgendeinen reichen Typen eifersüchtig ist – wieso trasht er deshalb euren Laden?«

Und da fällt es mir wieder ein. »Oh nein«, flüstere ich. »Ich hätte doch was sagen sollen, aber ich war nicht sicher und ich hatte ja keine Ahnung ...«

»Zoe«, unterbricht Jack mich mit gerunzelter Stirn. »Was meinst du? Was hättest du sagen sollen?«

Ich wende mich Nico zu. »Wenn ich es dir erzählt hätte«, versuche ich zu erklären, »dann hättest du gewusst, was er meint, und du hättest es ihm wahrscheinlich ganz leicht ausreden können ...«

Nico schüttelt verwirrt den Kopf und Jack schaltet sich erneut ein: »Wir haben immer noch keine Ahnung, wovon du redest, Zoe ...«

Nach einem tiefen Atemzug setze ich neu an. »Ich rede davon«, sage ich zu Jack, »dass *du* der reiche Typ bist! Wisst ihr noch, heute Morgen? Als ihr rumgealbert habt! Nico hat auf dem Tisch gesessen ... und du hast sie runtergehoben ...«

»Ja?«, fragen beide gleichzeitig.

»Tego muss euch beobachtet haben. Er war auf der anderen Straßenseite. Ich habe ihn zufällig gesehen, als ich runtergekommen bin. Er hat nach einer Dose getreten und wirkte richtig wütend. Aber ich war nicht hundertprozentig sicher, dass er es war, deshalb hab ich nichts gesagt ...«

»Oh«, machen Jack und Nico, wieder genau gleichzeitig.

»Für ihn sah das sicher so aus, als würdet ihr flirten.« Ich zucke mit den Schultern. »Vor allem, wenn er in Nico verknallt ist.« Ich seufze. »Eifersucht fühlt sich nun mal scheiße an.«

Ich spüre, wie Leon meinen Blick sucht, als ich das sage, aber ich lasse meine Augen gesenkt.

»Das heißt, vermutlich war es dieser Tego mit seinen Kumpels«, meint Jack. »Aber das erklärt immer noch nicht, weshalb die Tür unverschlossen war.«

»Beide Türen«, füge ich hinzu. »Die zum Lager war auch nicht verschlossen.«

Ein paar Sekunden lang ist es still.

»Sollen wir die Polizei holen?«, frage ich schließlich.

Komisch, dass noch niemand daran gedacht hat.

»Die Jungs werden einander Alibis geben«, sagt Nico sofort. »Die halten zusammen wie Pech und Schwefel.«

»Und alles, was wir haben, ist ein kleiner Fetzen Papier«, sage ich mit einem Seufzer. »Das ist kein Beweis.«

»Und wenn man ihn provoziert und dazu bringt, es zuzugeben?«, überlegt Leon laut.

»Soll Nico sich vielleicht verdrahten lassen und diesen Tego und seine Kumpels in eine Falle locken?« Jack lächelt müde und schüttelt den Kopf. »So was klappt doch nicht mal im Film.«

»Es würde auch gar nichts bringen«, sagt Nico. »Tegos Familie hat keine Kohle. Und er wäre vorbestraft.« Den letzten Satz flüstert sie.

»Verdientermaßen«, sagt Jack und zieht die Augenbrauen hoch. Ich weiß, was er denkt. Ergreift Nico etwa für diesen cholerischen Vandalen Partei?

»Ja, vielleicht. Aber er hatte einen beschissenen Start. Gewalttätiger Vater. Mutter mit ihm und den Geschwistern ins Frauenhaus geflüchtet. X-mal Schule gewechselt. Mit der Wut, die in ihm steckt, könnte man locker ein Kraftwerk betreiben.«

»Oh Mann«, seufzt Jack und fährt sich mit beiden Händen übers Gesicht.

»Er muss zur Therapie, nicht ins Gefängnis«, sage ich leise.

Nico verzieht das Gesicht. »Das Wort *Therapie* kommt in seinem Wortschatz nicht vor. Therapie ist für Schlappis und Weicheier.« Sie verzieht das Gesicht. »Und Frauen natürlich.«

»Okay, Leute.« Jack springt vom Tresen. »Wir sind alle müde und heute gibt es hier nichts mehr zu tun. Zoe, schreibst du noch was auf die Tafel, damit die Kunden Bescheid wissen?«

Ich nicke, hole ein Schwammtuch aus dem Spülbecken und lösche die Tafel ab, auf der wir sonst unsere Tagesangebote ankündigen. Dann schreibe ich »Heute aus familiären Gründen geschlossen«, während mein Bruder fortfährt: »Am besten treffen wir uns morgen früh, beseitigen mal den schlimmsten Dreck, sodass man den vollen Schaden ermessen kann, und versuchen zu retten, was zu retten ist.« Er scheint einen Augenblick nachzudenken. »Sorry, Leute, ich kann natürlich niemandem vorschreiben, zu kommen ...«

»Aber natürlich kommen wir!«, ruft Nico empört, bevor Jack weiterreden kann.

Es ist ein kleiner, heller Moment in dieser rabenschwarzen Nacht, als auch Leon zustimmend nickt und »Na klar!« sagt, als wäre seine Solidarität völlig selbstverständlich.

Nico hält mir die Tür auf und ich gehe hinaus, um die Tafel an ihren gewohnten Platz zu stellen. Wenigstens das wird morgen so sein wie immer, denke ich schweren Herzens.

»Scheiße«, höre ich Nico hinter mir flüstern und im nächsten Moment beginnt sie zu schluchzen. Als ich mich umdrehe, hockt sie heulend auf dem Pflaster, ein abgebrochenes Tischbein an sich gedrückt. Sie blickt zu Jack auf. »Unser Tischchen«, schluchzt sie. »Diese Arschlöcher haben unser Tischchen kaputt gemacht.«

Und in dem Moment heule ich auch los. Nicht, weil das kaputte Tischchen das Schlimmste von allem ist. Aber es steht für einen kleinen, unschuldigen Laden, der es nur gut gemeint und das alles nicht verdient hat.

Ich schlafe schlecht und wache mehrmals auf. Jedes Mal denke ich ein paar Sekunden lang, ich habe einen Albtraum gehabt, bis mir klar wird, dass wirklich jemand unseren Laden verwüstet hat.

Kurz nach sechs gebe ich auf und beschließe, mit Bowie eine große Morgenrunde zu drehen. Der sieht mich zwar verblüfft an und muss erst noch sein morgendliches Stretching machen, aber dann ist er bester Laune und trabt fröhlich neben mir her durch den menschenleeren Park.

Ich wollte echt, ich wäre ein Hund. Kein Bedauern über die Vergangenheit. Keine Sorgen wegen der Zukunft. Er hat zu essen, ein Dach über dem Kopf und es regnet nicht. Die Luft ist noch kühl und im Park riecht jede Ecke anders. Mit anderen Worten: Heute ist ein guter Tag für Bowie.

Halb hoffe ich, dass Nico auf dieselbe Idee gekommen ist, aber ich treffe außer einem einsamen Jogger keine Menschenseele.

Ich glaube, heute hätte ich keine Angst vor Tego und seinen Kumpels. Heute bin ich wütend genug, um hinzugehen und die Idioten zur Rede zu stellen. Aber die Chance kriege ich nicht: Auch der Spielplatz ist verlassen.

Als Bowie und ich auf dem Heimweg sind, noch einen Block vom *Fill up* entfernt, richtet der Hund sich plötzlich auf, streckt seine Nase in die Luft und beginnt, an der Leine zu ziehen. Das tut er eigentlich nur, wenn Lieblingshunde oder Lieblingsmenschen in seinem Geruchsradius auftauchen.

»Bowie, Himmelnochmal!« Der Hund zerrt mich Richtung *Fill up*, und als wir um die Ecke biegen, ist mir auch klar, warum. Clara sitzt auf der Schwelle zur Ladentür, die Arme um ihre hochgezogenen Knie geschlungen, und als ich nahe genug bin, sehe ich, dass sie geweint hat.

Ich lasse Bowie von der Leine und er stürmt voller Begeisterung auf Clara zu, um sie zu begrüßen. Euphorischer Hund funktioniert immer, aber heute entlockt selbst Bowies Übermut Clara nur den Anflug eines Lächelns. Natürlich greift sie dennoch ganz automatisch in die Tasche ihrer Jeans und holt ein Leckerli hervor. Eine weitere Bestätigung für Bowie, dass heute ein guter Tag ist.

»Clara.« Ich setze mich neben sie. »Warum sitzt du hier ganz allein und bist nicht rauf zu Jack?«

Sie sieht aus, als würde sie jeden Moment wieder zu weinen anfangen.

»Ich weiß, es ist ein Schock.« Als ich jetzt durch die Glastür einen Blick auf das Chaos da drinnen werfe, muss ich selbst schlucken. »Aber wir kriegen das schon wieder hin, ganz bestimmt.« Ich hoffe es jedenfalls. Ich hoffe es so sehr.

Clara schüttelt den Kopf, erst langsam, dann immer heftiger, als wollte sie »Nein, nein, nein« sagen. Sie wirkt fast noch mehr geschockt als wir gestern und ähnlich wie bei Nico finde ich mich in der Rolle der Trösterin wieder.

»Nicht doch, Clara. Wir schaffen das. Ganz sicher.«

Ich will den Arm um sie legen, doch sie zuckt zurück, als wäre ich eine giftige Spinne.

»Du verstehst nicht, Zoe«, sagt sie und beginnt zu schluchzen. »Jack wird mit mir Schluss machen. Deine Mutter wird nie wieder mit mir reden. Und du wirst mich auch hassen.«

»Um Himmels willen, wie kommst du denn auf so was?«, erwidere ich nach einem Moment der Sprachlosigkeit entsetzt. »Ich könnte dich nie hassen und Jack macht bestimmt nicht mit dir Schluss und für Mom gehörst du ...«

»Aber ich bin an allem schuld«, unterbricht Clara mich. »Es ist alles meine Schuld!«

»Clara, was redest du denn? Du warst überhaupt nicht hier, und überhaupt, wie sollst du ...«

»Aber ich *war* hier.« Sie schlägt die Hände vors Gesicht. »Um halb acht etwa.«

Und dann erzählt sie, von Schluchzern unterbrochen, wie genervt sie von ihrer Mutter war, die sie durchs Einkaufszentrum geschleppt hat und ihr unbedingt ein Kleid kaufen wollte, obwohl Clara nur noch secondhand shoppt und auch gar kein Kleid braucht. Und wie sie abfällige Bemerkungen über »diese Mädchen« gemacht hat, Claras Mitbewohnerinnen. »Ich weiß, das ist bloß ihre Art zu zeigen, dass sie mich vermisst«, sagt Clara unter Tränen. »Aber es war so *anstrengend*!« Sie schnieft und holt dann tief Luft.

Ich schaue Clara mit großen Augen an.

»Als sie mich endlich abgesetzt hat, war die Abschiedsparty von Lisa und Lena schon in vollem Gange. Irgendjemand hat mir ein Glas Bowle in die Hand gedrückt und ich hab es in einem Zug ausgetrunken, weil ich so durstig war und gestresst und alle anderen schon so gut drauf waren. Und dann hab ich noch ein Glas getrunken, weil das Zeug wie Saft geschmeckt hat. Ich war beim dritten Glas, als mir eingefallen ist, dass ich die Abschiedsgeschenke für die Mädels im *Fill up* vergessen habe.«

Die pinkfarbene Papiertüte, denke ich.

»Ich bin hergerast, hab aufgeschlossen, die Tüte geschnappt und bin wieder raus. Ich ...« Clara holt Luft und ein Zittern geht durch ihren ganzen Körper. »Ich muss viel betrunkener gewesen sein, als ich dachte. Oh Gott, ich fass es einfach nicht, dass mir das passiert ist, ich trink nie wieder was, in meinem ganzen Leben nicht ...«

»*Was* ist dir passiert?«

Wir waren beide so in unser Gespräch vertieft, dass wir Jacks Schritte nicht gehört haben. Clara sieht zu ihm auf, ihre Blicke treffen sich und im nächsten Moment weint sie so herzzerreißend los, dass Jack mich geschockt ansieht.

Ich stehe auf, gehe mit Bowie nach hinten in den Hof und lasse die beiden allein. Nachdem der Hund eine Portion Trockenfutter gekriegt hat, suche ich mir ein paar Gummihandschuhe, einen Eimer und einen großen Müllsack und fange an, Müll einzusammeln. Irgendwann kommt Leon dazu und beginnt ohne viel Worte damit, Tische, Stühle und Regalbretter aus dem Weg zu schaffen. Was nicht mehr repariert werden kann, stapelt er neben der Eingangstür. Die Möbelstücke, die noch eine Chance haben, verfrachtet er in den Hof. Einmal kommen mir die Tränen, als unsere Collage aus antiken Postkarten unter dem umgekippten Shampookanister auftaucht. Sie ist nicht mehr zu retten. Mom und ich haben sicher zehn Stunden dran gesessen. Heulend versuche ich das labbrige Pappmaché-Teil in den Müllsack zu stopfen, als Leon dazukommt.

»Selber gemacht?«, fragt er.

Ich nicke unter Tränen. »Mit meiner Mutter.«

Er hält mir wortlos den Sack auf und ich versenke die Reste der Collage mit Nachdruck darin.

»Es hat bestimmt Spaß gemacht, das gemeinsam zu machen«, sagt Leon und lächelt.

»Ja, hat es.« Mom und ich hatten sogar sehr viel Freude an dem Projekt. Ich erinnere mich, wie wir uns Lebensgeschichten für die ernst blickenden Menschen auf den Postkarten ausgedacht, gemeinsam den Rahmen ausgesucht und wie wir gefeiert haben, als wir die fertige Collage als eines der ersten Bilder im *Fill up* aufgehängt haben. Das kann uns niemand wegnehmen.

Ich sehe Leon an und lächle zurück. »Es hat sogar jede Menge Spaß gemacht. Wir werden eine neue Collage basteln.«

Jack macht natürlich nicht mit Clara Schluss. Die beiden kommen Hand in Hand in den Laden, als Leon und ich gerade dabei sind, ein Regal zu zerlegen. Claras Gesicht ist rot und verschwollen vom Weinen und sie ist am Boden zerstört. Sie will sich bei uns entschuldigen, aber ich lasse sie gar nicht richtig zu Wort kommen, umarme sie nur fest. Sie hat vergessen abzuschließen, und neunhundertneunundneunzig von tausend Mal wäre trotzdem nichts passiert. Dass genau an diesem Vormittag Tego falsche Schlüsse zieht, als er Nico und Jack beobachtet, dass ich nichts sage, obwohl ich ziemlich sicher bin, ihn erkannt zu haben, dass Tego genau an diesem Tag Geburtstag hat und deshalb mehr Bier trinkt als sonst, dass weder Jack und ich zu Hause sind, dass Tego und seine Kumpels die offene Tür bemerken, als sie vorbeiziehen, und völlig unbemerkt die Einrichtung unseres Lokals trashen können, das war alles nicht vorherzusehen. Genauso hätte nichts von alledem passieren können. Tatsächlich kommt es mir so vor, als hätte das Schicksal den Ablauf dieses Abends mit einem kleinen, zynischen Lächeln perfekt durchchoreografiert, damit alles so passieren kann, wie es passiert ist: Um neunzehn Uhr fünfzehn schließt Leon ab, gegen neunzehn Uhr dreißig kommt Clara. Minuten später ist sie wieder weg und hinterlässt das Lokal unversperrt. Gegen neun ist Jack wieder zu Hause, das heißt, Tego und Co. haben gerade mal eine Stunde zwanzig Spielraum, um den Laden zu verwüsten. Das hätte auf so viele Arten schiefgehen können! Aber das Schicksal fand dieses perfekte Timing offenbar witzig. Ich habe nicht die leiseste Ahnung, warum. Ich weiß nur, wir müssen das Beste draus machen. Jack macht sich auf, um die Bestellungen für heute abzuholen. Von unterwegs wird mein Bruder telefonisch alle Lieferungen und Vorbestellungen für die nächsten Tage absagen. Ich habe noch nichts von Nico gehört, obwohl sie eigentlich auch gleich um neun hier sein wollte, und irgendwie mache ich mir Sorgen. Ich schreibe ihr zwei Nachrichten, aber sie reagiert nicht.

Gegen Mittag kommt Jack mit jeder Menge Croissants und Bagels wieder, wovon wir heute wohl nichts verkaufen werden. Wir füllen damit den Tiefkühlschrank und machen dann Pause. Es ist ein drückend heißer Tag geworden, wir brauchen alle was zu trinken und, da keiner von uns gefrühstückt hat, auch was zu essen. Während ich Bagels fülle, macht Clara Limonade und Jack fragt: »Coffee, anyone?«

»Ja, bitte«, sagt Leon. »Wenn du welchen machst.«

Clara und ich werfen einander einen Blick zu. Keine von uns würde bei der Hitze draußen Kaffee trinken wollen. Muss was mit Männlichkeit zu tun haben.

Jack nimmt den leicht ramponierten Siebträger, füllt Kaffee in das kleine Espressosieb und will den Träger wie gewohnt einspannen, was ihm jedoch misslingt. Er betrachtet verblüfft den Siebträger, versucht es noch einmal und dann noch ein drittes Mal.

»Hat der Siebträger doch was?«, frage ich Jack, der jetzt das widerspenstige Teil auf dem Tresen abgelegt hat und die Maschine aus der Nähe betrachtet.

»Der Siebträger ist okay«, sagt Jack. »Also muss die Maschine was abgekriegt haben.«

»Oh nein!« Die Maschine ist das Herzstück des Cafés! Dass sie nach der Attacke unbeschadet schien, hat mir irgendwie Hoffnung gegeben. Ich könnte heulen.

»Jemand hat *diese* Maschine kaputt gemacht?« Leon ist beinahe komisch in seiner Fassungslosigkeit. »Das ist ein Kunstwerk, nicht einfach nur eine Kaffeemaschine, wer macht denn so was?«

»Ein eifersüchtiger, betrunkener Vollidiot«, sagt Nico, die unbemerkt zur Tür hereingekommen ist, Poppy an der Leine. Sie lässt sich, sichtlich fertig, auf einem der Fensterbretter nieder und Sekunden später hat Bowie es irgendwie geschafft, sich aus dem Hof durch das immer noch von Trümmern blockierte Lager zu seiner Freundin durchzukämpfen. Die beiden begrüßen einander mit einer Begeisterung, die uns alle zum Lächeln bringt. Und ich erinnere mich an etwas, das Mom einmal gesagt hat: *Es gibt kein wirksameres Antidepressivum als einen fröhlichen Hund.*

Doch, gibt es, denke ich. *Zwei* fröhliche Hunde.

»Tut mir leid, dass ich so spät komme«, sagt Nico, nachdem sich die Hunde ein wenig beruhigt haben. »Aber ich musste diesen Verrückten finden und ihm mal sehr eindringlich sagen, was er gestern angerichtet hat.«

»Hat er es denn gleich zugegeben?«, frage ich verblüfft. Ich habe eigentlich damit gerechnet, dass er alles leugnet. Beweisen können wir ja nichts.

»Ich hab ihn nicht gefragt«, antwortet Nico. »Ich hab's ihm auf den Kopf zugesagt. Ich hab ihm in den schönsten Farben ausgemalt, wie das wird, wenn ihr zur Polizei geht. Dann hat er eine Vorstrafe *und* ist von zwei Arbeitsstellen geflogen. Wie das für seine Mutter sein wird, die mit zwei jüngeren Kindern zu Hause sitzt und kaum genug zum Leben hat.«

»Aber wir hatten gar nicht vor, zur Polizei zu gehen«, wirft Leon ein. »Das weißt du doch.«

»Ja, *ich* weiß das!« antwortet Nico. »Aber Tego nicht. Und er musste mal so einiges hören. Dass er seine Freunde da mit reingezogen hat. Dass er nicht einem schwerreichen Jungen sein Spielzeug, sondern vielleicht einer ganzen Familie die Existenz genommen hat. Alles, weil sein Stolz verletzt und er besoffen war!«

»Wir werden bestimmt nicht verhungern«, werfe ich nun ein. »Es ist ein ziemlicher Rückschlag, das schon. Aber wir kommen schon wieder auf die Füße.«

Nico sieht mich an, als wäre ich ein bisschen schwer von Begriff. »Ich habe das Ganze vielleicht noch dramatischer dargestellt, als es ist«, erklärt sie. »Wenn es nicht dramatisch genug ist, geht es nicht in seinen dusseligen Kopf. Ich hab ihm auch gesagt, dass er völlig danebenlag, was Jack und mich angeht, und dass Jack mit Clara verlobt ist.«

Clara will protestieren, aber Nico hebt beschwichtigend die Hand und kommt ihr zuvor. »Ich weiß, ich weiß, keine Rede davon. Aber ›Verlobung‹ kapiert er. Das nimmt er ernst.«

Sie lässt einen tiefen Seufzer vom Stapel und fügt dann noch hinzu: »Die Jungs waren offenbar so besoffen, dass sie gar nicht mehr genau wissen, was sie hier angerichtet haben. Er konnte mir auch nicht sagen, ob die Tür zum *Fill up* offen stand ...« Clara schlägt die Hände vors Gesicht bei der Vorstellung, dass sie die Tür womöglich nicht mal hinter sich zugezogen hat. »... oder ob er auf gut Glück dagegengetreten hat und sie dadurch aufging.«

Leon räuspert sich. »Und jetzt? Was passiert jetzt?«

Nico sieht erst Jack und dann mich an. »Als ich gegangen bin, war er so klein ...« Sie zeigt mit Daumen und Zeigefinger etwa zehn Zentimeter. »Und er hat mir geschworen, in Therapie zu gehen.«

»Na immerhin«, sagt Jack. »Dann war das Ganze wenigstens für etwas gut.«

In diesem Moment klopft es von draußen an die Eingangstür. Roswitha und ihre Freundinnen. Ich laufe zur Tür, bin aber zu spät, um sie daran zu hindern, die Tür aufzudrücken und einen Blick hereinzuwerfen.

»Was ist denn hier passiert, Kindchen?«, fragt sie entsetzt. Ich erkläre, dass unbekannte Vandalen im Laden gewütet haben und wir nicht wissen, wann wir den Betrieb wieder aufnehmen können.

Sie schüttelt ein paarmal den Kopf, betrachtet das nun schon abgemilderte Chaos und holt dann ihre Brieftasche hervor. Im nächsten Moment nimmt sie meine Hand, legt einen Schein hinein und schließt meine Finger darum.

»Ist nicht viel«, sagt sie. »Aber wir wollen helfen.«

»Aber Roswitha, das kann ich doch nicht ...«

»Aber natürlich kannst du!«, unterbricht sie mich, während die beiden Freundinnen ebenfalls ihre Geldbeutel hervorholen.

»Bestimmt wollen viele aus der Nachbarschaft helfen«, sagt Roswitha noch, bevor sie geht. »Ihr habt hier so ein schönes kleines Fleckchen geschaffen. Das muss man doch retten.«

Wir sind alle so gerührt, als die drei unter vielen guten Wünschen wieder gegangen sind, dass ein paar Augenblicke lang keiner etwas sagt. Plötzlich brummen zwei Handys gleichzeitig, Jacks und meines. Das kann nur eines bedeuten: Mom hat etwas in die Familiengruppe geschrieben.

Ich habe mein Telefon schneller bei der Hand, stelle fest, dass es eine Sprachnachricht ist, und klicke sie an.

»Ihr werdet es nicht glauben! Ich habe eine Familie gefunden, die auf einer Farm lebt! Sie haben gerade ihren Hund verloren und würden BEIDE Hunde UND die Hühner nehmen. Die Farm ist so groß, dass nicht mal Hughs Gekrähe sie abschreckt. Und weil ich genau weiß, wie eure nächste Frage lautet, kommt jetzt das Beste: Sie sind Vegetarier! Wisst ihr, wie groß die Wahrscheinlichkeit ist, in Oklahoma eine Familie von Vegetariern zu treffen? Also keine Gefahr für die Hühner! Ich muss das jetzt nur noch abwickeln und dann den privaten Kram von Tante Gertrud fertig durchsehen. Und dann noch ein Maklertermin und einer mit dem Notar. Hab gerade meinen Flug gebucht, in einer Woche bin ich wieder zu Hause! Freu mich schon so auf euch! Bis bald!«

Es ist so still im *Fill up*, dass man das Fallen der berühmten Stecknadel hören könnte.

Jack räuspert sich. »Eine Woche«, sagt er und blickt entmutigt um sich. »Wow.«

»Eine Woche sind sieben Tage, in denen wir was unternehmen können«, sage ich mit deutlich mehr Zuversicht, als ich empfinde. Aber Roswitha hat mich auf eine Idee gebracht. Und wir Beckers lassen uns nicht so leicht unterkriegen.

Ich nehme mein Handy und merke, dass mein Herz ein wenig schneller klopft und meine Hand etwas zittert, als ich den Kontakt anklicke. Immerhin war unser letztes Gespräch nicht sehr harmonisch.

Zu meiner Überraschung hebt er sofort ab. Ich hole tief Luft. »Hey, Dad. Was machst du denn gerade? Jack und ich brauchen deine Hilfe.«

16. Väter 2.0

»Aber wir können doch nicht unsere Kunden um Geld anbetteln!«, protestiert Jack. »Damit vergraulen wir sie doch bloß!«

»Ihr werdet keine Kunden verlieren, wenn ihr ihnen die Gelegenheit gebt, einen Beitrag zu leisten! Menschen helfen gerne, und zwar einfach, weil es ihnen ein gutes Gefühl gibt. Gebraucht zu werden bedeutet, Teil einer Gemeinschaft zu sein. Und in der Gemeinschaft fühlen wir uns sicher.« Mein Vater dreht die Handflächen nach oben, als hätte er eben nichts anderes getan, als das Alphabet zu rezitieren. »Das ist elementare Psychologie. Der Mensch ist ein Rudeltier.«

»Und außerdem nehmen wir doch gar keine Almosen!«, schalte ich mich ein. »Die Leute kriegen ja einen Gegenwert!«

»Ich weiß nicht ...« Jack ist nicht überzeugt, schon allein, weil es ihm schwerfällt, unserem Vater in irgendetwas zuzustimmen. Aber das hier ist Dads Element, damit kennt er sich aus. Und er hat eine knappe halbe Stunde nach meinem SOS-Ruf vor der Tür gestanden.

»Ich finde die Idee super!«, erklärt Clara. »Ich könnte Gutscheine für Hundesitting spenden. Und für Mathenachhilfe. Und den Kleiderschrank meiner Mutter plündern für den Flohmarkt.«

»Ich finde das auch genial!«, stimmt Nico zu. »Ich spende eine Schokotorte und zwei Bleche Zimtschnecken!«

»Ich backe unsere Standards«, schließe ich mich den anderen an. »Und es wird heiß sein, also mache ich einen Limonadenstand. Oder noch besser, Limonade und Eistee.«

Jack ist immer noch nicht überzeugt. »Schaffen wir die Vorbereitungen überhaupt rechtzeitig? Das ist jede Menge Organisation. Und was, wenn das Wetter nicht mitspielt?«

»Jack«, sage ich eindringlich zu meinem Bruder. »Wir haben eine Woche, bis Mom wiederkommt. In dieser Woche werden wir nichts anderes tun, als unseren Fundraiser vorzubereiten. Die Wetterprognose für nächstes Wochenende ist gut. Es kann immer alles schiefgehen. Aber ganz ehrlich: Sieh dich um!« Ich deute auf das Lokal, in dem wir zwar das allerärgste Chaos beseitigt haben, das aber immer noch nicht mal im Entferntesten an das *Fill up* von vorher erinnert. »Was soll denn noch schlimmer werden? Die Alternative wäre, den Laden zu schließen, unser Erspartes in die Hand zu nehmen und zu hoffen, dass es reicht, um für die laufenden Kosten, die Reparaturen, die neuen Möbel und die vernichteten Waren zu bezahlen. Und in der ganzen Zeit würden wir nichts verkaufen, hätten keinen Kontakt zu unseren Stammkunden und neue Kunden, die in letzter Zeit täglich dazugekommen sind, müssten abziehen und würden wahrscheinlich nie wieder kommen.«

Ein Schweigen folgt, während dessen mich alle ein bisschen verblüfft ansehen.

»Besser hätte ich's auch nicht sagen können«, sagt unser Vater schließlich. In seiner Stimme liegt so was wie Verblüffung, aber auch Stolz.

»Ich kann beim Verkauf helfen«, meldet Leon sich zu Wort, »und natürlich bei der Vorbereitung. Oder wo immer ihr mich sonst brauchen könnt.«

»Super!« Ich sehe Leon dankbar an. Er hätte auf Jacks Vorwürfe gestern Abend auch aufbrausend und beleidigt reagieren können und nichts mehr mit uns zu tun haben wollen. Stattdessen hat er sich in ihn hineinversetzt und das Ganze nicht persönlich genommen. Das kann ich ihm nicht hoch genug anrechnen.

»Gut wäre natürlich ein Unterhaltungsprogramm«, denkt mein Dad laut vor sich hin. »Musik oder so. Bei Menschen, die sich gut unterhalten, sitzt das Geld lockerer.«

Ich nicke und mache eine geistige Notiz, Kerry anzurufen. Vielleicht geht da was mit den Dezibellas.

»Sieht aus, als wären alle dafür«, stellt Jack fest. Und er macht mir nicht den Eindruck, als wäre er unglücklich darüber. Eher zufrieden, dass er überstimmt und ein persönliches Zugeständnis von ihm an Dad nicht mehr notwendig ist.

Und damit geht das Brainstorming erst richtig los: Was bieten wir an, welche Programmpunkte soll es geben, wie bringen wir die Info unter die Leute, wer übernimmt welche Aufgaben?

Mittendrin krieg ich eine Nachricht von Reggie.

> Back in town.
> When can I see u 😍 ???

Ich schicke ihr das Video, das ich tags zuvor für Leon aufgenommen habe, und schreibe dazu in unserem üblichen Mix aus Deutsch und Englisch:

> Can't now. Fill up got trashed.
> Organisieren Fundraiser.

Es kommt keine Antwort aber zwei Sekunden später klingelt mein Handy. Typisch Reggie. »Can't now« kann sie nicht akzeptieren. Aber Dad ist gerade dabei zu erklären, wie wir unser Flugblatt am besten formulieren, und davon will ich kein Wort verpassen, also bleibe ich (wahrscheinlich zum ersten Mal) hart.

> CAN'T! Sorry.

Ich will das Handy wegstecken, doch Reggies Antwort kommt nur einen Augenblick nachdem sie meine erhalten hat. Sie muss mit geflügelten Daumen getippt haben.

> Can I come? Want to help. PLEASE?

Ich atme einmal tief durch und wende mich dann an die ganze Runde. »Reggie will kommen und mithelfen. Was sagt ihr?«

Jack zieht die Augenbrauen hoch und mein Vater schaut verständnislos, weil er wahrscheinlich nicht mal weiß, wer Reggie ist, geschweige denn, was zwischen uns los war.

»Ist es denn für dich okay?«, fragt Clara.

Nico nickt. »Ja, für dich muss es okay sein. Das ist das Einzige, was zählt.«

Ich nicke. »Sie hat sich entschuldigt und will dringend alles wiedergutmachen.« Ich grinse Dad an. »In Reggies Fall geht es zweifelsohne darum, dass *sie* sich besser fühlen kann, aber einer mehr im Team kann nicht schaden.«

Leon nickt zustimmend, Jack jetzt auch, Dad grinst zurück und ich habe zum ersten Mal seit langer Zeit das Gefühl, da ist eine Verbindung zwischen uns, was Wechselseitiges.

Ich schicke Reggie das »Thumbs-up«-Emoji. Dass meine Reaktion verzögert kommt, ist ihr ohne Zweifel aufgefallen, aber ihre Antwort kommt wieder augenblicklich:

> On my way

Reggie ist keine zwanzig Minuten später da und steckt tapfer den etwas kühlen Empfang weg. Tatsächlich scheint das eher ein Ansporn für sie zu sein, denn sie sprüht nur so vor guten Ideen. Leon muss irgendwann los, betont aber noch einmal, dass er die nächsten Tage zur Verfügung steht. Nach einem kaum merklichen Zögern, das wahrscheinlich mit der Anwesenheit meines Vaters zusammenhängt, verabschiedet er sich mit einer Umarmung von mir.

»Hey«, flüstert Reggie mir zu, nachdem er gegangen ist, »dann ist das was geworden mit euch?«

Ich beschließe, das Erstaunen in ihrem Tonfall zu ignorieren. »Mal sehen«, antworte ich mit einem kleinen Lächeln. Und bin froh, dass wir noch mehr als genug Punkte auf unserer »Rettet-das-*Fill-up*«-Agenda abzuhaken haben, denn ich habe nicht wie früher das Bedürfnis, Reggie Details zu erzählen. Als Nico etwas später mit der größten Selbstverständlichkeit Poppy und Bowie aus dem Hof holt, um mit ihnen eine Runde zu gehen, bekommt Reggie große Augen, aber sagt keinen Pieps.

Am Ende dieses langen, langen Tages haben wir nicht nur zehn große, schwarze, extrastarke, mit Müll gefüllte Recycling-Säcke, sondern auch einen Schlachtplan, einen Flugblatt-Text und eine lange To-do-Liste.

»Danke, Dad«, flüstere ich, als ich meinen Vater zum Abschied lange, lange umarme. »Danke, danke, danke.«

»Es war mir eine Freude«, sagt er, drückt mich zurück und legt für die paar Schritte bis zur Tür den Arm um mich. Dann sieht er mir direkt in die Augen und nimmt meine Hände. »Zozo«, sagt er und mir fällt ein, dass er es war, der vor vielen Jahren diesen Kosenamen geprägt hat, auch wenn er derjenige ist, der ihn am seltensten verwendet. »Ich war vielleicht in der Vergangenheit kein Hauptgewinn als Papa...«

»Dad...«

»Nein, nein, lass mich ausreden.« Er holt ganz tief Luft. »Aber in Zukunft werde ich immer für dich da sein, wenn du mich brauchst, okay? Immer. Du musst es nur deutlich sagen. Ich meine, *richtig* deutlich. So, dass es dein ständig abgelenkter alter Vater mit dem miserablen Gedächtnis und der kurzen Aufmerksamkeitsspanne auch kapiert.«

Das war eigentlich ziemlich witzig, aber mir kommen trotzdem die Tränen. »Ich werde nur noch in Großbuchstaben mit dir reden«, antworte ich mit Mühe.

»Wenn ich mir nur vorstelle, wie viel Zeit mit meiner wunderhübschen, schlagfertigen, witzigen, klugen Tochter ich verpasst habe«, sagt er.

»Uns bleibt immer noch Paris«, antworte ich und dann müssen wir beide lachen. Es ist ein Zitat aus *Casablanca,* einem uralten Kino-Klassiker, den meine Eltern beide lieben – und ich natürlich auch. Der Song daraus, »As time goes by«, ist eines der Lieblingslieder meiner Mutter.

»Ich sehe, auch an deiner Allgemeinbildung gibt es nichts zu meckern«, sagt Dad mit einem Lächeln und wendet sich zum Gehen. Dann dreht er sich noch einmal um. »Bevor ich's vergesse: Philippa will auch helfen. Sie wird sich bei dir melden.«

»Danke. Sag ihr Danke. Und, Dad? Philippa ist toll. Du solltest sie behalten.«

»Ich werd mir Mühe geben.«

Dann ist er wirklich weg und ich sehe ihm nach, erschöpft, aber irgendwie glücklich, trotz des ganzen Chaos. Ich bin sicher, dass ich ganz viel von dem, was heute zwischen meinem Vater und mir passiert ist, Philippa zu verdanken habe. Das ist ihm nicht einfach so eingefallen. Aber das ist völlig in Ordnung für mich.

Jack und ich verbringen den Abend damit, unser Flugblatt grafisch so zu gestalten, dass einfach jeder danach greifen *muss*.

Dads Tipps waren wirklich sehr wertvoll, und wir haben sie super umgesetzt.

Der Titel des Events ist catchy und hashtagwürdig.

#ZeroWaste #Sommerfest im #Parkviertel!

Datum und Uhrzeit sind familienfreundlich und groß geschrieben.

SONNTAG, 8. AUGUST, 10:00 – 18:00!

Erst sagen wir den Leuten, was wir ihnen bieten.

Livemusik. Hausgemachte Limonade. Die besten Kuchen des Viertels. Kinderschminken. Flohmarkt. Vegane Snacks. Tombola. Hundebar.

Humor ist immer gut.

Bring your own Limo-Becher 😃 *→ Gratis-Refill!*

Es muss sich wie eine persönliche Einladung anfühlen.

Ein Fest ist nur so toll wie seine Gäste! Wir freuen uns auf Dich!

Als Draufgabe erfahren sie, dass sie auch noch eine gute Sache unterstützen, wenn sie dabei sind.

Mit dem Reinerlös werden die Schäden behoben, die Unbekannte im Fill up *angerichtet haben, damit Dein nachhaltiger Laden und veganes Café bald wieder für Dich da ist!*

Bis kurz vor Mitternacht sitzen wir am Computer, und als das Flugblatt endlich fix und fertig ist, sind Jack und ich es auch. Aber nicht auf dieselbe Art fertig wie gestern um diese Zeit.

»Ich hab ein gutes Gefühl«, sagt Jack mit einem müden, aber fröhlichen Grinsen.

»Ich auch«, antworte ich.

Wir posten die Ankündigung noch auf Instagram, sowohl im *Fill-up*-Account als auch in unseren privaten Accounts. Am nächsten Morgen, als ich davon aufwache, dass Bowie hingebungsvoll meine Zehen abschleckt, habe ich keine Erinnerung mehr daran, ins Bett gegangen zu sein. Wahrscheinlich bin ich eingeschlafen, noch bevor mein Kopf das Kissen berührt hat.

Jack mixt uns Smoothies zum Frühstück, dann macht er sich, Bowie im Schlepptau, zur örtlichen Polizeidienststelle auf, um unsere Veranstaltung ordnungsgemäß anzumelden. Wenn die beiden den Rückweg durch den Park nehmen, ist der Hundespaziergang damit auch gleich abgehakt – wir haben schließlich jede Menge zu tun.

Als Erstes schreibe ich eine Notiz an unsere Kunden und klebe sie an die Eingangstür. Darunter kommt der eben ausgedruckte Prototyp des Flugblattes. Ich will gerade wieder abschließen, um mich auf den Weg zum Copyshop zu machen, als sich hinter mir jemand räuspert.

Ich blicke über die Schulter zurück und da stehen Leon und – sein Vater.

Leon grinst über das ganze Gesicht. »Hey, Zoe«, sagt er. »Mein Dad würde sich gerne mal eure Espressomaschine ansehen.«

»Ich kann nichts versprechen«, hält Bernd Ackermann fest, noch bevor ich mich genug erholt habe, um auch nur »Guten Morgen« zu sagen. Er scheint nicht wegen des Small Talks gekommen zu sein, also ziehe ich einfach wortlos den Schlüssel wieder ab und halte die Tür weit auf.

Leons Vater betritt den Laden und prallt augenblicklich erschrocken zurück. Ich habe mich an den Anblick schon gewöhnt und es sieht auch nicht mehr halb so schlimm aus wie gestern. Aber ich schätze, es ist immer noch schlimm genug – vor allem wenn man es mit den Augen eines Unternehmers sieht, der sich vermutlich in diesem Moment vorstellt, das wäre *sein* Laden.

»Verdammte Scheiße«, kommentiert Ackermann wenig vornehm, aber umso zutreffender, und schüttelt fassungslos den Kopf.

»Ja«, gebe ich zurück. »So in der Art haben wir auch reagiert.«

Sein Blick findet die FAEMA. »Darf ich?«, fragt er.

»Aber natürlich, bitte!«

Mit wenigen Schritten ist er hinter dem Tresen. Sicher zwei Minuten lang betrachtet er die Maschine nur, dann streicht er mit der Hand beinahe zärtlich über das Gehäuse, die Düsen, das Mahlwerk, bis er schließlich mit geschlossenen Augen das Teil abtastet, in das der Siebträger eingespannt wird.

Er schüttelt erneut den Kopf und murmelt: »Wer macht so was bloß? Verdammte Idioten.« Dann wendet er sich zu mir um. »Ich müsste sie mitnehmen«, sagt er. »Wenn das okay ist.«

»Natürlich ist das okay. Danke. Ich ... wir sind Ihnen wirklich sehr dankbar.«

Er hebt die Hand. »Ich kann nichts versprechen«, wiederholt er.

»Natürlich nicht. Ich finde es großartig, dass Sie sich überhaupt mit der Maschine befassen wollen. Danke Ihnen tausendmal!«

»Schon gut.« Er legt die Arme liebevoll um die schwere Maschine, rückt sie vorsichtig an sich heran, geht in die Knie und hebt die FAEMA mit hoch, als er sich wieder aufrichtet.

Ich halte ihm die Tür weit auf und sehe Bernd Ackermann nach, der sehr aufrecht, die Maschine umschlingend wie ein kleines Baby, entschlossenen Schrittes die Straße hinuntergeht.

Ich habe gar nicht gemerkt, dass Leon neben mich getreten ist.

»Ich glaube, Dad erträgt es einfach nicht, eine FAEMA Presidente leiden zu sehen«, meint er und ich kann das Lächeln in seiner Stimme hören.

Ich muss lachen. »Wenn er die FAEMA rettet, wird er für immer zu meinen Helden gehören, ganz egal, was er davor getan hat.«

Leon lächelt. »Du wolltest gerade weg?«, fragt er.

Ich nicke. »Zum Copyshop, das Flugblatt drucken lassen.«

»Am Nachmittag bringen Jack und ich die erste Fuhre auf die Deponie«, erzählt er während ich abschließe.

»Cool, vielen Dank.« *Jack und ich.* Wer hätte das gedacht. In diesem Moment bin ich fast dankbar, dass Tego und Co. auf das *Fill up* losgegangen sind. Ein paar Augenblicke lang gehen wir schweigend nebeneinander.

»Eine Tech-Firma hat vielleicht Interesse daran, meine App zu entwickeln«, sagt er plötzlich ansatzlos.

Ich bleibe überrascht stehen und sehe ihn an. »Wow, Leon, das ist ja großartig!«

Er nickt. »Ja, das ist es. Sie wollen, dass ich ihnen die Idee vorstelle, gleich Anfang September.«

»Wie cool ist das denn! Hast du's deinem Vater erzählt?«

Er nickt, und so sehr er versucht, es beiläufig zu erzählen, sein Strahlen kann er nicht abstellen. »Hab ich«, sagt er. »Und Dad will mich nach Berlin begleiten.«

Am liebsten würde ich ihn umarmen. »Leon, das freut mich so für dich!«

Er nickt, lächelt. »Mein Vater scheint doch über einiges nachgedacht zu haben, worüber ich mit ihm gesprochen habe. Und recherchiert muss er auch haben.«

Ich nehme kurz seine Hand und drücke sie.

»Und wir fahren eine Woche nach Tarifa«, fährt er fort. »Zum Kitesurfen, nur er und ich. Vater-Sohn-Bonding.« Er macht eine kleine Grimasse, als er das sagt, aber ich weiß genau, dass er sich richtig, richtig freut. Offenbar sind Väter ja doch noch lernfähig.

»Und ich hab meinen Dad überredet, mit dem VW-Bus zu fahren, in Etappen, anstatt zu fliegen. Aus Umweltgründen.«

»Yay«, mache ich. »Das ist ja geradezu eine Lawine von guten Nachrichten!«

Er nickt. »Die einzig schlechte Nachricht: Wir fahren am Sonntag los.«

»Oh nein! Da ist der Fundraiser!«

»Eben«, meint er lächelnd. »Sonst wären wir schon am Samstag gefahren.«

»Dann kommst du also noch?« Ich kann selbst hören, wie eindringlich das klingt.

Er nickt und lächelt. »Würde ich mir nicht entgehen lassen. Wir fahren erst am Nachmittag. Ich kann auch noch mithelfen. Nur eben nicht bis zum Abend bleiben.«

»Oh, warte mal!« Mein Tonfall muss ziemlich panisch geklungen haben, denn Leon sieht mich erschrocken an.

»Was denn?«

Ich versuche, meine Frage klingen zu lassen, als würde *nicht* mein Leben von der Antwort abhängen. »Bist du denn dann zum Happy-Days-Festival wieder da?« *Du musst unbedingt dabei sein!,* denke ich, so laut ich kann.

Leon lächelt. »Das steht seit Wochen in meinem Kalender. Und was für den Fundraiser gilt, gilt zehnmal für das Festival.«

Ich runzle die Stirn. Der Schreck darüber, dass er meinen Auftritt mit den Dezibellas verpassen könnte, hat mein Gehirn offenbar schockgefroren. »Was war das noch mal?«

»Ich würde es mir nicht entgehen lassen«, sagt er, und sein Lächeln wird breiter. »Unter keinen Umständen.«

»Ich zähle auf dich«, sage ich. »Wirklich.«

»Ich werde da sein, Miss Capulet«, entgegnet er. »Bei meiner Ehre.«

Ich seufze erleichtert. »Dann sehen wir uns heute Nachmittag?«

»Auf jeden Fall.« Er wendet sich zum Gehen und ich will schon die Tür zum Shop aufdrücken, als er sich noch einmal umdreht.

»Und bevor ich's vergesse: Ich wollte dir noch gratulieren!«

Zu unserem tollen Flugblatt? Dazu, dass ich mich nicht unterkriegen lasse? Hat ihm jemand von meinen Solo-Ambitionen bei den Dezibellas erzählt?

»Heute ist National Avocado Day in den USA!«, ruft er. »Herzlichen Glückwunsch.«

Ich betrete den Copyshop mit einem breiten Grinsen im Gesicht. Den Nachmittag verbringen Nico, Clara und ich mit dem Anbringen der Flugblätter an neuralgischen Punkten im Park, auf schwarzen Brettern, in Lokalen und Supermärkten – sogar in *Bernds Biosupermarkt* dürfen wir eines anpinnen, Leon hat extra eine Genehmigung für uns eingeholt. Reggie ist nicht dabei, weil sie ihren Kleiderschrank ausmistet, um den Flohmarkt bestücken zu können. Während wir drei Mädels gewissermaßen im Außendienst sind, drücken die Jungs jedem Gast und Kunden, der auf der Suche nach Fair-Trade-Kaffee, regionalem Bio-Gemüse oder biologisch abbaubaren Wattestäbchen ins *Fill up* kommt, einen der Zettel in die Hand. Manche nehmen gleich mehrere Blätter mit, um sie weiter zu verteilen.

Zurück im Laden, sind wir gleich wieder mittendrin im Putzen und Aufräumen. Leon und Jack haben die umgestürzten Regale im Lager inzwischen zerlegt und die Waren, die nicht beschädigt sind, auf einer Seite gestapelt. Alles, was noch verwendbar, aber leicht beschädigt ist, kommt in die Tombola.

Die Tür haben wir jetzt immer abgeschlossen und innen die Jalousie runtergelassen. Nur wenn jemand anklopft, öffnen wir. Meistens sind das Stammgäste, die noch nicht mitgekriegt haben, was passiert ist. Als es das nächste Mal an der Tür klopft, sortieren Clara und Nico vorne im Laden Waren für die Tombola aus. Ich bin gerade am Tresen und putze die Stelle, an der normalerweise die Espressomaschine steht.

»Ich geh schon«, rufe ich den Mädels zu und trockne meine Hände an der Schürze ab. Irgendwie klemmt der Schlüssel ein bisschen und als ich die Tür schließlich doch aufkriege, mache ich es mit zu viel Schwung, und der Junge, der davorsteht, macht vor Schreck einen Schritt zurück.

Es ist ein sehr gut aussehender, sehr schlanker, großer Junge mit dunklen Haaren, dunklen, mandelförmigen Augen, unglaublichen Wimpern und tollen Wangenknochen.

»Hey, Zoe«, sagt er.

Ich muss erst mal schlucken.

»Milo«, bringe ich schließlich heraus. »Was machst du denn hier?«

17. Expect the Unexpected

Es ist das erste Mal seit drei Monaten, dass wir uns gegenüberstehen, und Milo wirkt kaum weniger nervös als ich, als er antwortet: »Ich hab gehört, was passiert ist. Also, ich hab den Insta-Post gesehen ...«

Mir ist nie der Gedanke gekommen, dass Milo mir nach wie vor auf Instagram folgen könnte.

»Und dann hab ich Reggie angerufen, sie hat mir alles erzählt. Und ich wollte anbieten ... für euer Fest ...«, er deutet auf das Flugblatt an der Tür, »... dass wir spielen. Also, du weißt schon, The4Monkeys.«

Ich bin immer noch so geschockt, dass ich nicht weiß, was ich sagen soll. Er hakt seine Daumen in den Gürtelschlaufen seiner Jeans ein und beißt auf seine perfekt geformten Lippen. Sein Blick geht auf den Boden. »Und ich wollte auch ...« Er holt tief Luft. »Du weißt schon. Mich entschuldigen. Es tut mir leid, was ich gesagt habe. Ich war ein Aas. Und den Jungs hat es auch leidgetan. Wir wollten nicht – ich meine, ich. Ich wollte dich nicht verletzen. Wirklich nicht. Sorry.« Schließlich schafft er es doch, mich anzusehen. »Vielleicht können wir ja ein bisschen was wiedergutmachen?«

Ich lasse erst einen mega Seufzer los, dann ein nervöses Lachen. Es ist Milo. Mein Milo. Milo steht vor der Tür und will sich entschuldigen und uns helfen.

Vergiss Milo und was zwischen euch war. Das spielt jetzt wirklich keine Rolle.

Genau. Was wirklich eine Rolle spielt, ist die Livemusik für das Fest. Einige der Dezibellas, Kerry eingeschlossen, sind am nächsten Sonntag nicht da, wir wären also nur in Mini-Besetzung aufgetreten. Außerdem können wahrscheinlich die meisten Leute mit einer Boyband mehr anfangen als mit einer A-cappella-Gruppe. Die Musik der

4Monkeys eignet sich auch viel besser als Soundtrack zu so einem Fest. Und ich könnte mich voll auf den Ablauf des Events konzentrieren, anstatt auch noch von meinem eigenen Auftritt abgelenkt zu sein.

»Okay«, sage ich schließlich. »Ja. Gerne. Danke für deine Entschuldigung. Und danke für das Angebot. Ich nehme beides an.«

Er lächelt beinahe ungläubig und scheint sich richtig zu freuen. Es ist nicht fair, dass ein Junge so gut singt und Gitarre spielt *und* dann auch noch so aussieht! Ich muss mich echt sehr zusammennehmen, um ihn nicht anzustrahlen, als wäre ich sein größter Fan.

»Oh. Wow. Cool. Danke. Das ist ... echt super. Wir werden spielen, was das Zeug hält, das versprech ich dir.«

»Da bin ich sicher. Schick mir eine Nachricht, bitte. Ich hab nämlich ...« Nun blicke ich verlegen zu Boden. »Ich hab deine Nummer nicht mehr.«

»Ja, alles klar, mach ich. Ich melde mich. Dann bis Sonntag?«

»Bis Sonntag.«

Ein paar Augenblicke starre ich Milo nach und versuche festzustellen, wie ich mich gerade fühle, aber ich komme nicht wirklich zu einem Ergebnis. Also atme ich einfach nur tief ein, schnaube die Luft wieder aus und schließe die Tür. Als ich mich umwende, um zu meinem Putzprojekt zurückzukehren, stehen Nico und Clara da und starren mich an.

Ich runzle die Stirn und mache das beste empört-verständnislose Gesicht, das ich hinkriege. »*Was?*«

»Du warst voll cool«, sagt Nico. »Ich bin stolz auf dich.«

»Ich auch«, stimmt Clara zu. »Und wie.«

Ich will das schon abschmettern und irgendwas sagen wie: »Ach was, war ja nichts dabei ...«, aber dann denke ich an die letzten Monate. Daran, wie ich ihm aus dem Weg gegangen bin, weil ich seinen Anblick nicht ertragen konnte, weil es einfach zu wehtat. Daran, wie ich von Reggie erfahren habe, dass er eine Neue hat, und daran, wie es mich getroffen hat, ihn mit dieser Neuen zu sehen, obwohl Leon dabei war. Und deshalb hole ich tief Luft und antworte: »Wisst ihr was? Ich glaube, ich bin auch stolz auf mich.«

»Weswegen?«, fragen Leon und Jack, die eben verschwitzt aus dem Lager kommen, gleichzeitig.

»Milo war hier und hat angeboten, am Sonntag mit der Band zu spielen.«

»Na, der hat Nerven!«, knurrt Jack, der ja im Gegensatz zu Leon alle Details der Geschichte kennt. »Kann froh sein, dass nicht *ich* an die Tür gegangen bin. Du hast ihn doch hoffentlich zum Teufel geschickt?«

»Keineswegs«, antworte ich ruhig. »Die 4Monkeys sind eine super Band, passen mit ihrem Repertoire perfekt zu uns und wir haben auf unserem Flugblatt Livemusik versprochen.«

»Außerdem hat er sich entschuldigt ...«, fügt Clara hinzu.

»... und scheint froh zu sein, dass er ein bisschen was wiedergutmachen kann«, sagt Nico und sieht mich aufmunternd an. »Zoe hat das toll gemacht.«

Leon sagt gar nichts, er starrt vor sich hin und denkt vermutlich daran, dass er mir vorgeschlagen hat, mich noch mal mit Milo zu treffen. Bei alldem, was passiert ist, hatte ich noch keine Gelegenheit, drüber nachzudenken, ob ich das wirklich für eine gute Idee halte. Ob ich das will. Ob ich mir das zutraue. Und nun ist das Schicksal mir zuvorgekommen und ich muss sagen, bis jetzt halte ich mich ganz gut.

Jack hat inzwischen zwei Flaschen mit Wasser gefüllt und reicht eine davon Leon. »Soll bloß aufpassen, dass er sich ordentlich benimmt, der Knabe«, murmelt er vor sich hin und meint dann zu Leon: »Pause oder weitermachen?«

»Weitermachen«, antwortet Leon und geht voraus, zurück ins Lager.

»Ich geh dann mal mit den Hunden«, kündigt Nico an, bindet ihren Pferdeschwanz neu und wirft mir einen fragenden Blick zu. »Okay?« Sie hat offenbar beschlossen, nicht mehr schwarz nachzufärben, und der umgekehrte Hell-Dunkel-Look gibt ihr was Verwegenes. Was wunderschön Verwegenes. Wem will ich was vormachen – ich verstehe Tego. Ich finde Nico auch toll. Alles an ihr.

»Ja, super«, antworte ich mit einem dankbaren Lächeln. »Bin hier zwar gleich fertig, aber ich muss noch ein paar Telefonate führen wegen Spenden für die Tombola. Und Einkaufslisten für Jack schreiben. Und meiner Mutter antworten. Sie hat vorhin eine Nachricht geschickt und wenn sie keine Antwort kriegt, schöpft sie womöglich noch Verdacht, dass irgendwas nicht stimmt. Oh, und Reggie muss ich auch anrufen, ihre Tante zieht in ein Seniorenheim und wir können ihre Küchenstühle haben, die sehen richtig gut aus ...«

»Ich bin schon vom Zuhören gestresst«, sagt Nico mit einem Grinsen. »Wenn ich dir was abnehmen kann, sag Bescheid!«

»Wär toll, wenn du mit den Hunden gehen könntest«, antworte ich und grinse zurück.

Sie lacht. »Witzig. Du bist doch da, in einer Stunde oder so? Wenn wir zurückkommen? Und Jack auch? Ich müsste da was mit euch besprechen.«

Mein Gesichtsausdruck muss »Oh mein Gott, was kommt jetzt noch, bitte keine Überraschungen mehr!« geschrien haben, denn Nico lacht erneut und fügt hinzu: »Alles gut, keine Sorge. Ich hätte euch nur gern beide an einem Fleck für zehn Minuten.«

»Dann willst du also nicht kündigen, bevor wir dich überhaupt angestellt haben?«

»Nichts dergleichen, ich schwöre!«

»Mit allem anderen kann ich leben. Ich sag Jack Bescheid.«

Sie strahlt. »Danke.«

Eine gute Stunde später ist Clara nach Hause in ihre nun sturmfreie WG gefahren, um für Jack und sich zu kochen. Mein Bruder und ich sitzen an einem der zwei unbeschädigten Terrassentische. Jack hat sich von oben aus der Wohnung einen doppelten Espresso geholt, ich habe ein Riesenglas Limo mit jeder Menge Eiswürfeln vor mir und frage mich wieder mal, wie man bei dieser Hitze Kaffee trinken kann. Das Erste, was wir sehen, sind die beiden Hunde, die eine Sekunde vor Nico um die Ecke biegen. Bowie beginnt natürlich augenblicklich, an der Leine zu ziehen, als er uns wahrnimmt, aber Nico bringt ihn dazu, bei Fuß zu gehen, und belohnt ihn mit einem Leckerli.

»Wir sollten den Hund ins *Bootcamp Nico* schicken«, meint Jack mit einem kleinen Grinsen.

Ich nicke. »Sie ist ein Naturtalent als Hundetrainerin und das Thema interessiert sie auch total. Aber was mich angeht, kann sie sich noch etwas Zeit lassen, bevor sie wieder den Job wechselt.«

»Allerdings«, meint Jack. »Sie ist das Beste, was uns passieren konnte. Hast du eine Ahnung, was sie mit uns besprechen...?«

Jack bricht mitten im Satz ab und ich verschlucke vor Schreck einen Eiswürfel und kriege einen Hustenanfall. In so großem Abstand, dass ich sie nicht gleich erkannt habe, trotten drei Jungs hinter Nico her. *Der Schrank* aka Tego, *der Hüne* und *der mit der Mütze*.

»Oh-oh«, mache ich und werfe Jack einen schnellen Blick zu. Seine Kiefermuskeln arbeiten ziemlich heftig und die Espressotasse in seiner Hand zittert.

»Gib ihnen eine Chance, Jack«, flüstere ich noch schnell, bevor die Gruppe in Hörweite ist. »Für Nico.« Es muss Nico sehr viel Überzeugungsarbeit gekostet haben, die drei hierher zu bekommen. Ich will nicht, dass Jack das mit einem Tobsuchtsanfall versaut, bevor er sich angehört hat, was sie zu sagen haben.

Die Hunde, die sich über das Wiedersehen freuen, als wären wir monatelang getrennt gewesen, wirken zum Glück auflockernd auf die Szene. Ich stehe auf, gehe Nico ein Stück entgegen und nehme ihr unseren Hund ab. »Du hast Mut, das muss dir der Neid lassen«, sage ich so leise, dass mein Bruder es nicht hören kann.

»Er wird doch nicht explodieren?«, fragt sie ebenso leise zurück.

»Toi, toi, toi«, murmle ich.

Nico gibt mir auch Poppys Leine und holt tief Luft. Richtig nervös wirkt sie allerdings nicht, im Gegensatz zu *Schrank, Hüne* und *Mütze*. Es ist ein bisschen absurd, wie drei große, kräftige Jungs versuchen, sich hinter einem zart gebauten Mädchen wie Nico zu verstecken. Andererseits, wenn ich mir Jacks Gesichtsausdruck so ansehe, kann ich es nachvollziehen.

»Okay«, sagt Nico und sieht Jack genau in die Augen. »Zoe, Jack. Das sind Tego, Antun und Willi. Ich will nicht verteidigen, was sie getan haben, das war scheiße. Und das haben sie auch eingesehen. Und sie wissen auch, dass es mit einer Entschuldigung nicht getan ist.« Alle drei Jungs starren auf den Boden vor ihren Füßen.

»Ihr seid auch nicht zur Polizei gegangen«, fährt Nico fort, »obwohl ihr allen Grund gehabt hättet. Die Jungs wollen sich also nicht nur entschuldigen, sondern auch bedanken.« Nico holt ein Kuvert aus ihrer Umhängetasche und legt es neben Jacks Espressotasse.

»Tego hat seine neuen Sneakers verkauft«, fährt sie fort, »und Antun sein Rad. Willi hat seine Gitarre versetzt.«

»Wow«, flüstere ich ehrlich beeindruckt und ernte ein dankbares Lächeln von Nico. Noch macht mein Bruder keine Anstalten, das Geld anzunehmen. Aber Nico lässt sich davon nicht abschrecken. Sie kennt Jack schon gut genug, um zu wissen, dass er innen drin ein Softie ist, egal, wie tough er tut.

»Außerdem wollen die Jungs aktiv mithelfen«, fährt sie fort. »Antun hier …« – sie deutet auf *die Mütze* – »kann so ziemlich alles reparieren. Er ist gelernter Tischler, aber er kennt sich auch mit technischen Geräten aus, mit Maurerarbeiten und was weiß ich noch allem.«

Antun könnte Regale zimmern und Stühle und Tische reparieren! Dann müssten wir viel weniger Geld ausgeben!

Jack sagt immer noch nichts, also macht Nico weiter. »Willi hier« – sie deutet auf den *Hünen* – »arbeitet als Türsteher in verschiedenen Lokalen und hat daher gute Kontakte. Er kann euch gratis Klapptische und Stühle für das Fest am Sonntag besorgen!«

Dann müssen wir nichts mieten! Ich juble innerlich.

Jack sieht zwar nicht mehr so aus, als sollte man besser zerbrechliche Gegenstände aus seinem Umfeld entfernen, aber er macht auch keine Anstalten, etwas zu der Unterhaltung beizutragen.

»Und Tego …«

»Ich kann Haare schneiden«, fällt er ihr beinahe trotzig ins Wort und verschränkt die Arme vor der Brust, als wollte er sagen: *Wag es ja nicht, das anzuzweifeln!*

Bevor Jack noch auf die Idee kommt, wegen Tegos herausfordernder Art alles zurückzuweisen, rufe ich dazwischen: »Entschuldigung angenommen!« Ich gebe Jack einen unauffälligen Schubs und er nickt ein wenig widerstrebend.

»Ich weiß es zu schätzen, dass ihr uns helfen wollt«, sagt er langsam. »Und es war bestimmt nicht einfach, eure Sachen zu verkaufen und heute hierherzukommen.« Er seufzt und gibt sich sichtbar einen Ruck. »Ich hoffe wirklich, dass ich das nicht bereue«, fügt er dann hinzu, »aber versuchen wir es. Willkommen im Team.«

»Yesss!«, macht Nico mit einer Siegergeste, als wäre sie Fußballerin und hätte eben ein Tor geschossen. »Du wirst es bestimmt nicht bereuen!«, versichert sie Jack dann. »Dafür sorge ich schon.«

Bootcamp Nico, denke ich mit einem Grinsen und gehe augenblicklich zur Tagesordnung über, damit kein peinlicher Schweigemoment entstehen kann. »Na, dann würde ich sagen, Jack und Antun messen alles ab und fahren noch schnell zum Baumarkt, um Material für neue Regale zu kaufen. Ich überlege mit Willi, wie viele Tische und Stühle wir fürs Fest brauchen…«

»… und Tego hilft mir beim Putzen«, beendet Nico den Satz für mich. Tego versucht vergeblich, seine Gesichtszüge unter Kontrolle zu halten, als Nico das Wort »Putzen« erwähnt, trottet aber brav hinter ihr her ins Lokal. Durch das Glas verfolge ich, wie er erstarrt, als er erkennt, wie es drinnen aussieht – obwohl wir seit zwei Tagen aufräumen und putzen und schon fast den gesamten Müll weggeschafft haben. Wahrscheinlich haben die Jungs wirklich kein Licht gemacht, um nicht erwischt zu werden. Aus demselben Grund hat das Ganze wohl auch nicht länger als ein paar Minuten gedauert und stockbesoffen waren sie außerdem.

Auch Willi starrt durch eines der Fenster hinein. »Sch… scheiße«, flüstert er, und nach einem Augenblick noch: »Z… zu viel Bier.« Er schüttelt den Kopf, als könnte er selbst nicht glauben, was er und seine Freunde angerichtet haben. Der *Hüne* ist bestimmt fast zwei Meter groß und seinen Schultern und Oberarmen nach verbringt er sehr viel Zeit im Fitnessstudio. Aber in diesem Moment hat er nichts Einschüchterndes an sich. Er ist der Älteste der drei, aber wohl auch erst höchstens zwanzig. Er stottert. Wer weiß, was in seinem Leben schon alles passiert ist.

»Ihr macht es wieder gut«, flüstere ich zurück. »Und wir sagen keinem was.«

Er nickt, ohne mich anzusehen. »Meinst du, du kannst uns auch ein Zelt besorgen?«, wechsle ich das Thema. »Oder ein paar große Sonnenschirme? Oder beides? Wir wollen Kinderschminken machen, einen Limostand, Essensstände ... und da brauchen wir Schatten. Und dann ist die Frage, wie viele Tische wir unterkriegen, wir haben die Erlaubnis, den Bürgersteig von hier bis hier zu nutzen ...«

So viel geht mir durch den Kopf, während ich versuche, mich auf das Gespräch mit Willi zu konzentrieren, ich habe immer noch Herzklopfen. Ich bin keine besondere Freundin von Überraschungen, sie machen mir immer Angst. Ich mag es lieber, wenn ich mich auf etwas vorbereiten und überlegen kann, wie ich reagiere. Aber heute: erst Milo. Und dann Nico mit den drei Übeltätern. Vielleicht haben Überraschungen ja doch was für sich.

»K... kein Problem«, sagt Willi. Und ich hoffe wirklich ganz fest, dass wir genug einnehmen, um seine Gitarre aus dem Pfandhaus holen zu können.

Die nächsten Tage vergehen in einem Wirbel von Vorbereitungen. Mom kommt am Dienstag und jeder Tag, den der Laden geschlossen ist, kostet Geld. Was geschehen ist, ist unter *unserer* Aufsicht geschehen, also liegt es in unserer Verantwortung, es wiedergutzumachen. Ich weiß, dass Jack das Gefühl hat, es sei alles seine Schuld, schließlich hat *seine* Freundin die Tür unverschlossen gelassen. Aber ich fühle mich genauso verantwortlich, schließlich hat Mom uns beiden das *Fill up* anvertraut. Und einen Schuldigen zu suchen bringt niemandem was, also habe ich beschlossen, das Ganze als eine – ziemlich große – Herausforderung zu sehen.

Das Sommerfest soll den finanziellen Verlust wieder ausgleichen, ja. Aber ich habe jetzt schon das Gefühl, es ist viel mehr als das. Dieses gemeinsame Ziel vor Augen hat eine kleine Gruppe total unterschiedlicher Menschen dazu gebracht, ihre Differenzen erst mal zu vergessen. Dad und mich. Milo und mich. Nico und Tego. Tego, Willi, Antun und uns. Reggie und mich. Leon und Jack. Bernd Ackermann und uns!

Wie wir alle auf ein gemeinsames Ziel hinarbeiten, das hat eine besondere Atmosphäre geschaffen, fast magisch. Es fühlt sich an, als hätten wir alle einen gemeinsamen Puls. Und die Magie scheint sich auch nach außen fortzupflanzen, wie die Ringe, die im Wasser entstehen, wenn man einen Stein hineinwirft. Die Croissant-Bäckerin hat dreißig Croissants gespendet, der Seifenmann kleine, süße, in Papier verpackte Miniseifen, die einfach atemberaubend duften. Eine Freundin von Reggie hat Designerkleider für den Flohmarkt zur Verfügung gestellt und unsere Stammkundin mit den drei Kindern jede Menge Baby- und Kleinkinderwäsche. »Die Familienplanung ist definitiv beendet«, hat sie erklärt. »Alles, was dem Jüngsten nicht mehr passt, kann weg.« Leon hat von seinem Vater einen Hundert-Euro-Einkaufsgutschein als Preis für die Tombola bekommen. Im ersten Moment waren Jack und ich nicht ganz sicher, ob es eine gute Idee ist, einen Gutschein von der Konkurrenz zu verlosen. Aber hey, das war es doch, was wir von Anfang an wollten, oder? Ein friedliches Miteinander? Es ist genug Platz für alle da, also Schluss mit den Revierkämpfen.

Die Stühle von Reggies Tante passen großartig, und Antun konnte einiges von der ursprünglichen Einrichtung, das ums Haar auf dem

Sperrmüll gelandet wäre, wieder instand setzen. Er hat auch ein kleines Holzpodest für die Band gebaut und versprochen, sich um den Strom zu kümmern. Außerdem ist er ein Ass im Basketball und kann total gut mit Kindern! Also haben wir unserem Line-up sofort eine Ballspiel-Station hinzugefügt, was wiederum nur möglich ist, weil die Polizei für unsere Veranstaltung einen Teil der Straße abriegelt.

Und *das* wiederum haben wir den guten Kontakten von Leons Vater zu verdanken.

»Ich schätze, er hat eure FAEMA Presidente wirklich sehr lieb«, sagte Leon mit einem kleinen Lächeln, als er uns die Nachricht bringt.

Und Tego! Nico hatte die großartige Idee, dass er während des Festes Haare schneiden und so Spenden sammeln könnte, und da hatte ich zum ersten Mal das Gefühl, dass auch er auftaut, so wie Antun und Willi. Er hat innerhalb von wenigen Stunden ein mobiles Waschbecken organisiert und Antun hat sofort ausgetüftelt, wo wir den »Frisiersalon« am besten einrichten und wie wir das mit dem warmen Wasser hinkriegen.

Plötzlich tut es mir leid, dass Mom nicht dabei sein wird. Weil das alles jetzt keine »Schadensbegrenzung« mehr ist, sondern eher eine Mini-Love-&-Peace-Demo, eine kleine Revolution.

Die Regale sind noch nicht fertig, aber bis Dienstag wird auch das geschehen sein. Die drei »bösen« Jungs haben uns wirklich nach Kräften unterstützt, wo es nur ging. Von Tag zu Tag vergesse ich ein bisschen mehr, dass sie eigentlich für unsere Lage verantwortlich sind. Und selbst wenn ich dran denke: Mittlerweile hat dieser eine Akt der Zerstörung so viel Positives nach sich gezogen, dass ich es nicht mehr schaffe, ihnen böse zu sein.

Die Sterne stehen also günstig für unser Rettet-das-*Fill-up*-Unternehmen. Das heißt, sie schienen günstig zu stehen. Es ist Leon, der am Freitagabend mit der beunruhigenden Botschaft kommt, dass am Sonntag das Gewitterrisiko auf über neunzig Prozent steigen soll.

»Shit!«, rufe ich nach einem Blick auf sein Handy. »Mach das weg! Ich will das nicht sehen! Wenn ich es sehe, fange ich an, mir Sorgen zu machen! Verdammt, jetzt habe ich es gesehen!«

Leon lacht. »Wenn wir es wissen, können wir uns wenigstens darauf vorbereiten.«

»Ich will mich auf perfektes Sommerfestwetter vorbereiten«, jammere ich. »Nicht auf deine blöden Gewitter.«

»Ich möchte nochmals betonen, dass ich die Gewitter nicht persönlich bestellt habe.«

Jetzt muss ich auch lachen. Leon und ich hatten beide in den letzten Tagen so viel mit dem Sommerfest zu tun, er hat außerdem für seinen Vater gearbeitet – wir haben kaum mehr als ein paar Sätze gewechselt. Seit Milo hier war, habe ich auch das Gefühl, er ist etwas auf Abstand gegangen. Wahrscheinlich will er abwarten. Und ich kann jetzt nicht darüber nachdenken. Ich *will* nicht darüber nachdenken. Aber ich vermisse unsere Whatsapp-Chats. Ein paarmal war ich versucht, ihm zu schreiben, aber es wäre nicht fair, solange das mit Milo nicht endgültig abgehakt ist.

Der Samstag vergeht in fiebriger Vorbereitung für den nächsten Tag. Klapptische und -bänke, Schirme und zwei kleine Zelte füllen den Hof. Tombolapreise sind nummeriert und warten auf ihre Verlosung. Reggie nimmt ihre Rolle als Kinderschmink-Beauftragte sehr ernst. Sie hat in den letzten Tagen unzählige Stunden vor Youtube-Tutorials verbracht, um zu lernen, wie man aus Kindergesichtern kleine Bambis, Nemos, Nalas und Olafs macht. »Anna und Elsa hab ich im kleinen Finger«, hat sie mir heute erklärt, als sie ihren Riesen-Make-up-Malkasten abgeliefert hat. »Aber ich will auf alles vorbereitet sein.«

Ich habe Unmengen an Eistee vorbereitet, die Limonade mache ich morgen früh frisch. Auf den Regalen, die entweder neu gebaut oder repariert sind, türmen sich Kleiderberge. Das meiste werden wir nach Gewicht abgeben, die »besonderen« Stücke haben einen Fixpreis.

Während ich zwischen den verschiedenen Aufgaben, Themen und Menschen herumwirble, bete ich alle paar Minuten, dass ich nichts vergesse und dass es nicht regnet. Und dass uns die Leute nicht im Stich lassen. Bei der Vorstellung, dass wir morgen mit unseren Kuchen und Kleidern, unserer Limo und Schminke, unserer Tombola und unserer Livemusik dastehen und keiner kommt, wird mir übel. Am Abend bin ich allerdings zum Glück wieder mal so müde, dass ich nicht mehr dazu komme, mir Sorgen zu machen.

Sonntagmorgen bin ich kurz vor sechs munter, reiße augenblicklich das Fenster auf und sehe zu meiner Erleichterung einen völlig klaren Himmel. Während ich nach einem Abstecher ins Badezimmer dort weitermache, wo ich gestern Abend aufgehört habe, zieht Jack mit Bowie los. Nico konnte auch nicht mehr schlafen und steht um sieben einsatzbereit vor der Tür. Poppy hat sie bei ihrer Oma gelassen, die später auch vorbeikommen will. Gemeinsam pressen wir Orangen und Zitronen, rupfen Minze und Thymian und füllen Krug um Krug mit Limonade. Ich bin so nervös, dass ich nicht mal ein Croissant runterbringe, als Kati sie uns vorbeibringt. Gratis! Am Sonntag!

Bei so viel fieberhafter Aktivität kriege ich gar nicht richtig mit, wann die anderen kommen und was alles rundherum passiert. Aber es passiert. Als ich gegen halb zehn vor die Tür trete, ist Milo mit den drei anderen »Monkeys« beim Soundcheck, ein Zelt steht bereits, ebenso der Basketballkorb, die Schirme und ein Großteil der Tische.

Reggie und Philippa sind dabei, Kleider aufzuhängen und nach irgendeinem System zu ordnen. Nico bestückt liebevoll den Kuchentisch und Clara richtet gefüllte Viertelbagels appetitlich auf Platten an.

Es ist unglaublich, was wir in den wenigen Tagen auf die Beine gestellt haben. Wenn jetzt auch noch die Leute kommen, dann kann eigentlich nichts mehr schiefgehen, denke ich. Und das ist der Moment, in dem ein fetter Tropfen mitten auf meinem Gesicht landet.

Ich sehe nach oben und da ist kein Quadratzentimeter Blau mehr zu sehen. Als wäre der klare Morgenhimmel noch vor ein paar Stunden nur dazu da gewesen, mich in Sicherheit zu wiegen! Fette graue Wolken drängen sich jetzt am Himmel über unserer winzigen Ecke der Welt und scheinen es kaum erwarten zu können, endlich auf uns hinabzuregnen. Sekunden später fegt ein Windstoß durch die Straße, der an den Schirmen zerrt, beinahe ein Zelt zum Abheben bringt und mit solcher Power durch die Kleiderständer fährt, dass Reggie und Philippa erschrocken aufschreien.

Ein paar Sekunden, eine halbe Minute lang, hoffe ich noch, dass es bei dem einen Tropfen bleibt und der Wind die Wolken wegtreibt. Aber dann fallen mehr Tropfen. Und noch mehr. Und es stürmt.

Und dann ist es, als würde alles, was in der letzten Stunde passiert ist, noch einmal ablaufen, nur rückwärts und mit doppelter Geschwindigkeit: Kuchen, Bagels und Limonadenkrüge werden hineingetragen, Zelte und Schirme abgebaut, bevor der Sturm sie wegreißen kann, Kleiderstangen werden unter den Baldachin ins Trockene gerollt und die vier Musiker bringen hastig ihre Instrumente in Sicherheit – gerade noch. Kaum sind alle einigermaßen fertig mit ihren Rettungsaktionen, prasselt es los. Und donnert. Und blitzt. Und stürmt. Und macht den Eindruck, als würde es nie wieder aufhören.

Ich stehe unter dem Baldachin und starre zu dem feindlichen dunkelgrauen Himmel hinauf.

»Ich schwöre, ich kann nichts dafür.« Leon ist neben mich getreten, ohne dass ich es gemerkt habe.

»Ja, das sagst du immer«, antworte ich. »So langsam wird es unglaubwürdig.«

»Es wird aufhören«, sagt er. »Ganz sicher.«

»Ja«, entgegne ich mit einem Seufzer. »Die Frage ist nur, ob es noch rechtzeitig aufhört. Bevor alle beschließen, dass heute der Tag ist, wo sie mal zu Hause bleiben und Monopoly spielen oder die Wäsche machen.«

Er blickt stirnrunzelnd auf sein Handy und steckt es wieder ein, ohne was zu sagen.

»Nun spuck's schon aus«, sage ich. »Was sagt die Wetter-App? Monopoly oder Sommerfest?«

»Fifty-fifty«, antwortet er mit einem Seufzen.

Der Spuk dauert volle fünfundfünfzig Minuten, dann ziehen die Wolken allesamt wie auf ein Stichwort wieder ab, der Wind legt sich bis auf ein laues Lüftchen und die Sonne knallt mit voller August-Power vom Himmel und trocknet Pfützen und nasse Schirme.

Die Veranstaltung findet bei schönem Wetter vor dem Fill up *statt.*

Jetzt bereue ich, dass wir diesen Satz aufs Flugblatt gedruckt haben. Was, wenn die Leute nun verunsichert sind und denken, es sei abgesagt? Ich schieße schnell ein Foto von unserer Tafel, auf die ich gestern mit farbigen Kreiden *SOMMERFEST* geschrieben und das Wort dann noch mit Blumen umrankt habe. Schrift und Blumen sind vom Regen etwas in Mitleidenschaft gezogen, aber immer noch gut zu erkennen. Ich poste das Bild in der *Fill-up*-Instagram-Story mit dem Hashtag #waitingforyou und hoffe, dass es wenigstens ein paar Leute sehen.

»Ich weiß nicht mal, ob es sich auszahlt, alles wieder rauszutragen«, sage ich Minuten später seufzend zu Jack. Er öffnet den Mund, überlegt es sich dann anders und deutet in Richtung Park, während sich ein Lächeln auf seinem Gesicht ausbreitet.

»Ich denke schon«, sagt er.

Als ich mich umwende, sehe ich unsere Dreifachmutter, die so viel Kinderkleidung gespendet hat, als Sturmspitze einer ganzen Gruppe von jungen Familien mit Kindern. Und auf der gegenüberliegenden Straßenseite tritt Roswitha mit einem Regenschirm in der Hand vor die Tür, einen vorsichtigen Blick nach oben werfend. An der Ecke tauchen ihre beiden Freundinnen auf, und alle drei winken zu uns herüber, im Begriff, die Straße zu überqueren.

»Sie kommen«, flüstere ich, doch Jack steht nicht mehr neben mir, er ist da drüben und hilft Antun und Tego beim Aufstellen der Bänke.

»Sie kommen!«, wiederhole ich nur für mich. Und dann renne ich hinein, um Tee und Limo zu holen.

18. We are family

Es läuft einfach perfekt. Die ersten Besucher helfen uns beim Wiederherrichten der Stationen und beim Trockenwischen von Bänken, Stühlen und Tischen und alles, einfach alles funktioniert. Vor Reggies Schminkstand warten so viele Kinder, dass Philippa den Verkauf der Secondhandkleider allein schaukeln muss. Nein, nicht allein. Leon ist bei ihr, sehe ich gerade, und hilft ihr beim Abwiegen der Kleidung.

Nico verkauft Kuchen und scheint nebenbei so was wie einen veganen Informationsdienst für Interessierte anzubieten. Jack hat alle Hände voll an der Tombola zu tun und ich bin heilfroh, dass wir alles so gut vorbereitet haben. Schon kurz nach dem Eintrudeln des ersten Besucherschwunges bedeutet Clara mir, dass die Bagels knapp werden. Limo und Eistee fließen in Strömen und erstaunlich viele Leute haben ihre eigenen Becher und Trinkflaschen mit dabei. Noch erstaunlicher ist, dass die meisten davon ihre Gratis-Refills gar nicht annehmen, sondern bereitwillig ein weiteres Mal Kleingeld in unser Spendenglas werfen.

Willi spielt Basketball mit einer Gruppe von Kids und ein paar Müttern und Vätern und strahlt dabei über das ganze Gesicht. Antun scheint überall gleichzeitig zu sein, rollt Verlängerungskabel aus, fixiert flatternde Zeltwände, sammelt vom Wind verwehte Papierservietten ein.

The4Monkeys haben eben ohne viel Aufhebens zu spielen begonnen, und schon steht ein Grüppchen junger – und älterer! – Mädels vor unserer improvisierten Bühne und johlt begeistert, als die erste Nummer endet.

»Das funktioniert ja prächtig!«, sagt mein Dad und blickt mit sichtlichem Stolz um sich. Ich lehne an meinem Limonadentisch und genieße eine kurze Pause. »Enorm, was ihr da auf die Beine gestellt habt!«

»Danke, Dad. Und du hast einen beträchtlichen Anteil daran! Jack hat erst gestern gemeint, dass wir das ohne dich nicht hingekriegt hätten.«

Tatsächlich hat Jack eher so was gesagt wie *War der alte Mann auch mal für was gut*. Aber wenn man die komplizierte Beziehung der beiden bedenkt, geht das fast als Schwärmerei durch.

Ich glaube, mein Dad weiß in diesem Moment ganz genau, dass ich die Wahrheit gerade ein bisschen optimiert habe. Er lächelt, nimmt meine Hand und drückt sie kurz.

»Eine Limo und einen Eistee, bitte!« Ein vielleicht sechs- oder siebenjähriger Junge drückt mir zwei farbige Plastikbecher in die Hand und wirft vier Euro in unser Glas.

»Na klar«, sage ich zu dem Jungen. »Und weißt du was? Du kriegst sie vom großen Limonadenmeister höchstpersönlich!« Ich deute mit beiden Zeigefingern auf meinen Vater, als wäre er so was wie ein Superstar.

»Cool«, sagt der Junge und betrachtet Dad bewundernd.

»Du kriegst das doch hin, Dad?«, frage ich ihn leise und schnappe mir zwei leere Krüge. »Ich muss Limo-Nachschub holen. Und Bagels schmieren.«

»Es wird dem großen Limonadenmeister eine Ehre sein«, sagt Dad und begibt sich würdevollen Schrittes hinter den Limotisch. »Einen magischen Eiswürfel oder zwei?«

Ich bin schon mit einem Fuß im Laden, als ich sehe, wie eine attraktive ältere Dame mit einem großen schwarzen Hund auf uns zusteuert.

Zum Glück ist Bowie im Hof, denke ich. *Ein Hundekampf ist das Letzte, was wir jetzt brauchen.* Dann sehe ich richtig hin und erkenne Poppy – das muss Nicos Oma sein! Hastig stelle ich die Limonadenkrüge ab, um die Großmutter meiner Freundin in Empfang zu nehmen. Allerdings komme ich gar nicht dazu, etwas zu sagen, denn als Poppy mich mit ihrer üblichen Begeisterung begrüßt, lächelt mich die Dame am anderen Ende der Leine strahlend an.

»Zoe, nicht wahr?«, sagt sie. »Genauso hübsch, wie Nico mir erzählt hat!«

»Oh, vielen Dank«, antworte ich. »Und ich wollte gerade sagen, dass ich jetzt weiß, von wem Nico ihr Lächeln hat.«

»Ihrer Mutter ist sie viel ähnlicher«, sagt die alte Dame und das Lächeln verliert ein bisschen von seiner Strahlkraft. »Schade, dass sie nicht hier sein kann.«

»Ich finde es großartig, dass *Sie* hier sind«, antworte ich schnell. »Darf ich Ihnen Poppy abnehmen? Sie kann zu unserem Hund in den Hof, dann haben beide Gesellschaft und Sie können sich hier in Ruhe umsehen.«

»Das klingt fantastisch«, sagt Nicos Großmutter und übergibt mir Poppys Leine.

»Dann hoffe ich, Sie haben viel Spaß! Nico ist dort drüben am Kuchenstand!« Ich deute auf Nico, die soeben zwei Stücke Schokotorte auf einen Pappteller hebt, und will mit Poppy in Richtung Haustor losstarten, da greift die alte Dame nach meinem Arm. Überrascht drehe ich mich zu ihr um.

»Falls wir nicht mehr zum Plaudern kommen«, sagt sie und ihre Augen schimmern verdächtig, »möchte ich mich jetzt bei dir bedanken, dass du Nicole eine Chance gegeben hast. Sie weiß das sehr zu schätzen – und ich auch.«

Nicole, denke ich. *Das passt so überhaupt nicht zu unserer verrückten, gepiercten, tätowierten, wunderschönen Elfe mit den zweifarbigen Haaren.*

»Davon kann keine Rede sein«, antworte ich. »Es war vielmehr so, dass Nico uns gerettet hat!«

»Dann war die Rettung wohl gegenseitig«, sagt Nicos Oma und lächelt wieder mit hundert Prozent. »Jedenfalls ist mein Mädchen wieder sie selbst. Oder vielleicht *mehr* sie selbst als jemals zuvor, und das hat sie dir zu verdanken.«

»Und Ihnen«, gebe ich zurück. »Und sich selbst. Ich freue mich so, dass Sie da sind. Wir sehen uns bestimmt noch!«

Als ich etwas später mit zwei aufgefüllten Krügen wieder aus dem Laden trete, stellt sich mir ein blondes Mädchen mit superkurzem Pixie-Haarschnitt in den Weg. »Wir müssen was unternehmen« sagt sie. »Keiner traut sich zu Tego zum Haareschneiden.«

»Nico!« Ich starre sie fassungslos an. »Du bist blond!«

Der Schnitt ist so kurz, dass die dunklen Haare verschwunden sind, und damit ist Nicos Typ komplett verändert!

»Richtig«, meint sie und grinst mich an. »Was soll ich sagen, ich hab wieder mal eine Veränderung gebraucht.«

»Das sieht toll aus«, sage ich bewundernd. »Hat denn keiner zugesehen, als Tego deine Haare geschnitten hat?«

»Doch, schon, aber ich glaube, jetzt haben sie noch mehr Angst.« Sie lacht. »Man müsste jemanden dazu kriegen, was ›Normaleres‹ machen zu lassen. Einen Pony oder Spitzen schneiden. Tego ist schon voll gefrustet, weil keiner kommt.«

»Verstehe.« Ich überlege kurz. »Drinnen liegen frische Bagels. Könntest du die zu Clara bringen? Wir treffen uns hier in zwei Minuten. Oh, warte mal ...« Ich stelle mich auf die Zehenspitzen, aber gerade ist so ein Gedränge, dass der Blick auf Nicos Stand blockiert ist. »Wer ist denn jetzt am Kuchenstand?«

»Leon hat übernommen«, ruft sie über die Schulter zurück und verschwindet im Laden, um die Bagels zu holen.

Ich laufe mit den beiden vollen Krügen zu meinem Vater, der mittlerweile eine Schar Kinder um sich versammelt hat.

»Der große Limonadenmeister ist dafür verantwortlich, dass jedes Mitglied des Königshauses seine tägliche Dosis magische Limonade trinkt«, erklärt er gerade ernsthaft.

»Und was passiert, wenn man sie trinkt?«, fragt ein kleines Mädchen gespannt.

»Das kommt darauf an«, antwortet mein Vater. »Wer ängstlich ist, kriegt Mutlimonade. Wer böse ist, kriegt Gutlimonade. Und wer ein Vampir ist, der kriegt ...«

»*Blut*limonade!«, rufen die Kinder begeistert.

»Was gibt's noch, was gibt's noch?«, ruft ein kleiner Junge und mein Vater fährt fort, ohne mit der Wimper zu zucken. »Wer ein bisschen Spaß braucht, kriegt Lachlimonade. Wer schläfrig ist, kriegt Wachlimonade.«

Die Kinder lachen.

»Und wenn es uns zu leise ist, was trinken wir dann?«

»*Krach*limonade!«, rufen die Kinder.

Irgendwo ganz tief in meinem Gedächtnis vergraben rührt sich eine Erinnerung, aber ich habe jetzt keine Zeit, danach zu suchen.

»Könnte der große Limonadenmeister noch ein bisschen länger bleiben?«, frage ich meinen Vater lächelnd und stelle die zwei Krüge ab.

»Selbstverständlich, junge Dame«, antwortet er und deutet eine Verbeugung an.

»Einmal Mutlimonade«, höre ich das kleine Mädchen noch sagen. »Und dann werf ich den Ball in den Korb.«

Milo und seine Monkeys verlassen eben die Bühne, um eine Pause zu machen, das trifft sich perfekt. Ich schnappe mir das Mikro auf dem Ständer, schalte es ein und rufe: »Der nächster Programmpunkt ist unsere Live-Haarschneideshow! Unser Top-Friseur schneidet Haare für eine kleine Spende! Kommt mit!«

Im Vorbeilaufen nehme ich die immer noch fremde blonde Nico an der Hand und ziehe sie mit. »Ich weiß noch jemanden, der eine Veränderung braucht.«

Meine Haare sind fast taillenlang, kastanienbraun und gewellt und gehören zu den wenigen Dingen an mir, die mir immer gefallen haben. Spitzen schneiden ist alles, was ich dem Friseur je erlaubt habe. Bis heute.

»Mach was«, sage ich zu Tego, der überrascht aufschaut, als wir bei ihm ankommen, und ziehe das Scrunchie von meinem Pferdeschwanz. »Anders, aber nicht zu extrem.«

Sein Blick wandert von meinen Haaren über die knapp zwanzig Leute, die mitgekommen sind, und wieder zurück zu meinen Haaren.

»Null Problemo!«, antwortet er. Und dann sehe ich Tego zum allerersten Mal lächeln.

Natürlich schießt es mir durch den Kopf, dass ich soeben meine geliebten Haare demjenigen ausgeliefert habe, der unser Lokal so furchtbar zugerichtet hat. Und das auch noch ganz ohne Mutlimonade. Aber es sind bloß Haare. Sie wachsen wieder.

Keine halbe Stunde später legt Tego die Schere weg und ich habe in Ermangelung eines Spiegels keine Ahnung, was er mit mir gemacht hat. Jedenfalls sieht er sehr zufrieden aus.

»Bist du cool, oder was?«, sagt er mit dem immer noch ungewohnten Lächeln, zieht mich aus meinem Sitz, nimmt mich so vorsichtig an den Schultern, als wäre ich aus Glas, und dreht mich dem Publikum zu. Nico zeigt mit dem Daumen nach oben und strahlt, wie nur Nico strahlen kann. Die mittlerweile wahrscheinlich gut dreißig Zuschauer johlen und applaudieren begeistert. Ich verbeuge mich lachend und taste nach meinen Haaren. Sie sind jetzt etwa schulterlang und ein paar lockige Strähnen fallen mir ins Gesicht, was ungewohnt ist, sich aber irgendwie auch gut anfühlt.

»Darf ich als Nächstes?«, ruft eine Stimme, die mir bekannt vorkommt. »Ich war seit drei Kindern nicht mehr beim Friseur.«

Unsere Hafermilch- und Apfelkuchen-Kundin mit den Kleiderspenden kämpft sich durch die Menge. Sie löst ihren unordentlichen Haarknoten, nimmt die Haare an den Spitzen und hebt sie hoch. »Fällt dir dazu was ein?«

Unter den Anfeuerungsrufen der Zuschauer lässt sie sich auf dem Stuhl nieder.

»Mission erfolgreich«, flüstert Nico mir zu. »Und du siehst toll aus!«

»Megatoll«, ergänzt eine Stimme neben mir bewundernd, und als ich mich umwende, sehe ich genau in Milos dunkle Augen mit den unglaublichen Wimpern. »Und megacoole Aktion! Ganz schön mutig von dir!«

»Danke«, antworte ich. »Das ist lieb von dir. Aber es sind nur Haare.«

»Also die Mädchen, die ich sonst so kenne, hätten sich das nicht getraut«, sagt er und ich muss an die superschlanke Blondine mit dem glänzenden Haarvorhang denken.

Ein Augenblick des Schweigens entsteht, bis Milo sich erinnert, dass er etwas ganz Bestimmtes von mir wollte.

»Wir sind jetzt bereit für unser zweites Set«, meint er. »Und ich habe das Gefühl, es ist ziemlich viel los. Möchtest du ein paar Worte sagen, bevor die ersten wieder nach Hause gehen?«

»Ein paar Worte sagen ...«, wiederhole ich verblüfft. Ich habe noch keine Sekunde daran gedacht, dass so was vielleicht von uns erwartet werden könnte.

»Oder will vielleicht dein Bruder ...?«, fragt Milo, als er merkt, dass ich von der Vorstellung nicht gerade begeistert bin.

»Jack? Nein, ich glaube kaum ...«

Jack hat's nicht so mit Worten. Ich eigentlich schon. Aber nicht, wenn es bedeutet, ich muss allein auf einer Bühne stehen. Zu wissen, dass mich alle anstarren, dass die ganze Aufmerksamkeit auf mich zielt, ist genau das, was ...

... ist genau das, was passieren wird, wenn ich mein Solo singe, unterbreche ich mich selbst. Und jetzt müsste ich nur reden, nicht singen. Es wäre so was wie eine Generalprobe.

»Du kannst das«, sagt Nico.

»Okay?«, fragt Milo mit einem aufmunternden Lächeln.

Ich seufze. Heute ist Ausnahmezustand. »Okay!«

Er streckt mir seine Hand hin, und ohne darüber nachzudenken, nehme ich sie und lasse mich von ihm durch das Gedränge bis zur Bühne führen. Mit einer Routine und Selbstsicherheit, die mich noch bei jedem seiner Auftritte in Bewunderung versetzt hat – ich meine, Milo ist sechzehn! –, nimmt er das Mikrofon und kündigt mich an: »Liebe Sommerfestbesucher, einen heftigen Applaus für unsere Gastgeberin, die bezaubernde Zoe Becker!«

Er hält mir das Mikro hin und als ich nicht sofort danach greife, flüstert er: »Das sind alles Freunde«, und zwinkert mir kaum merkbar zu. Und da wird mir klar, dass ich mich gar nicht überwinden muss. Dass es etwas gibt, was ich den Leuten sagen möchte, jedem Einzelnen von ihnen. Ich nehme das Mikrofon aus seiner Hand.

»Das *Fill up* ist ein Familienunternehmen«, sage ich und erschrecke im ersten Moment, weil meine Stimme so laut und die Menge, die mir zusieht, plötzlich so leise ist.

»Mit *Familie* meine ich nicht nur meine Mutter, meinen Bruder und mich«, fahre ich fort. »Ich meine auch Clara, die von Anfang an mit dabei war, und Nico, die unser Team verstärkt hat, als es eng wurde.« Ich finde Nicos Gesicht in der Menge und lächle ihr zu. Für Reggie kann es nicht angenehm sein, das zu hören, aber da muss sie durch. »Wir wohnen schon ewig hier, aber als Unternehmer waren wir mit unserem kleinen Laden Neulinge im Viertel. Und ihr alle aus der Nachbarschaft habt uns so liebevoll aufgenommen. Wir waren stolz, dass unsere Geschäftsidee aufgegangen ist und wir euch etwas geben konnten, das euch offenbar wirklich gefehlt hat. Dass ihr euch bei uns wohlgefühlt habt, dass unsere Produkte euch überzeugt haben. Auch wenn manchen von euch Zahnpasta am Stiel und Käsekuchen ohne Käse am Anfang vielleicht verrückt vorgekommen sind.«

Zum Glück gibt es einige, die an dieser Stelle lachen, denn ich muss dringend Luft holen.

»Und heute möchte ich euch danken, nicht nur, weil ihr hier seid und uns dabei helfen wollt, wieder auf die Füße zu kommen, sondern weil es sich anfühlt, als wären wir *alle* eine große Familie. Mehr möchte ich nicht sagen, denn sonst fange ich vor lauter Rührung zu heulen an. Also noch einmal: Danke, danke, danke, dass ihr da seid! Esst, trinkt, gewinnt in der Tombola, unterhaltet euch gut und empfehlt uns weiter! Wir sehen uns im *Fill up*! Und jetzt noch viel Spaß mit den 4Monkeys!«

»Whooooohoooo!«, jubelt Nico, einige pfeifen, andere johlen, alle klatschen. Und ich stelle fest, dass ich den Applaus richtig genießen kann. Lachend lasse ich meinen Blick über die Menge wandern, bis er an einer brünetten Frau um die vierzig hängen bleibt, die einen Koffer in der Hand und einen ziemlich verdatterten Ausdruck im Gesicht trägt.

Mom? Mom!

»*Mom!*«, rufe ich, drücke Milo das Mikrofon in die Hand, springe von der Bühne und dränge mich durch die Leute auf meine Mutter zu.

»Mom!«

»Zozo!«

Ich schlinge meine Arme um sie und drücke sie, so fest ich kann.

»Ich dachte, du kommst erst am Dienstag?«

»Es ging alles schneller als erwartet, ich konnte noch umbuchen und wollte euch überraschen.«

Als ich sie loslasse, holt sie mit dem Arm weit aus und bezieht alles mit ein, was sich rund um uns abspielt. »Was ist denn hier ...«, setzt sie an und korrigiert sich gleich hastig wieder. »Ich meine, es ist toll, eine Bombenidee, aber warum habt ihr mir kein Wort gesagt und warum habt ihr nicht auf mich gewartet, ich wäre gern dabei gewesen und ich hätte doch mithelfen können ...«

Ich hebe beide Hände. »Mom, shhhhh. Wir haben dir nichts gesagt, weil wir das hier nicht zum Spaß machen.« Ich hole tief Luft. »Es ist eine Rettungsaktion.«

»Rettungsaktion?« Sie wirkt noch verwirrter als zuvor. »Für wen denn?«

»Für das *Fill up*.« Und dann erzähle ich ihr mit den knappsten und gleichzeitig schonendsten Worten, die ich finden kann, was passiert ist.

Sie unterbricht mich kein einziges Mal, schüttelt aber fast die ganze Story hindurch ungläubig den Kopf.

»Mom!« Jack taucht plötzlich auf und umarmt unsere Mutter. »Wann bist du gekommen? Hast du Zoe auf der Bühne gesehen? War sie nicht toll?«

»Gerade eben, ja, und ja!«, antwortet Mom mit einem Lächeln und ich wachse ein paar Zentimeter vor Stolz. So viel Lob von Jack, da müssen bei ihm die Gefühle schon ziemlich hoch gehen!

Er drückt sie noch einmal kurz. »Ich muss zurück zur Tombola! Leon hat zwar übernommen, aber es ist gerade ziemlich viel los, das ist alleine nicht zu schaffen ...« Und weg ist er.

»Wir sollten dir was zum Trinken holen«, sage ich, »nach dem langen Flug. Komm mit, Dad freut sich bestimmt, dich zu sehen.«

»Dad?«, fragt sie, aufs Neue verwirrt.

»Ja«, erkläre ich mit einem kleinen Grinsen und deute auf meinen Vater, der gerade wieder eine Traube von Kindern und ein paar Erwachsene um sich geschart hat. »Er hat den Limonadenstand von mir übernommen. Sag mal...« Mein Gedanke von vorhin fällt mir wieder ein. »Hat uns Dad, als wir klein waren, Geschichten erzählt?«

Sie lächelt. »Ja, hat er. Selbst erfundene. Jeden Abend hat er ein Stück weiter gedichtet. Damals hatte er beruflich noch nicht so viel zu tun und war abends zu Hause. Du warst zwar noch sehr klein, hast aber immer gebannt zugehört, obwohl du sicher nicht alles verstanden hast und die Geschichten mehr für Jack waren.«

»Das macht nichts«, sage ich. Irgendwie mag ich die Vorstellung, dass er bei uns am Bett gesessen und sich Geschichten für uns ausgedacht hat. Es bedeutet, dass wir ihm wichtig waren und er Zeit mit uns verbringen wollte. »Ich habe mich vorhin erinnert, als er mit den Kids am Limostand geplaudert hat.«

»Er war alles andere als ein schrecklicher Vater«, sagt Mom. »Es sind vor allem seine Prioritäten in den letzten Jahren, die in meinen Augen ... na ja, fragwürdig waren. Aber vielleicht verändert sich das ja mit dem Alter ...« Sie lächelt. »Und mit Philippa.«

»Falls du sie kennenlernen willst«, erwidere ich Mom, »Philippa verkauft da drüben Secondhandsachen. Dad und sie haben uns beide sehr geholfen.«

Mom setzt zu einer Antwort an, erstarrt aber, als ihr Blick auf etwas oder jemanden hinter uns fällt. »Ist das nicht ...?«, fragt sie und runzelt die Stirn.

Ich folge ihrem Blick. »Jepp, das ist Bernd Ackermann. Er hat unsere Espressomaschine repariert.«

Ich winke Leons Vater zu, der allerdings nicht zurückwinken kann, weil er beide Hände für die FAEMA braucht. Aber sein zufriedenes Grinsen lässt mich hoffen, dass ich Mom eben nicht zu viel versprochen habe.

»Dein Vater verkauft Limonade«, sagt Mom sichtlich erschüttert. »Und Bernd Ackermann repariert unsere Kaffeemaschine. Ich habe irgendwie das Gefühl, ich bin in einer Parallelwelt gelandet.«

»Oh, Frau Becker, Sie sind wieder da!«

Roswitha hat Mom entdeckt. Sie sieht irgendwie verändert aus, aber ich komme nicht gleich darauf, woran es liegt. »Auf Ihre Kinder können Sie mächtig stolz sein, Frau Becker, das sag ich Ihnen!«

Sie wendet sich mir zu. »Bei welchem Friseur ist denn der reizende junge Mann angestellt, der mir eben die Haare geschnitten hat? So pfiffig kriegt meine Friseurin das nie hin!«

Natürlich, der Haarschnitt!

»Sieht wirklich toll aus!«, sage ich zu ihr. Dass der »reizende junge Mann« unser Lokal demoliert hat, muss sie ja nicht unbedingt wissen.

»Ich glaube, Tego sucht derzeit eine Anstellung«, füge ich also nur hinzu.

»Da finden wir bestimmt was«, erklärt Roswitha zuversichtlich. »Das wär ja noch schöner, wenn so ein talentierter junger Mann keinen Job fände.«

Mom will ihr Gepäck hinauf in die Wohnung bringen und sich ein bisschen frisch machen. Inzwischen begrüße ich Herrn Ackermann und beobachte dann gespannt, wie er die Espressomaschine wieder anschließt und Wasser einfüllt. Er löffelt Kaffee ins Sieb, setzt ohne

Probleme den Siebträger ein, drückt auf den Startknopf ... und da ist das vertraute Brummen!

»Genau«, murmelt er zufrieden. »So soll das klingen.«

»Sie sind ein Held!«, juble ich und würde ihn am liebsten umarmen. Der Moment geht zwar vorüber, aber ich bin ziemlich sicher, dass ein Hauch von Röte das Gesicht von Bernd Ackermann überzieht. Vielleicht ist es auch nur von der Hitze.

Etwas später genieße ich wieder einen kurzen Moment der Ruhe nach einem Limonadenansturm, als eine Stimme mich hochfahren lässt. »Kein Wunder, dass mein Sohn so beeindruckt von dir ist«, sagt sie. »Das war wirklich eine tolle Rede vorhin.«

Die Frau ist etwa so alt wie meine Mutter, etwas größer als sie, blonder als sie und sehr attraktiv. »Frau ... Mayer?«, frage ich zögernd.

»Mayer-Ackermann«, ergänzt sie und lächelt. Sie hat exakt Leons Lächeln, oder vielmehr: Er hat ihres. »Das war damals der Kompromiss.«

Ich lächle zurück. »Wie schön, dass Sie auch gekommen sind.«

»Bitte sag Du. Ich heiße Elin. Ich muss doch das Mädchen kennenlernen, das meinen Sohn so durchgerüttelt hat.«

»Durchgerüttelt?«

Sie lacht. »Wie gesagt, er ist sehr beeindruckt von dir, vorsichtig ausgedrückt. Nicht, dass er mir etwa alles erzählen würde. Aber ich kann dir sagen, ich habe sehr lange darauf gewartet, dass Leon sich einmal seinem Vater entgegenstellt. Und dass er es nun endlich getan hat, lag eindeutig an dir.«

Ich muss einen verwirrten Ausdruck in den Augen haben, denn sie ergänzt lächelnd: »Als er ihm auf den Kopf zu gesagt hat, er sei für die Anzeige verantwortlich, die ihr bekommen habt. Es war das erste

Mal, dass Leon sich bei Bernd durchgesetzt hat. Am liebsten hätte ich eine Flasche Champagner aufgemacht.«

Ich muss lachen. Davon, dass ich für einen solchen Wendepunkt in der Beziehung der beiden verantwortlich bin, hatte ich wirklich keine Ahnung.

»Champagner hab ich zwar nicht da«, sage ich schließlich. »Aber wir können mit hausgemachter Limo darauf anstoßen.«

Elin und ich plaudern ein paar Minuten und etwas später stelle ich fest, dass wir dabei nicht unbeobachtet geblieben sind.

»Bitte sag mir, dass sie dir keine peinlichen Geschichten erzählt hat«, sagt Leon bei einem Zwischenstopp an meinem Stand. »Dass ich mit vier im Kinderfasching als Biene Maja gehen wollte, zum Beispiel. Und wie schön es war, wegen der Glitzerflügel endlich mal in der Mädchenabteilung zu shoppen.«

»Hat sie in der Tat nicht«, antworte ich so ernst ich kann. »Aber das sind wertvolle Informationen, auf die ich bei meiner nächsten Begegnung mit ihr zurückgreifen kann. Also danke sehr.«

»Da kommt man, um dir ein Kompliment zu machen, und dann das.« Sein leidvoller Blick bringt mich erneut zum Lachen.

»Lass dich nicht aufhalten«, antworte ich mit einem Grinsen.

»Ich mach es kurz, weil du es grade eigentlich nicht verdienst«, sagt er. »Tolle Rede. Tolle Haare. Tolles Fest.« Er lächelt mich an und ich strahle zurück.

»Danke.«

»Rückblickend bin froh, dass ich als Haupt-Tatverdächtiger von Anfang an dabei war.«

Ich versuche erneut vergeblich, ernst dreinzuschauen. »Witzig.«

Die letzten Töne eines Songs verklingen, Applaus brandet auf und unsere Blicke wandern unwillkürlich zur Bühne, wo Milo und die anderen sich gerade verbeugen. Er hat Wort gehalten. Die Jungs spielen fast durchgehend und liefern eine tolle Show. Eben sagt Milo etwas von einer letzten Nummer, bevor sie noch mal Pause machen.

»Dad und ich müssen dann bald los«, sagt Leon. »Wir haben heute noch sechs Stunden Fahrt vor uns. Eigentlich wollte ich dir nur noch schnell was sagen ...«

»Und dazu«, klingt Milos Stimme zu uns herüber, »möchte ich gern Zoe Becker noch einmal auf die Bühne bitten ...«

Überrascht fahre ich herum.

Da oben auf dem Podest steht Milo, seine Augen haben meine gefunden und er strahlt mich an. »... die Gerüchten zufolge eine mindestens ebenso gute Sängerin wie Rednerin ist!«

»Oh nein!«, rufe ich geschockt und schüttle heftig den Kopf, damit es alle, die jetzt in meine Richtung sehen, kapieren. Ich werde definitiv *nicht* unvorbereitet auf diese Bühne gehen und irgendwas singen.

»Wir haben eine Nummer in unserem Repertoire, Zoe, zu der du nicht Nein sagen kannst. Ich *weiß*, dass du den Text kannst. *Und* ich wollte schon immer mit dir ein Duett singen.«

Nein, schießt es mir durch den Kopf, *du wolltest Berufliches und Privates lieber nicht vermischen. Weil es Sängerinnen ohne Ende gibt, aber solche »Kaliber« nur einmal.* Wenn ich in diesem Moment nicht so gestresst wäre, würde es mich ziemlich nerven, dass Milo so tut, als wüsste er alles über mich und als seien wir beste Freunde. Aber jetzt gerade tritt das in den Hintergrund, denn fast unmittelbar nach Milos Ankündigung haben sich »Zo-e, Zo-e«-Chöre gebildet, zu denen im Takt geklatscht wird. »Ach du Scheiße«, sage ich zu Leon. »Was mach ich denn jetzt?«

»Ganz einfach«, antwortet er mit einem Lächeln. »Du singst ihn an die Wand.«

19. Rosen und Avocados

Der Weg zur Bühne unter den Blicken der vielen Besucher ist gleichzeitig unendlich lang und viel zu kurz. Fieberhaft denke ich darüber nach, welchen Song Milo gemeint haben kann, um mich wenigstens ein paar Sekunden lang darauf vorbereiten zu können, und dann weiß ich es plötzlich.

Es war der Abend, als das mit uns angefangen hat. Reggie hatte mich auf eine Party mitgenommen, auf die ich natürlich sonst nie gegangen wäre. Wir waren beide nicht eingeladen, aber auf solche Details nimmt Reggie niemals Rücksicht. Sie war immer die mit den verrückten Ideen, die mich aus meinem Schneckenhaus geholt und dazu gebracht hat, wenigstens den einen oder anderen Versuchsballon außerhalb meiner Komfortzone steigen zu lassen. Ohne sie wäre ich nicht auf der Party gewesen, hätte nicht in der ersten Reihe vor der Bühne getanzt und hingebungsvoll zu *Need you now* mitgesungen. Wenn ich tanze, fühl ich mich wohl in meinem Körper und werde irgendwie lockerer. Sonst hätte ich bestimmt nicht das weite Shirt, das ich über meinem engen roten Top anhatte, ausgezogen. Natürlich kannte Milo mich vom Sehen aus der Schule, aber an dem Tag hat er mich wohl zum ersten Mal bemerkt. Wegen der »signalfarbenen Supermöpse«, war Reggie überzeugt. Doch jetzt ziehe ich die Möglichkeit in Betracht, dass er vielleicht auch meine Stimme wahrgenommen hat, und meine Begeisterung. Einfach noch was anderes von mir als nur die *Kaliber*.

Zum zweiten Mal an diesem Tag nehme ich Milos Hand, als er sie mir entgegenstreckt, um mir auf die Bühne zu helfen. Da stehen zwei Stühle, einer für mich und einer für ihn.

»*Need you now*?«, flüstere ich und er nickt mit einem breiten Grinsen.

Er hat recht, ich liebe die Nummer und kann sie in- und auswendig.

Lasso, Chris und Tommy haben es sich am Rand der Bühne gemütlich gemacht.

»Nur Gitarre?«, flüstere ich meine nächste Frage.

Er nickt. »Oder soll ich ...?«

Ich schüttle den Kopf. Ich singe sonst a cappella, ich brauche keine ganze Band.

»Hilf mir mit dem Einsatz«, bitte ich ihn noch schnell, bevor ich mich auf einen der Stühle setze. Milo nickt erneut und setzt sich auf den anderen. Ich nehme an, ich soll als Erste einsetzen, beim Original beginnt auch die weibliche Stimme. Mein Herz klopft so laut, dass ich ernsthaft fürchte, den Einsatz zu überhören, als Milo zu spielen beginnt. Doch dann brauche ich sein unauffälliges Nicken gar nicht, um richtig einzusetzen, ich habe die Nummer zu oft gehört, um unsicher zu sein. Ich schließe die Augen, und in die erwartungsvolle Stille hinein singe ich meine ersten Lines.

♪ Picture perfect memories
Scattered all around the floor
Reaching for the phone cause
I can't fight it anymore ... ♪

In irgendeinem Teil meines Gehirns nehme ich begeisterte Rufe und Pfiffe der Anerkennung von den Zuhörern wahr. Mein Herzschlag beruhigt sich und überlässt der Musik die Bühne.

Milo setzt leise für die erste Zeile der Bridge mit ein:

♪ And I wonder if I ever cross your mind ... ♪

Es braucht nicht mehr als diese eine gemeinsame Zeile, um zu bestätigen, was ich immer geahnt habe: Unsere Stimmen harmonieren perfekt. Ich öffne die Augen und blicke genau in seine, als ich singe:

♫ For me it happens all the time ... ♪

Und dann lacht er mich an und wir singen beide mit voller Power den ersten Refrain:

♪ It's a quarter after one ♫
♫ I'm all alone and I need you now ♪♪
Said I wouldn't call, but I lost all control
♪ And I need you now ♪
And I don't know how I can do without
♪ I just need you now ... ♫

Das Publikum geht voll mit, viele kennen den Text des Refrains und singen mit uns gemeinsam und ich muss Milo nur ansehen, um zu wissen, dass er dasselbe Gefühl hat wie ich: Wir klingen perfekt zusammen, als wären unsere Stimmen so was wie Seelenverwandte.

Die letzten Töne verklingen, Milo und ich strahlen einander an, in einem Moment der Verbundenheit, wie ich ihn nicht ein einziges Mal mit ihm hatte, während wir zusammen waren. Und dann bricht der Jubel los.

Wir stehen auf, Milo nimmt wieder meine Hand und wir verbeugen uns gemeinsam.

Nach der zweiten Verbeugung umarmt er mich und flüstert in mein Ohr: »Das war toll! Du bist fantastisch!«

Der Applaus hält minutenlang an, bevor ich schließlich trotz »Zugabe«-Rufen von der Bühne gehe. Ein öffentlicher Haarschnitt, eine Rede und ein Spontan-Duett: Die Zoe-Becker-Festspiele sind für heute beendet.

»Zozo, du warst großartig!« Mein Vater steht plötzlich mit leuchtenden Augen vor mir und umarmt mich. »Ich hatte ja keine Ahnung, dass du so gut bist!«

Ich verbeiße mir eine zynische Antwort und freue mich einfach nur über das Kompliment.

Mom ist die Nächste und sie hat Tränen in den Augen.

»Mom! So schlecht war es bestimmt nicht, dass du weinen musst!«

»Ich bin übermüdet und reizüberflutet, du doofe Nuss«, sagt sie und wirft ihre Arme um meinen Hals. »Da darf man schon mal ein bisschen feuchte Augen kriegen.«

»Wow!«, sagt Nico und drückt mich ebenfalls. »Nächste Haltestelle Hollywood, würde ich sagen! Superkali!«

»Danke!« Es ist ein tolles Gefühl, dass alle so stolz auf mich sind, und es erinnert mich an einen Moment im Park, bei der alten Brücke, als ich für einen einzigen Jungen gesungen habe und dabei genauso nervös war.

»Nico, hast du vielleicht Leon gesehen? Er wollte mir noch irgendwas sagen.«

Nico runzelt die Stirn. »Ich glaube, seine Eltern und er sind gegangen, noch bevor du von der Bühne runter bist. Fährt er nicht heute noch Richtung Spanien?«

»Ja, eben ...« Ich will gerade mein Handy aus der Hosentasche holen, um nachzusehen, ob Leon mir eine Nachricht geschrieben hat, als Clara von ihrem Stand zu mir herüberbrüllt: »Zoe!! Kannst du noch mal Bagels schmieren oder bist du jetzt zu berühmt dafür?«

»Zu berühmt«, rufe ich zurück und stecke mein Handy wieder ein. »Aber ausnahmsweise.«

Ich will Leon in Ruhe schreiben, also muss es wohl noch warten. Während der langen Autofahrt wird er genug Zeit haben. Er hat heute so viel geholfen, ich hab mich noch nicht mal dafür bedankt.

»Viele!«, ruft Clara mir noch nach. »Und schnell!«

Die restlichen Stunden des Festes ziehen wie ein buntes Video mit einer chaotischen, aber unterhaltsamen Handlung vorbei: Bagels schmieren, Limo verkaufen, Begrüßungen, Verabschiedungen, immer und immer wieder Danke sagen, und dann schließlich Reste von allen Verkaufsständen in Kisten, Kartons und Frischhalteboxen verpacken, Bänke, Tische und Stühle zusammenklappen und Müll einsammeln – wenn auch erstaunlich geringe Mengen! Ich darf nicht vergessen, mich auf Instagram bei unseren Besuchern dafür zu bedanken.

Als Jack und ich endlich nach oben gehen, ist Mom schon längst im Bett, und nicht mal Bowie steht noch mal auf, um uns zu begrüßen.

Mein Bruder bietet an, am nächsten Morgen mit dem Hund zu gehen, dafür darf er als Erster in die Dusche. Das ist mir nur recht, dann kann ich noch an Leon schreiben. Mein Display zeigt eine ganze Flut von Benachrichtigungen an, viele haben auf meine Bitte Fotos vom Fest geschickt, weil ich wusste, dass niemand von uns Zeit zum Dokumentieren haben würde. Rasch wähle ich einige aus und schreibe den Text für einen dankbaren *Fill-up*-Instagram-Post. Ich will schon wieder wegklicken, als ich verblüfft bemerke, dass unsere Followerzahlen wie verrückt angestiegen sind! Natürlich habe ich mit etwas Zuwachs gerechnet, aber die meisten Besucher kannten das Lokal ja schon, also ergibt dieser sprunghafte Anstieg überhaupt keinen Sinn. Ich sehe mir also genau an, wer uns in Stories oder Posts getaggt hat. Das sind schon einige, aber es erklärt immer noch nicht ... Und dann finde ich es. @4monkeys. Die Band hat fast viertausend Follower und ihr letzter Post ist eine Serie von drei Fotos, die beim Sommerfest aufgenommen wurden. Zwei davon zeigen die 4Monkeys, aber das erste, das man sofort sieht, wenn man auf das Profil geht, ist ein Bild von Milo und mir, während des Duetts. Ich vergesse einen Augenblick zu atmen, als mein Blick darauffällt. Nicht so sehr, weil es ein sehr gutes Foto ist und weil ich zum ersten Mal sehen kann, wie schön meine Haare jetzt mit dem neuen Schnitt fallen. Sondern wegen der Art, wie Milo und ich einander ansehen. Da ist eine Intimität in dem Bild, als wären wir beide allein auf der Welt. Wäre das ein Foto von zwei Fremden, ich würde alles darauf verwetten, dass sie total ineinander verliebt sind.

Die Caption darunter liest sich so:

»@zoealana #onfire singing a spontaneous #duet with @milomonkey @fillupveg #brueckenviertel #community #shootingstar #Sommerfest #4monkeys #duet #needyounow @ladyantebellum«

Ich muss das in unserer Story teilen, wähle aber eines der beiden Bandfotos und schreibe dazu:

»@4monkeys rocken das @fillupveg #Sommerfest«.

Dann klicke ich auf mein eigenes Profil und traue meinen Augen nicht. 1326 Follower! Heute Morgen noch waren es knapp vierhundert! Wenn @milomonkey mit mir singt, ist das offenbar so was wie ein Mini-Grammy!

Ich werde noch ein paar Tage brauchen, um meine Spontanberühmtheit zu verdauen. Jack hat eben die Dusche abgedreht und ich klicke schnell noch Whatsapp an. Seit Mittag war keine Zeit mehr, auch nur einen Blick auf mein Handy zu werfen, also haben sich einige Nachrichten angesammelt. Die letzte ist von Milo.

Noch vor einem Monat hätte ich alles für so eine Nachricht gegeben, aber heute ist einfach alles schon zu viel. Angehängt hat er eine ganze Reihe von Fotos, die während des Duetts aufgenommen wurden. Was wohl das blonde, dünne Mädchen dazu sagt? Ob sie gegen Eifersucht immun ist? Da fällt mir ein, dass ich sie heute im Publikum nicht gesehen habe. Die Freundinnen von Lasso und Tommy waren da und ich glaube, eine von ihnen hat wohl auch die Fotos geschossen.

Ich beschließe, heute nicht mehr zu antworten, und scrolle durch meine Chats. Eine Nachricht von Philippa:

> Ganz vergessen! Hab in den 2nd-Hand-Sachen was für dich gefunden, ich hoffe, es gefällt dir 🙈!
> Hab es Reggie gegeben. Vielleicht fürs Festival 😊
> PS: Bitte schick mir auch IMMER die Termine für deine Auftritte! Ich verpasse keinen mehr!

Wie süß ist das denn! Falls Dad es nicht schafft, Philippa zu behalten, werde ich ernstlich böse sein, denke ich, als ich ihr antworte.

Oh, und da ist auch schon Reggies Nachricht:

> Sorry, Zo! Forgot to tell you:
> Stepmom 😉
> bought you a dress!
> Hab's hinten im Laden an die
> Garderobe gehängt.
> Talk soon?

Ja, wir hatten noch keine Gelegenheit zu plaudern, und Reggie hat ohne Zweifel gemerkt, dass ich ihr gegenüber viel zurückhaltender bin als früher.

> Thx 😗!
> Talk soon! xxx

Ich scrolle weiter und ganz unten kommt eine Nachricht von Leon.

> Was ich dir noch sagen wollte:
> Mein Dad und ich haben vereinbart,
> dass unsere Handys zu Hause bleiben.
> Ich bin dann mal weg.
>

Ich sitze da, starre auf die Nachricht und fühle mich, als hätte mir jemand einen Eimer Eiswürfel über den Kopf gekippt. Keine Avocado, kein alberner Scherz, kein verrücktes Emoji. Nach all dem Lob, den Ermutigungen, dem Applaus von heute ist diese Nachricht ein Schock, und ich kann nicht verhindern, dass mir die Tränen in die Augen schießen. Ich hole einmal tief Luft. Dann noch einmal. Und plötzlich wird mir klar, was er heute gesehen hat. Milo und mich

Hand in Hand. Wie Milo mich auf der Bühne angesehen hat, als wir zusammen gesungen haben. Wie ich *ihn* angesehen habe.

Ohne dass ich es gemerkt habe, ist Jack aus dem Bad gekommen.

»Alles okay?«, fragt er, als er mich reglos am Küchentisch sitzen sieht, auf mein Handy starrend.

»Jaja«, antworte ich zerstreut und dann, nach einer Pause: »Oder eigentlich: nein.«

Er runzelt besorgt die Stirn. »Kann ich was tun, Zozo?«

Ich seufze tief. »Nein«, antworte ich. »Und ich leider auch nicht.«

9 Tage später

»Ich *wusste*, das Kleid ist perfekt!«, jubelt Philippa und umarmt mich.

»Du siehst *heiß* aus«, bestätigt Reggie.

»Wunderschön!«, stimmt Clara zu.

»*Meine* Tochter!«, erklärt mein Dad.

Das Kleid ist viel figurbetonter als mein anderes schwarzes, ein gutes Stück kürzer und es hat einen *Ausschnitt*. Ich würde es nicht gerade ein Dekolleté nennen, aber es ist definitiv nicht hochgeschlossen. Mom war sofort begeistert, als ich es anprobiert habe, und Jack hat gemeint: »Du darfst es anziehen. Aber nicht ohne Bodyguard.«

Das Wetter ist perfekt. Es war ein heißer Tag, aber nun am späten Nachmittag ist es im Schatten der Burgruine richtig angenehm, ideales Festival-Wetter.

»Bist du nervös?«, fragt Nico leise.

Statt einer Antwort halte ich meine Hand waagrecht in Augenhöhe und sie zittert so stark, dass Nico unwillkürlich zurückzuckt. Dann schnappt sie meine Finger und hält sie fest.

»Sprich mir nach«, sagt sie. »Ich bin völlig ruhig.«

»Ich bin völlig ruhig«, wiederhole ich und muss lachen, weil ich so offensichtlich das Gegenteil von völlig ruhig bin.

»Alles geht gut.«

»Alles geht gut.«

»Denn meine Stimme ist ...«

»Denn meine Stimme ist ...«

»... superkalifragilistischexpialigetisch.«

»... superkalifragilistischexpialigetisch.« Ich hole tief Luft und schnaube sie langsam wieder aus.

»Toi, toi, toi«, sagt Mom und umarmt mich.

»Wird schon schiefgehen«, erwidere ich vorschriftsmäßig und lasse meinen Blick suchend über die Menschenmenge gleiten.

»Zoe!« Ich wende mich zu Kerry um, die am Bühnenaufgang steht, schon umgeben von den meisten der Dezibellas. Sie hält fünf Finger hoch und formt mit den Lippen: *Fünf Minuten.* Ich nicke ihr zu. Wir hatten jede Menge Werbung auf Instagram, über Schul- und Unikollegen aller Mädels, über die *Fill-up*–Follower und nicht zuletzt über Milo und die 4Monkeys.

»Zoe!« *Er sieht einfach verboten gut aus*, denke ich, als Milo jetzt mit einem breiten Lächeln durch die Menschenmenge auf mich zukommt. *Wie der Prinz aus einem Disney-Film.* Und dann hält er auch noch eine rote Rose in der Hand. Einen Augenblick lang fühle ich mich wie die Hauptdarstellerin in einem »Merci«-Werbespot.

»Wow«, sage ich statt einer Begrüßung. »Kriegt man die Blumen nicht erst, *nachdem* man gesungen hat?«

»Ich habe nicht den Funken eines Zweifels, dass du großartig singen wirst«, sagt Milo. »Die Rose kriegst du, weil du großartig *bist*.«

Ich nehme sie lächelnd entgegen.

»Und wunderschön«, flüstert Milo in mein Ohr, als er mich jetzt umarmt.

Von hinten tippt mir jemand auf die Schulter und ich fahre herum, die Umarmung lösend.

»Drei Minuten!«, flüstert Kimmie, nach mir die zweitjüngste Dezibella.

»Bin gleich da!«

»Ich werde der vor der Bühne sein, der am lautesten jubelt«, erklärt Milo.

»Da musst du dich ranhalten«, erkläre ich grinsend. »Ich habe heute ein paar Hardcore-Groupies dabei.«

Milo verschwindet in der Menge und ich will mich endlich auch zu den anderen Mädels gesellen, als eine geblümte Hawaii-Bermuda meinen Blick auf sich zieht. Ein blaues, verwaschenes T-Shirt. Von der Sonne fast blond gebleichte Haare, die eigentlich hellbraun sind.

»Leon!«, rufe ich ihm nach, als er sich jetzt mit raschen Schritten von der Bühne entfernt.

»Ich bin gleich da!«, sage ich zu Kimmie. »Ich schwöre! Gib mir eine Minute!«

Und dann ziehe ich meine Schuhe aus und renne hinter ihm her.

»Leon, warte! Leon!«

Endlich dreht er sich um.

»Zoe, hey.«

»Du bist gekommen!« Er antwortet nicht und ich füge hinzu: »Du siehst aus, als kämst du direkt vom Strand.«

Er lacht ein bisschen müde. »Ich *komme* direkt vom Strand. Wir hatten Probleme mit dem Auto, Dad hat mich direkt hier abgesetzt.«

»Du ... du bleibst doch, oder?«, frage ich angstvoll. »Es sah eben aus, als wolltest du gleich wieder gehen.«

Er holt Luft und seufzt. »Zoe, ich fürchte, ich kann diese Wir-können-doch-Freunde-sein-Sache nicht.«

»Zoe, wir müssen auf die Bühne!« Kimmie ist mir nachgelaufen und zerrt an meinem Arm.

»Leon, bitte bleib! Bis nach dem Auftritt!«

Ich entferne mich im Zeitlupentempo von ihm, rückwärtsgehend, während Kimmie ungeduldig an meinem Arm zerrt.

»Zoe ...«

»Versprich es! Bitte!«

»Nun versprich es schon!«, ruft Kimmie ihm zu. »Wir müssen auf die Bühne, und zwar *jetzt*!«

Leon schüttelt den Kopf, kann sich aber nicht gegen das Lächeln wehren, das sich auf sein Gesicht stiehlt.

»Ich verspreche es.«

Ich wende mich um und Kimmie und ich rennen Seite an Seite zurück in Richtung Bühne, wo der Moderator eben ankündigt: »Zum ersten Mal beim Happy-Days-Festival, eine unglaublich talentierte A-cappella-Truppe. Ein herzliches Willkommen für die Dezibellas!«

Ich habe keine Zeit mehr, meine Schuhe wieder anzuziehen, also werfe ich sie im Vorbeilaufen Nico zu, die am nächsten steht.

Sekunden später sind wir auf der Bühne und die wenigen Beats, die die Rhythmusgruppe mir vorgibt, reichen zum Glück nicht, um meine Nervosität wiederzufinden. Denn die erste Nummer ist gleichzeitig mein erstes Solo. Da stehe ich, barfuß, und singe auf der Hauptbühne eines Festivals mit Tausenden Besuchern *Rolling in the Deep* von Adele.

Den Applaus bekomme ich nicht mal richtig mit und bin froh, dass ich mich während *Royals* und *Say Something* in der Melodiegruppe »ausruhen« kann.

Doch bei meinem zweiten Solo, *Kiss* von Prince, bin ich wirklich *da*.

Auch die letzte Spur von Nervosität hat sich verflüchtigt und ich kann jeden Ton genießen.

Als letzte Nummer kommt ein Medley aus dem Film *Pitch Perfect*, so was wie der filmischen »Bibel« aller A-cappella-Gruppen. Hier gibt es keine Soli und somit ist es der perfekte Abschluss für den Auftritt der Dezibellas als Gruppe.

Der Abgang von der Bühne geht mir viel zu langsam, ich drängle, stolpere beinahe über die unterste Stufe und bin heilfroh, dass ich meine Schuhe nicht anhabe. Ganz am Rand meiner Wahrnehmung formieren sich »ZU-GA-BE«- Sprechchöre. *Nicht jetzt!*, denke ich ungeduldig. Ich kann jetzt nicht. Und dann seh ich ihn, er steht etwas abseits, und ich laufe auf ihn zu. Erhitzt und außer Atem komme ich bei ihm an und bin so froh, dass ich endlich kapiert habe, was ich wirklich will. Meine Arme fliegen um seinen Hals und ich sehe noch den überraschten Blick in seinen Augen, aber nur den Bruchteil einer Sekunde lang, denn dann sind meine Lippen auf seinen. Und er mag überrascht sein, aber seine Lippen begreifen augenblicklich und ich denke, der Rest von ihm holt schon noch auf. Der »ZU-GA-BE«-Chor wird unüberhörbar und ich löse mich atemlos von ihm.

»Ich kann diese Wir-können-doch-Freunde-bleiben-Sache nämlich auch nicht!«, sage ich zu ihm, drehe mich um und renne noch einmal zurück Richtung Bühne.

Wir haben eigentlich nicht mit einer Zugabe gerechnet, es gibt einige Möglichkeiten und ich sehe Kerry fragend an. Sie grinst: »*Up to it?*«, fragt sie mich und ich grinse zurück. Und nicke. Und dann lasse ich alle Dezibellas an mir vorbei und gehe als Letzte auf die Bühne, in die Mitte des Halbkreises, den die Mädels gebildet haben, auf den

Platz der Solistin. Wir haben es nur einmal richtig geprobt, aber es ist *mein* Lied. Und seins.

»Prinz Montague«, sage ich ins Mikro. »Das ist für dich.« Und dann singe ich »She used to be mine«, und als ich die Augen schließe, bin ich wieder auf dem flachen Stein neben der alten Brücke, und es ist grade gar nicht wichtig, dass heute Tausende Leute zuhören. Es ist wichtig, dass *er* zuhört.

Etwas später

»Bist du jetzt endlich überzeugt?«, frage ich Leon atemlos nach einem ziemlich langen Kuss. Wir sitzen etwas abseits in einer Nische zwischen der Burgmauer und einem dichten Busch.

»Überzeugt ja, aber immer noch verwirrt«, antwortet er. »Ich meine, ich hab euch doch zusammen auf der Bühne gesehen, beim Sommerfest. Es sah aus, als wärt ihr unsterblich ineinander verliebt.«

»Ich glaube, unsere *Stimmen* sind unsterblich ineinander verliebt.«

»Zoe, willst du mir ernsthaft einreden, er hat es nicht bei dir versucht? Der Junge hat doch alle Register gezogen.«

»Oh, er hat es versucht.« Milo hat schon am Tag nach dem Sommerfest vor dem *Fill up* gestanden, um mich zu fragen, ob ich ihm noch mal eine Chance gebe. Das blonde Mädchen? Ein Ferienflirt und schon wieder zurück in Schweden.

»Aber ich hab ihm gesagt, dass mein Freund bestimmt nicht einverstanden wäre.« Meine Lippen zielen erneut auf seine, aber er weicht aus.

»Ich erinnere dich ungern daran, aber ein paar Wochen zuvor, als du ihn mit diesem Mädchen gesehen hast ...«

»Ich weiß«, unterbreche ich ihn. »Stellt sich raus, dass du recht hattest.«

»Ich?« Er sieht mich verblüfft an. »Womit?«

»Damit, dass ich einen Abschluss gebraucht habe. Um zu erkennen, dass ich gar nicht in *ihn* verliebt war. Sondern eher in die Vorstellung von ihm und mir.«

»Und wie kannst du da so sicher sein?«

»Der Vergleich macht mich sicher«, erkläre ich und diesmal weicht Leon nicht aus, aber ich streife versehentlich die halb volle Wasserflasche, in der ich Milos Rose geparkt habe, und muss aufspringen, um mein Kleid zu retten.

»Da fällt mir ein«, sagt er, als wir es uns ein paar Meter entfernt erneut gemütlich gemacht haben, »dass ich dir was aus Tarifa mitgebracht habe.« Er beginnt in seinem Rucksack zu kramen. »Ich weiß nicht, ob sie mit einer roten Rose mithalten kann« – er wirft der Rose einen Blick zu, den sie mit Sicherheit nicht verdient hat – »aber sie ist bio und wurde nicht per Kurzstreckenflug transportiert, sondern per Auto. Und zwar CO2-neutral. Mach die Augen zu.«

Ich schließe gehorsam die Augen.

»Und wieder auf.«

Vor meinem Gesicht tanzt eine vollkommene, wunderschöne dunkelgrün-schwarze Avocado. Leon hat ihr zwei Wackelaugen aufgeklebt, die mich fragend angucken. Ich schlinge meine Arme um seinen Hals und gebe mir Mühe, nicht vor Rührung loszuheulen.

»Und wenn ich wirklich mit Milo zusammen gewesen wäre?«, frage ich etwas später, liebevoll die Avocado streichelnd. »Hättest du dann damit nach mir geworfen, Leon Montague?«

»Niemals, Zoe Capulet«, antwortet er und seine Lippen sind schon wieder unterwegs zu meinen. »Höchstens nach ihm.«

The End

www.schneiderbuch.de

Chantal Schreiber
Perfekt für dich
€ 12,00, Klappenbroschur
ISBN 978-3-505-14275-8
Ab 12 Jahren

Kim ist dreizehn, steht auf Fußball und schwärmt für Danny – das coole Mathegenie aus der Oberstufe! Perfekt, denn Mathe ist ihr schwächstes Fach und sie braucht dringend Nachhilfe. Kims Mutter hat allerdings ganz andere Pläne und so wird ihre Nachhilfelehrerin die zuverlässige Mila, die Kim schon mal aus Prinzip nicht leiden kann. Das Fußballcamp in den Ferien steht auf dem Spiel, also muss sie wohl oder übel mit der Streberin zusammenarbeiten. Als sich für Kim die Chance ergibt, ihren großen Schwarm Danny doch noch auf sich aufmerksam zu machen, geht sie auf volles Risiko!

www.schneiderbuch.de

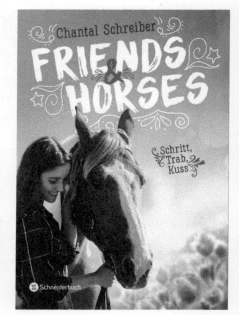

**Chantal Schreiber
Friends & Horses, Band 1:
Schritt, Trab, Kuss**
€ 12,00, Klappenbroschur
ISBN 978-3-50514-378-6
Ab 10 Jahren

Freundinnen für immer – das sind Rosa, Daisy und Iris. Die drei Mädchen verbindet ihre große Liebe zu Pferden und der Spaß am Reiten. Es ist Sommer, und in jeder freien Minute sind die drei mit ihren Pferden draußen unterwegs. So könnte es ewig weitergehen, findet Rosa. Wird es aber nicht. Denn Iris muss mit ihren Eltern wegziehen, schon bald …

**Friends & Horses, Band 2:
Sommerwind und Herzgeflüster**
€ 12,00, Klappenbroschur
ISBN 978-3-50514-379-3

**Friends & Horses, Band 3:
Pferdemädchen küssen besser**
€ 12,00, Klappenbroschur
ISBN 978-3-50514-380-9

www.schneiderbuch.de

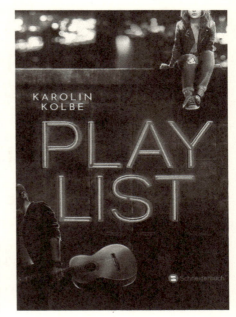

Karolin Kolbe
Playlist
€ 12,00, Taschenbuch
ISBN 978-3-505-14341-0
Ab 12 Jahren

Zwei Klicks und schon verändert sich dein Leben!

Mira will unbedingt mit ihrer Band „Eisfabrik" an einem Bandcontest teilnehmen. Mit ihren Freundinnen startet die 14-jährige eine Social-Media-Kampagne im Netz, um die Aufmerksamkeit auf ihre Band zu lenken. Schnell hat sie viele Bewunderer, aber dann tauchen fiese Neider auf und ihre schulischen Leistungen werden auch nicht besser.
Als Mira ihr Privatleben mit der Öffentlichkeit teilt, lernt sie die Schattenseiten von YouTube und Instagram kennen. Vielleicht war die ganze Aktion doch ein Fehler?
Unterstützung findet Mira bei ihren besten Freundinnen und mit ihnen kann sie auch über den geheimnisvollen Noisette16 reden. Wer ist er? Warum gibt er sich nicht zu erkennen? Vielleicht doch nur ein mieser Stalker? Im Eiscafé - wie immer bei einer großen Portion Pistazieneis - hecken sie einen Plan aus, um seine Identität zu enttarnen.

www.schneiderbuch.de

CO₂-neutral zugestellte 🥑🥑🥑 der Dankbarkeit an ...

... Michaela Hanauer, die das Projekt
von Anfang an unterstützt
und
Dominik Madecki, der es möglich gemacht hat!

... Anke Koopmann 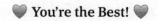 www.designomicon.de
für das geniale Cover!

... Schneiderbuch für unglaubliche
Kooperationsbereitschaft und Großzügigkeit!

... meine Testleserinnen Gaby und Sonja
für unbezahlbare Allzeitbereitschaft!

🖤 **You're the Best!** 🖤